방패 용사
성공담
9
아네코 유사기
Aneko Yusagi

쿄
라르크베르크
테리스
요모기

필로
글래스
라프타리아
카자야마 키즈나
이와타니 나오후미
인물소개
방패용사 성공담

「운명이라는 게 존재한다면,
나는 당신의 길을 막기 위해 여기에 있는 거예요!」

목차

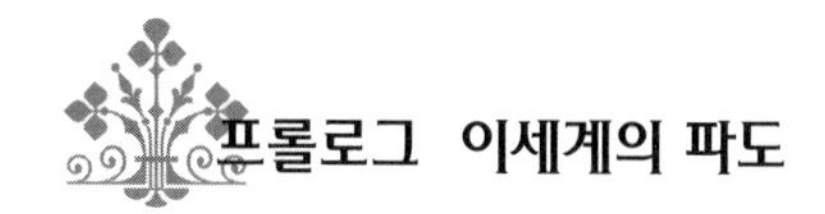

프롤로그 이세계의 파도

“푸아아아아아아아오오오오오오오!”

차원의 가네샤 섀도가 포효를 내지르며 나를 향해 거대한 염주 같은 무기를 휘두른다.

“흥!”

그 염주를 방패로 막아내고 움켜쥔다.

그러자 차원의 가네샤 섀도는 불쾌한 듯 다시 포효를 내질렀다.

“굉장한데……. 역시 괜히 방패 용사가 아니었어.”

싸우면서 그런 내 모습을 보고 있던 라르크가 감탄 어린 탄성을 토해냈다.

“무슨 소릴 하는 거야. 방패 용사인 내가 못 버텨내면 어쩌겠어?”

스스로의 존재 가치라고까지 얘기할 생각은 없지만, 이세계에서 내 전투 방법은 언제나 상대의 공격을 막아내고 방해하는 것에 집약되어 있다.

뭐…… 예외도 없는 건 아니지만.

어찌 됐건, 현재 우리는 원래 내가 소환되어 왔던 세계가 아닌, 파도의 균열 너머에 있는 또 하나의 이세계에 와 있다.

"한눈팔지 말고 싸워! 도련님!"

"꼬마! 도련님이라고 부르지 좀 말라니까!"

"알 게 뭐야. 네가 나를 꼬마라고 부르는 이상, 나는 계속 도련님이라고 부를 테니 그런 줄 알라고."

아니면 라르크의 경력이랄까, 분위기로 보아서 이렇게 부르면 되려나?

"그럼 노부나가라고 불러 주지."

"엥?! 꼬마, 키즈나 아가씨가 나를 그렇게 불렀다는 걸 알고 있었냐?!"

아아, 라르크의 경력은 역시 그런 이미지였나. 키즈나도 제법 표현 능력이 괜찮은데.

"나오후미 님, 또 이상한 별명을……."

"하하하."

"웃으면서 얼버무리지 마세요!"

"그럼 아예 똑똑히 말해주지. 일국의 왕과 왕녀를 쓰레기와 빗치라는 이름으로 개명시킨 내가 말이지."

"꼬마……. 그런 짓을 했었던 거냐……."

"또 쓸데없는 오해를 살 말씀을……."

"사실이잖아?"

"사정이 있다는 걸 꼼꼼하게 설명하셔야죠."

"뭐, 꼬마가 그런 걸 보면, 원래부터가 못돼 먹은 녀석이라, 죗값을 치르게 한 거겠지."

"멋대로 알아채지 마!"

이런 걸 알아서 이해해 버리면 엄청나게 허무해진다고.

나 참, 왜 이런 대화나 주고받고 있어야 하는 건지.

얼마 전까지만 해도 분명히 적이었건만, 이제 완전히 친근한 파티 같잖아.

본래 목적을 잊지 않기 위해서라도 한번 정리해 둘 필요가 있을 것 같군.

우선 나, 이와타니 나오후미는 현대 일본에서 오타쿠 생활을 하던 대학생이었다.

시간을 때우러 갔던 도서관에서 발견한 사성무기서라는 책을 읽다가, 나도 모르게 어느새 그 책 속의 등장인물인 방패 용사로 책 속의 세계에 소환되었다.

그리고 나를 소환한 나라의 녀석들은 '세계를 구하기 위해서, 부디 힘을 빌려주십시오.' 라고 나에게 부탁해 왔다.

그 후로는…… 온갖 우여곡절이 다 있었지.

"라르크 씨는 용케도 나오후미 님을 이해하시네요."

"어찌 됐건 나도 많은 녀석들을 접해 왔으니까. 꼬마가 천성이 못돼 먹은 녀석이 아니라는 건 한눈에 알아봤어."

"난 악인이야."

"나쁜 놈인 척하는 게 옥의 티지만 말이지."

"시끄러!"

나 참, 뭐 이런 놈이 다 있담.

나에 대해 묘한 이해심을 발휘하는 이 녀석의 이름은 라르크. 본명은 라르크베르크라고 하는데, 성에 대해서는 들은 적이 없었다.

20대 후반의 경험 풍부한 모험가……. 사람을 끌어당기는 신비한 매력이라고나 할까, 어른의 관록 같은 걸 갖고 있다.

때로는 어린애 같은 면모를 보이기도 하지만, 이것도 하나의 매력이라 할 수 있으려나?

복장은, 처음 만났을 때에는 경장갑이었지만, 나와 이 세계에서 재회했을 때는 어째선지 신센구미 같은 차림으로 변해 있었다.

잘 어울리기는 하지만, 어느 쪽이 본래 모습이지?

뭐, 글래스는 기모노 차림이고, 키즈나는 로리타풍 복장에 일본식 덧옷을 걸치고 있으니까.

혹시 효과를 중시한 복장인가? 잠복 중에 입수한 신센구미 차림이 경갑옷보다 효과가 좋아서 이런 차림을 하고 있다거나?

……남의 복장에 대해서 너무 왈가왈부하는 것도 좋은 일은 아니지. 신경 쓰지 말자.

일단, 지금은 라르크 일행과 연합 관계가 성립되어 있다.

"어쨌든 냉큼 적을 해치워 줬으면 좋겠는데 말야. 계속 적을 붙잡고 있는 내 입장도 좀 생각해 달라고."

문답을 주고받는 중에도, 나는 줄곧 차원의 가네샤 섀도라는 마물의 움직임을 봉쇄하고 있다.

주위에 있는 여러 마물 중에서도 거물에 해당하는 녀석이리라. 보스……인지 어떤지는 모르겠지만.

공격 자체는 격렬하긴 하지만, 나는 별 무리 없이 버텨낼 수 있었다.

그 이유는, 내가 소환되어 왔을 당시부터 갖고 있는 전설의 무기 덕분이다.

이 방패는 내 몸에서 뗄 수 없는, 저주받은 무기 같은 물건이다.

다양한 물건이나 소재를 흡수해서 성장, 변화해 나간다.

그리고 나는 그 변화한 방패의 능력을 해방함으로써 강해질 수 있다.

하지만…… 방패의 특성상, 상대에게 대미지를 줄 수단이 빈약하다는 결점도 겸비하고 있다.

그렇기에 필수적으로 공격을 담당해 줄 동료가 있어야 한다.

"나오후미 님, 갈게요!"

"좋아! 너만 믿는다!"

"네!!"

내가 붙잡고 있는 차원의 가네샤 새도를 공격한 것은, 원래는 노예였던 아인(亞人), 라프타리아라는 여자아이다.

아인이라는 것은, 인간과 비슷하지만 어딘가 다른 구석이 있는, 이세계에만 존재하는 독자적인 인종의 총칭이다.

라프타리아는 라쿤 종이라는, 너구리나 미국너구리 같은 귀와 꼬리를 가진 인종이라는 것 같다.

지금은 믿음직한 내 동료다. 뭐, 나와는 부녀지간 같은 관계라고나 할까.

복장은 라르크의 권유에 따라 무녀복을 입고 있는데, 이게 상당히 잘 어울린다.

앞으로는 무조건 계속 무녀복만 입혀 두고 싶다는 생각이 들 정도다.

"하앗! 순도(瞬刀) · 하일문자(霞一文子)!"

라프타리아가 차원의 가네샤 새도 앞을 가로지르며 도(刀)를 휘두른다.

단 일격이었지만, 차원의 가네샤 새도는 일도양단되어 사라져 버렸다.

"좋아, 다음으로 넘어가자! 보아하니 이번 파도는 묘하게 강한 것 같으니까."

"그러게 말이에요. 우리 세계의 파도보다 더 강하게 느껴져요."

기구한 운명이라 해야 할까, 라프타리아는 현재, 파도 너며 세계에서 도의 권속기라는 무기의 선택을 받아, 도를 소지하고 있다.

이건 나중에 설명하겠지만, 일반인보다 훨씬 더 강해진 상태라고 생각해도 되리라.

"주인님! 마물들이 또 그리로 가고 있어!"

상공에서 필로가 마물의 접근을 알려 온다.

필로는 마차를 끄는 것에서 쾌락을 느끼는 마물 소녀다.

원래는 필로리알이라는, 타조 같은 마물이다.

어째선지 날개가 달린…… 천사 같은 여자아이로 변신해 내 휘하에서 싸우고 있다.

전투 능력은 보증해도 좋을 정도로 엄청나게 강하다. 겉모습에 속았다가는 쓴맛을 보게 되는 대표적인 경우라고나 할까.

하지만 이 세계에 오면서 다른 마물의 모습으로 변하는 바람에, 전투 방법에 변화가 생겼다.

허밍 페어리라는, 성장과 함께 모습이 변하는 마물로 변화하고 만 것이다.

필로리알과 허밍 페어리는 서로 엄청나게 다른 특징을 갖고 있다.

필로리알은 하늘을 날 수 없지만, 허밍 페어리는 하늘을 날 수 있는 것이다.

그래서 현재 필로에게는 공중 정찰을 맡기고 있다.

물론 파도에서 튀어나온 마물들이 필로를 향해서 마법이나 물건들을 내쏘기도 하지만, 타고난 고도의 회피능력을 활용해서 피하고 있다.

"좋아! 그럼 가자."

"후에에에에에——."

아, 리시아가 마물을 이끌고 내 쪽으로 달려오고 있다. 필로가 얘기한 게 이거였나.

저 녀석은 글래스와 키즈나 쪽에 있는 줄 알았는데…….

리시아의 본명은 리시아 아이비레드. 인간 여자아이다.

메르로마르크에 사는 몰락 귀족의 딸이라고 한다.

원래는 나와 같은 용사인 활의 용사, 카와스미 이츠키의 동료였다. 하지만 리시아가 파도에서 활약한 것에 대해 원한을 품은 이츠키가 생트집을 잡아서 그녀를 쫓아냈고, 어쩔 줄 몰라 하던 그녀를 내가 영입하는 우여곡절이 있었다.

이 녀석은 평소에는 소심한 성격이지만, 혈통과 성장 환경이 좋아서인지 교양이 풍부하다.

뭐랄까…… 게임적인 자질, 스테이터스에서는 드러나지 않는 부분에 능력이 배분되어 있는 것처럼 보인단 말이지.

"에어스트 실드!"

허공에 방패를 만들어 내는 스킬을 사용해서, 리시아에게 날아드는 공격을 튕겨낸다.

스킬이라는 것은, 용사가 사용할 수 있는 특수한 기능이다.

"괜찮아, 리시아?"
"후에?! 아, 네!"
"키즈나 쪽에 있는 줄 알았는데, 어떻게 된 거야?"
"후에에에……. 키즈나 양이랑 글래스 양 쪽에 엄청나게 많은 마물들이 몰려와서, 나오후미 씨 일행을 불러와 달라는 부탁을 받고 온 거예요."
"그랬군. 뭐, 그쪽이 본대였으니 어쩔 수 없지."
그 두 사람과 함께 있는 편이 리시아에게 더 좋은 경험이 될 거라는 생각에 그쪽으로 편성한 거였는데, 버거웠던 모양이군.
우리 쪽은 파도의 균열에서 쏟아져 나온 마물들로부터 사람들을 피난시키는 역할을 담당하고 있다.
이번에는 사람들이 사는 마을 근처에서 파도가 일어나는 바람에, 일거리가 평소보다 더 늘어난 느낌이다.
뭐, 지금까지 내가 겪었던 파도들도 대개 마을 근처에서 일어난 경우가 많았지만 말이지.
아니, 애초에 참여한 경험이 세 번밖에 없으니, 통계적으로는 어떤지 알 길이 없다.
그리고 현재, 파도의 균열 쪽으로 간 별동대가, 이 세계…… 나를 소환한 이세계가 아닌 또 다른 이세계에서 사성용사로 활동하고 있는 카자야마 키즈나다.
수렵구라 불리는, 내가 소환한 세계의 사성무기와는 다른 성무기의 소지자이기도 하다.

수렵이라는 카테고리는, 여러 가지 무기들을 폭넓게 망라하고 있다.

문제점이 있다면…… 그 성질상 동물이나 마물을 상대로 싸우는 데 특화되어 있는 탓에 사람에 대해서는 무력하다는 점이랄까. 공격능력이 없는 내가 가진 것 같은 비장의 패나 제한을 빠져나가는 방법이 없는 건 아니지만, 역시 성가신 수순을 밟아야만 한다고 한다.

외모는 투 사이드 업 헤어스타일이 인상적으로, 어깨에는 하오리를 걸치고, 안에는 고딕 드레스를 입은 여자아이이다.

다만, 실제 연령은 18세라고 했던가?

키즈나와 처음 만난 건, 쿄를 쫓아서 이세계로 건너오는 와중에 함정에 빠져서 갇혔던 무한미궁이라는 감옥에서였다.

키즈나와 힘을 모아서 가까스로 미궁에서 탈출하는 데 성공하고, 뒤이어 나와 키즈나를 무한미궁에 가둔 국가, 즉 키즈나가 속한 나라와 적대하는 나라에서도 탈출했다.

탈출 과정에서도 갖가지 우여곡절이 있었지만 말이지.

이 세계에는 혼유약이라는, SP를 회복시키는 약이 존재하지 않았다. 그걸 고가에 팔아치워서, 나를 소환한 세계의 인종이 사용하면 경험치를 가져다주는 대지의 결정이라는 광석을 구입하기도 하고, 라프타리아가 도의 권속기로 선정되는 걸 저지하러 추격해 온 짜증 나는 천재 술사를 해치우기도 했다.

이 녀석은 쿄에 필적할 만큼 이기적인 녀석이었다.

완전히 쿄와 판박이였다니까. 이 세계에는 그런 녀석들이 많은 걸까?

어느 이세계나 고되기는 마찬가지군.

"이봐, 라르크. 키즈나는 제대로 싸울 수 있는 거야? 지원을 부탁했다는 건, 공격이 불가능해서 그런 거 아냐?"

"으음……. 글쎄다. 솔직히 말하자면, 나도 잘 몰라."

섀도라는 이름이 붙어 있으니 분류로 따지면 마물과 별반 다르지 않을 거라고 생각했는데, 그런 건 어디까지나 무기의 판정에 달린 거니까.

내 경우는 공격력이 인정받지 않는 듯, 상대가 마물이든 인간이든, 아무리 때려 봤자 조금의 타격도 입지 않는 것 같은데…….

도구를 쓰면 어떨까 싶어서 폭탄을 사용하려 해 본 적도 있었지만, 튕겨 나가서 발밑에 떨어지고 말았었다.

하지만 식물형 마물에게 제초제를 살포해서 치명적인 대미지를 입히는 건 가능했다.

키즈나의 무기도 내 방패와 마찬가지로, 무기가 예외로 처리해 주는지 어떤지에 따라서 인간형 마물과 제대로 싸울 수 있을지 어떨지 아슬아슬한 무기인 것이다.

"서둘러 가요! 라르크!"

"그러는 게 좋겠어. 키즈나 아가씨가 걱정되니까. 테리스! 단번에 끝장내자!"

그리고 라르크와 호흡을 맞추어 싸우고 있는 것이, 테리스 알렉산드라이트다.

파도의 균열 너머에 있는 세계…… 귀찮으니까 이제부턴 키즈나의 세계라고 치자.

키즈나의 세계에 존재하는 독자적 인종, 정인(晶人, 주얼)이라는 모양이다.

보석 같은 것을 핵으로 삼아서 태어나는 인종으로, 마법을 쓸 줄 알고 손재주도 좋다고 한다.

내가 팔찌를 만들어줬을 때의 반응으로 미루어 보면, 상당히 감수성이 예민한 인물이라는 걸 알 수 있다.

라르크와 마찬가지로, 잠행 중에 입고 있던 하카마 차림이다.

『여러 보석들의 힘이여. 내 요청에 답하여, 나타날지어다. 내 이름은 테리스 알렉산드라이트. 동료들이여. 저자를 토멸(討滅)하는 힘이 되어라!』

"휘석(輝石) · 홍옥염(紅玉炎)!"

"합성기! 홍옥대차륜(紅玉大車輪)!"

루비처럼 눈부신 불꽃이 깃든 라르크의 낫에서, 수레바퀴 같은 에너지 형태의 공격이 발사돼서 리시아를 쫓고 있던 마물들을 쓸어낸다.

스킬은 동료들의 마법과 조합되면 합성돼서 특별한 효과를 만들어내곤 한다.

나도 라프타리아나 필로와 함께 사용해 본 적이 있는 공격법이다.

"자, 꼬마! 가자."

"멋대로 지휘하지 마. 뭐, 가는 수밖에 없지만."

"키즈나 아가씨는 글래스 아가씨만 있으면 어지간한 고난은 이겨낼 수 있을 테지만 말이지."

그럼, 다음은 글래스를 소개할 차례군.

한마디로 표현하자면 기모노 차림에 부채를 다루는, 일본풍 유령 같은 여자랄까.

흑발이 잘 어울린다. 피부도 투명감이…… 아니, 아예 가끔씩 실제로 반투명해지곤 한다.

부채의 권속기라는 무기의 소지자다.

글래스는 키즈나와 절친한 사이로, 나를 죽이려 했던 일 때문에 키즈나에게 꾸중을 들었다.

냉정하고 침착한, 벌레 정도는 시선만으로도 죽일 수 있을 것 같은 글래스가, 키즈나에게 설교를 듣고 시무룩해져 있는 모습을 봤을 때는 진심으로 웃음이 나왔다.

지금은 일단 동맹관계를 맺고 있다.

우리는 서둘러 키즈나 일행이 싸우고 있는 방향으로 향했다.

이번에 파도의 균열에서 몰려나온 적은…… 어딘지 인도 신화 같은 것에서 나올 법한 괴물들투성이다.

가네샤라는 건, 까놓고 말해서 코끼리 인간이잖아?

그 외에도 차원의 이프리트라는, 우락부락한 정령 같은 것도 있었다. 차원의 나가라자라는 것도 있었다.

하나같이 인간형이 뒤섞인 녀석들이다.

말이 통하지 않는 걸 보면 마물의 분류에 속하는 것 같고, 글래스 일파처럼 이세계의 인종은 아닌 것 같았지만 은근히 강하다.

내가 지금까지 겪었던 파도 속 마물들보다 한참 더 격이 높은 적들이리라.

요 며칠 사이에 레벨을 75까지 올린 데다가, 방패도 상당히 강화한 상황이건만, 때때로 돌파당할 위기에 처할 만큼의 공격력을 갖고 있는 것이다.

다만…… 나를 소환한 세계에 있었을 때보다, 나 자신의 능력이 전체적으로 낮아져 있다는 것도 감안해야겠지만.

모종의 요소 때문에 홈과 어웨이 수준의 역량 차이가 발생한 것 같다.

그건 라르크 일파도 얘기한 바 있었다.

"파도의 균열에서 글래스 같은 권속기 소지자가 쳐들어온 거 아냐?"

"농담도 작작 좀 해, 꼬마."

"농담으로 한 소리 아냐."

그런 잡담을 나누는 틈틈이 마물들의 공격을 흩어버리다 보니, 파도의 균열이 닫히는 모습을 확인할 수 있었다.

상공을 확인하니, 커다란 배가 폭격을 가하고 있는 것 같았다.

공중전도 상당히 맹렬했던 것 같다.

하긴 가루다 같은 것도 있었고 하니까……. 엄청난 격전이었군.

다만, 이 세계 사람들도 전투에 참가해서, 그럭저럭 전력에 보탬이 되는 활약을 해 주었다.

"오? 끝난 건가?"

"적의 머릿수가 워낙 많아서 시간이 걸린 것뿐이었나 보군."

"나 참, 꼬마는 사람 겁주는 데 선수라니까."

"너희가 한 일이었잖아. 그 정도는 염두에 두라고."

"염두에는 두고 있지만, 웃어 넘길 수만은 없어서 한 소리야."

그 웃어 넘길 수 없는 짓을 한 게 너희라고.

"어~이."

키즈나가 글래스를 거느리고 우리 쪽으로 달려온다.

"지원을 부탁해 놓고 벌써 끝낸 거냐."

"아…… 응. 나오후미 쪽을 데려와 달라고 리시아 양에게 부탁했었는데, 엄청난 수의 마물들이 리시아 양을 쫓아가는 바람에 그럭저럭 해결이 됐다고나 할까."

도대체 무슨 배짱으로 리시아를 혼자서 보낸 건지, 원.

솔직히 말해서 리시아는 레벨에 비해 엄청나게 약하다고. 용케 죽지 않고 살아남곤 하지만.

"나도 구해주려고 했었어. 하지만 우리 쪽도 적이 너무 많았고, 리시아 양은 비명을 지르면서 달려가 버리는 바람에."

"그래, 그래."

보나 마나 '후에에에에에에에!' 라는 얼빠진 목소리로 마물들의 이목을 끌면서 달려갔겠지.

"라프~!"

"후에?!"

방금, 리시아의 어깻죽지를 붙잡고 자기주장을 하듯 운 생물은 라프짱이라는, 라프타리아의 모발로부터 만들어진 내 식신이다.

동그란 눈동자를 가진, 너구리 같기도 하고 미국너구리 같기도 한 깜찍한 외모.

라프타리아를 동물로 만들면 이런 느낌이 되리라.

성격은 쾌활하고, 나와도 호흡이 잘 맞는다.

하지만, 어째선지 지금은 리시아의 등 뒤에 올라타 있다.

"혹시 라프짱이 리시아를 지켜준 거야?"

"라프!"

힘차게 고개를 끄덕이는 라프짱.

라프짱은 라프타리아와 마찬가지로 환각마법을 사용할 줄 아는 것 같다.

마물들은 그 마법에 걸려서 리시아에게 공격을 적중시키지 못한 것이리라.

"라프짱도 열심히 싸웠구나."

"라프~!"

"펭!"

거기 맞춰서 자기주장을 하는 것은 크리스라는 펭귄이다.

이쪽은 키즈나와 글래스의 식신으로, 펭귄의 모습을 하고 있다. 식신이라는 면에서 따지자면 라프짱의 선배가 된다.

"크리스도 리시아 양을 지켜주느라 수고 많았어. 고마워."

"참 잘했어요."

키즈나와 글래스가 크리스를 듬뿍 칭찬해 준다.

하지만 더 큰 활약을 한 건 라프짱이다. 나는 보란 듯이 라프짱을 쓰다듬어 주었다.

"나오후미 님, 뭘 그런 걸로 경쟁심을 불태우시는 건지……. 칭찬은 그쯤해 두고, 이제 얘기를 좀 할 때예요."

라프타리아가 어깨를 붙들고 설교한다. 아무래도 라프타리아는 라프짱이 껄끄러운 모양이다.

"키즈나, 이번 파도에서 나온 마물들은 싸울 만했어?"

"그럭저럭. 신이랑 싸우는 건가 싶어서 경계했는데, 그냥 신이랑 비슷한 마물일 뿐이었던 것 같았으니까."

가네샤, 이프리트, 뱀 모양인 나가, 반인반수인 나가라자 등이었다.

"보스는 뭐였지?"

"차원의 기리메카라…… 아니, 도중에 모드를 전환해서 아이라바타로 변신했었어."

코끼리가 보스였냐.

그나저나 취향 참 독특하군. 내가 오타쿠가 아니었다면 못 알아봤을 거다.

"그럼 일단 마물의 소재를 모아서 성으로 돌아갈까."

키즈나가 상공에서 대기하고 있는 에스노바르트를 부른다.

에스노바르트는 키즈나의 세계에 있는 배의 권속기 소지자로, 후방지원 담당이다.

전투에는 소질이 없다는 모양이다.

마도사 같은 차림을 한 소년……이라고 표현하면 딱 들어맞는 외모인데, 그 정체는 필로 같은 마물이다.

토끼 같은 마물인데, 자세한 종류까지는 물어보지 않았다.

점술 기능을 갖고 있고, 내게 라프짱을 만들어준 녀석이기도 하다.

라프타리아를 찾는 과정에서 라프짱이 대활약을 해 주었으니, 그 실력은 의심할 여지가 없으리라.

"그나저나 난 왜 이런 세계에까지 와서 파도와 싸우고 있는 거야?"

"이제 와서 그런 소리 하기야?!"

"난 딱히 파도에 맞서려고 여기 온 게 아니라고. 어쩌다 보니까 협조하게 된 것뿐이니까."

"알았다니까. 이 세계를 위해 싸워 줘서 고마워."

"아아, 그래그래. 냉큼 돌아가서 다음 대비나 하자."

나 원 참……. 이 세계 녀석들은 파도를 뭐라 생각하고 있는 거지?

뭐, 파도는 세계 곳곳에서 일어나니 한마디로 뭉뚱그려서 얘기할 순 없겠지만 말이지.

파도라…….

저쪽 세계에 있던 시절에는 단순한 재해라고만 생각했었지만, 지금은 좀 다르다.

키즈나 쪽 세계에 온 덕분에 알게 된, 파도라는 현상의 정체.

그것은 세계의 융합 현상이라고 한다.

'라고 한다' 라고 한 건, 그건 어디까지나 들은 얘기일 뿐 확증이 있는 건 아니기 때문이다.

다만, 키즈나의 세계에는 과거에 있었던 융합의 기록이 존재한다던가.

세계의 융합이 더욱더 진행되면 세계가 파괴돼서 멸망하고 만다는 얘기가 전해져 오고 있다는 모양이다.

멸망을 회피하는 방법으로 알려진 것이, 파도가 일어난 틈을 타고 다른 세계의 사성용사…… 성무기 소지자를 죽이면, 상대방의 세계가 멸망하고 자신들의 세계는 수명을 늘릴 수 있다는 전승.

그래서 글래스와 라르크는 나를 죽이려고 혈안이 돼 있었던 것이다……. 그런 얘기다.

이 얘기를 들은 키즈나가 격노해서, 앞으로는 다른 수단을 모색하기로 했다.

그리고 원래 세계에 있었던 영귀(靈龜)라는 괴물은 그 파도가 일어나지 않도록, 그 세계 주민들의 영혼을 희생시켜서 결계를 치는 능력을 갖고 있었다.

물론, 키즈나 쪽 세계에도 영귀에 필적하는 괴물이 존재하고 있다.

이미 토벌이 끝난 상태라고 하는데, 이쪽에 존재하는 건 백호 등의 사성수, 혹은 사신이라고 했다.

내가 마음속으로 쓰레기 2호라고 부르고 있는 천재 술사, 즉 요전에 싸웠던 적은 그 백호를 복제해서 병기로 사용하려 했었다.

"파도에만 정신을 쏟아서는 안 돼. 우리는 계속 이 세계에 있을 수 없으니까."

"알았다니까. 나도 될 수 있는 한 협조해 줄게."

그렇다. 나는, 나를 소환한 세계를 엉망으로 짓밟아 놓은 쿄에게 죗값을 치르게 하고, 오스트의 소원대로—— 빼앗긴 영귀의 에너지를 되찾아서 돌아가야만 한다.

이런 곳에서 시간낭비나 하면서 보낼 수는 없는 것이다.

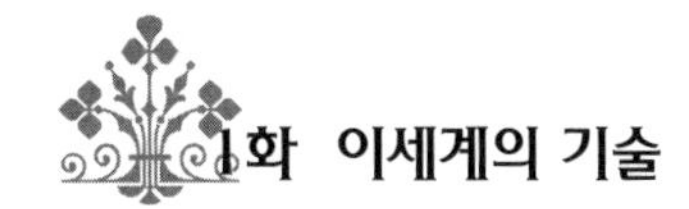

1화 이세계의 기술

"그럼 어디……."

파도와 싸우기 전까지 하고 있었던 일을 재개해야겠다.

라르크가 왕——도련님으로서 다스리고 있는 성 밑의 도시 한쪽 공방에서, 나는 연일 작업에 몰두하고 있었다.

이 나라의 문화…… 복식은 라르크와 비슷하게 일본풍과 서양식이 절충된 느낌이다.

일본풍 기모노를 입든 서양풍 갑옷을 입든, 주민들은 딱히 이상하게 여기지 않는 모양이다.

이웃 나라가 일본풍이라 그곳의 문화가 유입된 거라고 들었다.

나는 지금, 키즈나 일행의 무기며 방어구 제작을 도맡아 하는 로미나라는 대장장이의 가게에서 액세서리를 제작하고 있는 중이다.

여기서 작업하다 보면 로미나에게 세세한 주문도 넣을 수 있고, 유사시에는 바로 성으로 갈 수도 있다.

밤에는 이웃 도시에 있는 키즈나의 집에서 신세를 지고 있었는데, 요 며칠만 따지자면 비교적 유익한 나날을 보내고 있었다.

라프타리아, 리시아, 필로는 현재 성에서 라르크 등과 함께 훈련하고 있다.

라프짱과 테리스는 내 작업 모습을 흥미진진하게 구경하고 있다.

이것저것 말해 주고 싶은 녀석들이 있지만, 가능한 한 무시하기로 했다.

좀 지나치게 이곳에 익숙해진 것 같은 느낌도 들지만, 어쨌든 지금은 지금 할 수 있는 일을 하는 수밖에 없다.

"일단 앞으로의 방침 말인데."

글래스를 거느린 키즈나가, 파도 때 처치한 마물들에게서 얻은 소재를 이용한 무기와 방어구 제작을 로미나에게 의뢰하고 있다.

그 일을 마치자, 이번에는 작업 중인 나에게 앞으로의 작전에 관해 얘기할 생각인 모양이다.

"그러고 보니, 확인 안 한 게 있었군."

"뭔데?"

"높은 빈도로 파도가 일어난다면, 무슨 수로 대처하고 있는 거지?"

"아아, 그 얘기는 글래스한테 들었어."

"네, 그 점에 대해서는 빈틈없이 대비하고 있습니다."

"그래서? 어떻게 대비하고 있지?"

"로미나, 그거 여기 있나요?"

"있고말고. 주문이 많이 들어오는 도구니까 말이지."

그러면서 로미나가 꺼낸 것은, 큼직한 보석이 달려 있는 목걸이?

다양한 디자인이 있는 것 같았지만, 모두 큰 보석이 달려 있다는 공통점이 있다.

수정 같은 건가? 안에 아련한 빛이 깃들어 있다.

"이건 파도가 발생했을 때, 사용자를 그 현장으로 전송해 주는 기능을 가진 도구예요."

"호오……. 제법 굉장한 물건이 다 있군."

키즈나의 세계는 용사의 무기가 가진 기능에 관한 연구가 상당히 진척되어 있는 모양이다.

물리친 마물을 무기에 넣어서 드롭 아이템을 확인하는, 내 세계에서는 용사만이 할 수 있었던 기술도 재현되어 있었다.

아이템을 꺼내려면 전용 시설이나 용각의 모래시계를 이용할 필요가 있긴 하지만, 그래도 충분히 우수한 기술이다.

"그건 그래. 정인이 재현한 거라나 봐."

"흐음……. 그래서?"

"내 동료들이 이걸 통해 세계 각지의 파도에 맞서 싸워서 진정시키고 있는 모양이야."

"동료들이 다들 유능한가 보군."

키즈나는 파도가 일어나기 전에 소환되어서, 다양한 모험 끝에 탈출 불가능한 미궁에 갇혀 있었다는 모양이니까. 여러모로 인맥도 넓고 동료들도 많으리라.

"그 정도를 넘어서…… 내가 아는 사람 중에 하나가 상품화해서, 모험가들이 파도에 맞서도록 유도하고 있다는 모양이지만 말야."

"그 모험가들은 세계를 위해서 싸우는 거야? 고상한 녀석들도 다 있군."

내 세계에서도 그런 모집을 해 주면 고맙겠는데 말이지.

일단 카르밀라 섬에서 모험가들을 모집한 적도 있었지만, 결국 용사 없이는 파도에 맞서기가 버겁다.

"파도에서 나오는 특별한 마물의 소재들도 있어서, 참가자들도 꽤 많다나 봐."

"아……. 그런 거였군."

신기술이나 미지의 소재를 습득할 수 있는 기회이니, 일

확천금을 노리는 자들이라면 위험을 무릅쓰고서라도 참가하기 마련이다. 그래서인지, 묘하게 싸움에 익숙한 자들이 있다 싶었다.

"부러운데."

내 쪽 세계는 파도에 대해 모르는 점도 많았고, 참가하는 자도 얼마 되지 않았다.

현지에서 운 없게 파도와 조우한 모험가가 가까스로 대처하는 정도가 고작이라, 대처가 소극적이 될 수밖에 없다.

용사가 참가하지 않을 경우에는 저절로 닫히는 경우도 있다는 모양이지만, 생각해 보면 그건 상대편 세계 쪽에서 대응해서 닫은 거라고 보면 되는 것 아닐까?

확인해 볼 방법이 없는 건 아니지만, 상대방 세계와 대화를 하는 것도 좀…….

지금까지 상대방 세계에서 쳐들어오지 않고 있는 게 파도에 대해 모르기 때문일 수도 있으니, 섣부른 간섭은 오히려 위험할 수 있다.

어쨌거나, 용사 이외의 사람을 파도에 참가시킬 수 있는 도구가 있다면 나도 갖고 싶다.

이 세계에서 할 일을 마친 후에 원래 세계로 돌아갔을 때 쓸 수 있을 테니.

양산하면 비싼 값에 팔 수 있는 건 물론이고, 내 임무 자체가 편해진다.

“좀 나눠 줬으면 좋겠는데.”

내 의도를 파악했는지, 키즈나와 로미나가 고개를 끄덕인다.

“나오후미도 취향 참 고상하네.”

“알트도 비슷한 표정을 지었었지.”

이걸 저쪽 세계에 팔 생각일 거라고 이해한 건가. 너희, 나를 완전히 수전노로 보고 있는 거 아냐?

“내 쪽 사성용사나 칠성용사라 불리는 녀석들은 파도에 맞서 싸울 의욕이 있긴 한 건지 어떤지도 의심스러운 지경이라서 말이지.”

나 이외의 사성용사들은 남들을 앞지르는 것에만 잔꾀를 짜내다가, 정작 자기들이 뒤처졌다는 걸 알아채는 즉시 나를 치트 유저로 몰아세웠었다.

파도에 관해서도 게임이나 하는 것 같은 분위기로 임할 뿐, 진지함이 없다.

결국 두 번째 파도의 보스에도 고전할 지경이었으니, 앞날이 깜깜하기 짝이 없다.

그 부담은 전설의 필로리알인 피트리아가 떠맡아 주고 있어서, 피트리아는 세계 각지에서 일어나는 파도를 진압하고 다니느라 정신없이 바쁜 모양이다.

내가 빠진 구멍은 어떻게 되고 있으려나…….

칠성용사라 불리는 자들이 있긴 한 모양이지만, 얼굴도

마주친 적이 없다.

어떤 녀석들인지는 모르지만, 녀석들이 시원찮은 자들일 경우에 대한 준비는 해 둬야겠지.

조금이라도 부담을 경감시킬 수 있는 방법이 있다면 입수해 둬서 나쁠 건 없다.

"아아, 맞아, 맞아! 글래스랑 얘기해 본 결과, 알게 된 게 있어."

"뭔데?"

"내가 파도에 참가한 탓인지, 이번 지역에서 다음 파도가 오는 주기가 더 길어졌대."

"호오……."

그러고 보니 키즈나가 얘기했었지. 사성용사가 파도에 참가하는 것 자체에 의미가 있다고.

키즈나의 세계에는, 파도를 틈타 상대 세계의 사성용사를 모조리 죽여 버리면 세계의 수명을 늘릴 수 있다는 전승이 있다. 하지만 대인 공격 능력이 없는 사성용사인 키즈나에게 있어, 파도에 참가하는 것은 거의 메리트가 없는 일이라고 해도 과언이 아니다.

참가하지 않도록 등록을 요령껏 바꿔서…… 아니, 최악의 경우, 파도에 참가할 필요가 없는 무한미궁에 틀어박혀 버리면 그만이다.

이 모순에 대해 키즈나는 하나의 해답을 제시했다.

그것이 바로, 사성용사가 파도에 참가하면 다음 파도가 도래할 때까지의 기간이 길어진다는 것이었다.

좋은 가설을 들었군. 이제 더 많은 케이스를 검증해서 확증을 얻기만 하면 된다.

"그나저나 모험가가 의욕적으로 파도에 참가하고 있다면, 이 세계에서는 파도를 진압하는 것도 의외로 간단한 거 아냐?"

그때, 우리 이외의 녀석이 공방 문을 열고 들어와서 말했다.

"꼭 그렇지만도 않은데 말야."

고개를 돌려 보니, 금발을 한 가닥으로 묶어서 어깨 쪽으로 늘어뜨린…… 남자? 가 서 있었다.

서양인 같은 얼굴 생김에, 상당히 단정한 외모다.

창의 용사 키타무라 모토야스와 분위기가 약간 비슷한 것 같은 느낌도 들지만, 이쪽이 더 산뜻한 느낌이다.

아니, 상위호환이라고 해야 할까? 모토야스보다 차분한 느낌이다.

모토야스는 말이나 태도가 여자에 환장한 것 같은 녀석인데, 그는 그런 부분이 전혀 없다.

키즈나와 아는 사이인가? 키즈나도 예쁘장한 얼굴인데, 이렇게 미남 미녀가 뭉쳐 다니고 있는 건가.

복장으로 보아 상인인가? 고급스러우면서도 수수한 옷을

입고 있다.

"알트!"

키즈나가 자리에서 일어서서 상인 풍모의 사내를 끌어안는다.

이름은 알트라고 하는 모양이다. 본명인지 애칭인지는 모르지만.

"키즈나가 돌아왔다는 소식을 들어서 말이지. 장사를 접고 만나러 왔어."

"진짜 오랜만이네. 그쪽은 좀 어때?"

"상인한테 그런 걸 물어서 뭐 하겠어?"

'그럭저럭' 이라는 대답밖에 못 들을 게 뻔할 텐데 말이지.

예로부터 상인은 상대방에게 '돈 잘 번다' 라는 소리는 안 한다.

그런 얘기를 할 경우가 있다면, 기껏해야 돈이 될 만한 얘기를 할 때 정도일 것이다. 그것도 말하자면 도박이니까.

아니, 자신은 떼돈을 벌고 있다는 식으로 고객에게 과시하는 식으로 손님을 끌어 모으는 방법도 있다.

"호오……. 소문으로만 들었었는데, 이세계의 사성용사가 수완 좋은 상인이라는 얘기는 사실이었나 보군."

시선이 맞부딪쳐서 불꽃이 튀는 걸 알 수 있었다.

이 녀석이 상인으로서 신뢰할 수 있을 만한 녀석인 동시에, 인간으로서는 신뢰할 수 없는 자라는 걸 본능적으로 알 수 있었다. 때와 장소에 따라서는 태연하게 배신하는 타입이다.

돈에 대해서는 절대로 배신하지 않겠지만.

그나저나, 이 녀석이 바로 알트라는 녀석인가.

"이쪽은 알트레제. 사람들은 보통 알트라고 불러. 직업은 상인인데, 나와는 자주 같이 장사를 하는 사이야."

"나는 팔 수 있는 건 뭐든지 다 팔아. 요즘에는 정보가 제일 큰 매물이지만."

노예상 같은 녀석이라면 전력 질주로 도망칠 작정이었는데, 그래도 대처가 가능한 수준의 녀석이라 다행이다. 뭐, 보이는 것과 실제 성격이 딴판일지도 모르지만.

"여기와는 다른 세계에서 사성용사 중 방패 용사를 맡고 있는 이와타니 나오후미야."

그나저나, 말투의 분위기가 어째 좀 이츠키를 연상케 하는 구석이 있어 보이는데, 이 녀석의 내면은 어떨지 모르겠군.

상인 노릇을 하는 녀석이 그렇게 칭찬받고 싶은 욕구나 정의감을 갖고 있지는 않겠지.

금전이라는 공통의 판단 기준이 있는 만큼, 공감을 나누기도 쉬운 인종일 것 같다.

"뭘 그렇게 안심한 것 같은 표정으로 쳐다보는 거야?"

"알트를 그런 눈으로 쳐다보는 사람은 처음 봤어요."

키즈나와 글래스가 고개를 갸웃거리고 있다. 이게 그렇게 신기한 광경인가?

"정신이 멀쩡한 녀석인 것 같아서 말이지. 내가 살던 세계의 상인 놈들은 그렇지 않았거든."

"나오후미가 그렇게까지 얘기하다니……. 알트도 장삿속이라면 만만치 않은데 말야."

"생긴 거랑은 다른 녀석이라면 내 안목이 틀려먹은 건지도 모르지. 좋아, 그럼 내 세계에서 상인을 상대할 때 같은 눈으로 쳐다봐 주지."

눈에 확 힘을 주어서 알트를 쳐다본다. 보는 이에 따라서는 빛나는 것처럼 보이지 않을까?

그랬더니, 어째 당황한 듯이 시선을 외면하는데?

적절하다면 적절한 대처지만, 상대에게 자기 내면을 들키지 않도록 잘못된 인식을 주는 기술을 습득하지 못하고 있는 거 아냐? 이것까지 연기라면 상당한 수재라고 할 만하지만.

"그래서? 아까 얘기한, 파도에 모험가들이 참여하니까 편하게 싸울 수 있을 것 같다는 얘기에 뭔가 이상한 점이라도 있는 거야?"

"아아, 그래. 어쨌거나 의욕을 보이는 자들도 확실히 있긴 하지만, 의욕만 가지고 모든 게 순조롭게 풀리는 건 아니거든."

"그야 그렇겠지. 모험가는 기본적으로 용사나 권속기 소지자보다 약할 테니까."

"그런 뜻이 아니라, 국가라든가, 뭐 그런 쪽 얘기야. 그 외의 요소들도 있지만."

무슨 뜻이지? 추리하기에는 판단 재료가 부족하군.

키즈나도 고개를 갸웃거리고 있잖아.

아, 글래스는 알고 있는 것 같군.

응? 글래스…… 그리고 키즈나 등은 의욕을 갖고 있지만, 다른 국가 녀석들…… 그러니까 요전에 처치한 쓰레기 2호나, 책의 권속기 소지자 쿄……. 이 재료들을 가지고 추리해서 이끌어낼 수 있는 결론을 한번 던져 볼까.

"적국의 권속기 소지자가 파도에 대해 의욕을 안 보인다거나, 그런 얘기야?"

"오오, 대단한데. 정답이야. 정확히 말하자면 의욕을 안 보이는 건 키즈나 이외의 사성용사나, 우리 쪽 동맹에 속해 있는 권속기 소지자들을 제외한 다른 녀석들 얘기지만."

"나 이외의 성무기 소지자가 나타난 거야?!"

"네. 소환 자체는 꽤 오래전에 이루어졌어요."

글래스의 안색이 좋지 않군. 썩 달가운 얘기는 아닌 모양이다. 남의 일 같지 않은 얘기군.

원래 세계로 돌아갔을 때, 그 바보 용사 놈들을 어떻게 설득할지 생각하면 마음이 무겁다.

"저도 딱 한 번 만난 적이 있긴 한데……."

"어떤 녀석들이었지?"

"파도를 '업데이트' 라는 둥 이상한 표현으로 부르면서, 싸우기는 하지만 도무지 진지하게 임하지는 않았어요."

"업데이트라면…… 온라인 게임의 수정 패치 같은 걸 할 때 쓰는 용어 맞지?"

"그 녀석이 우리와 같은 일본인이라면 그렇겠지. 그나저나 어디나 비슷한 녀석들은 있기 마련인가 보군……."

"그렇다면 나오후미 쪽도 그렇다는 거군요."

어째 글래스가 격하게 동정을 표한다.

이 세계에서도 키즈나가 유일하게 멀쩡한 사성용사였던 거군. 그런 의미에서는 나도 운이 좋았던 거라고 할 수 있으려나?

"어? 왜 글래스와 나오후미가 공감하고 있는 거야?"

"키즈나도 무슨 얘긴지는 알잖아?"

"업데이트라. 완전히 게임적인 발상이잖아. 목숨이 오가는 싸움인데……."

"스테이터스나 강화 같은 게 있으니까, 그렇게 생각하는 것도 이해가 가긴 해."

나도 가끔씩 헷갈릴 때가 있다.

게임적인 요소를 이용해서 강해질 수 있는 건 사실이지

만, 그렇게 강해진다고 해서 실전에서 승리할 수 있다는 보장은 없다.

게임에서 이길 수 있는 상대였으니 실전에서도 이길 수 있을 거라는 식으로 생각했다가는, 이길 수 있는 상대에게도 이길 수 없다.

"내 세계에 있는 사성용사들도 비슷한 사고방식을 가진 녀석들이니까."

녀석들도 그렇게 생각하고 있을 가능성도 무시할 수 없겠군.

나를 앞질러서 영귀에게 덤벼들 정도의 녀석들이니까.

"심지어는 자기들을 속박하지 말라면서 사명을 내팽개치고 도망쳐 버렸다나 봐. 지금은 어디서 뭘 하고 있는지도……."

"글래스는 안 막은 거야?"

"원래부터 좀 먼 관계에 있는 나라였던 데다, 외교 문제 때문에 소원하던 참이었으니까요. 말릴 틈도 없었어요."

"뭐, 대충 어디쯤에 있는지는 알고 있지만. 억지로 사성용사에게 간섭했다가는, 저항을 받는 정도를 넘어서 트집을 잡힐 수도 있으니까. 사성용사를 자기들 손에 넣으려 한다는 식으로."

알트는 답답하다는 듯 양손을 펼쳐 들고 투덜댄다.

어느 세계나 다들 비슷한 상황인가 보군. 세계를 게임으로 인식하고 놀고 있는 건가.

그 점으로 따지자면, 나를 소환한 세계 쪽은 그나마 무난한 편이군.

아니, 메르로마르크의 여왕이 교섭을 통해서 조정해 주고 있는 건가?

어째 여왕이 의외로 굉장한 녀석처럼 보이는데.

사성용사를 모두 자국에 데리고 있으면서도 전쟁을 회피한 그 수완은, 분명 대단하다고 할 수 있는 것 아닐까?

"나오후미 쪽 이세계에 대한 얘기를 참고하자면, 사성용사들은 서로 친하게 지내야 하고, 다른 사성용사들이 죽지 않도록 애써야 한다는 거네."

"양쪽 다 고생이 말이 아니군."

그렇다. 사성용사가 죽으면 파도가 더 거세진다.

나에게 이 정보를 제공해 준 건 피트리아였다. 그 얘기는 키즈나에게도 해 두었다.

일단 키즈나 쪽 세계에도 해당하는 얘기이니, 정보 통합에는 문제가 없다고 봐도 되겠지.

지금은 키즈나 쪽 세계에 와 있기에 보류해 두고 있지만, 내가 담당하는 세계에서도…… 세 용사 놈들과 힘을 모아서 싸워야만 한다.

멍청하게도 쿄에게 붙들려서 영귀의 에너지원이 되어 준 녀석들과 말이다.

"그리고 권속기 소지자들은 패권 싸움에만 열을 올리고 있어."

그렇군……. 소재를 노리고 적국의 파도에 참가하는 활발한 모험가는 있어도, 그 대표가 되어야 하는 사성용사나 권속기 소지자들은 의욕을 보여주지 않는다는 거군.

강화 방법도 공유하지 않고 있을 테니 그렇게까지 강하지는…… 아니, 쿄는 상당히 강했었는데.

레벨을 올려서 스테이터스로 보완하고 있는 건지, 아니면 모종의 요소로 강해진 건지는 모르지만, 글래스 일당도 권속기 소지자를 물리치는 데 상당히 애를 먹고 있는 모양이다.

"키즈나의 동료들이 각지로 흩어져서 모험가들을 유도해 준 덕분에 가까스로 대처하고 있는 단계야. 어쨌거나 파도에 대한 대처는 충분하다고 생각하는지, 국가에서도 그렇게까지 사태를 무겁게 보지는 않는 것 같아."

타국의 수뇌진들이나 권속기 소지자, 사성용사들이 파도를 경시하고 있는 상황인가.

"전에 내가 겪었던 파도 때보다 마물들이 더 강해져 있고, 경험치도 더 늘어나 있는데 말야."

"그래서 국력 증강의 기회라느니 하는 이득에만 관심이 있는 거야. 세계의 멸망 같은 건 옛날이야기라고만 생각하고 있어."

"그래서? 알트가 나한테 온 건 뭔가 이유가 있어서 온 거 아냐?"

"단순히 만나고 싶어서 온 걸 거란 생각은 안 하는 거야?"

"설마……. 다른 사람은 몰라도 알트는 절대 그럴 일 없을걸."

신용을 못 얻고 있군. 뭐, 나도 노예상을 상대할 때는 비슷한 태도를 취하지만.

"어떤 나라에서 혼유약이라는 아이템을 판매한 모험가 얘기를 들었거든. 그 외에도 신기한 아이템을 갖고 있지 않을까 싶어서 만나러 온 거야."

역시 대단한 정보통이라고 해야 할까.

혼유약을 팔아치운 사건에 대한 소문만 듣고도, 그게 누구인지를 곧바로 알아내서 만나러 왔다는 얘기다.

상대가 다른 사람이라면 속여서 등쳐먹을 수 있을지도 모르지만, 나를 상대로 혼유약이나 다른 물건을 뜯어낼 궁리는 안 하는 게 좋을걸?

"그나저나, 그 혼유약을 취급하고 있는 건 나오후미 맞지?"

"그래. 하지만 제조법도 상품도 너한테 넘길 생각은 없어."

사실 제조법 자체는 책에서 본 덕분에 알고 있다.

도구도 이 나라에서 구할 수 있는 것 같으니, 재료만 있으면 얼마든지 만들 수 있다.

뭐, 방패로 만들 수 있게 된 후로는 직접 만드는 일은 별로 없지만.

"교섭해 볼 여지도 없게 생겼네. 이렇게까지 곧바로 딱 잘라 거절당하는 건 처음이야."

"교섭에는 자신이 있으니까. 혼유약에 버금가는 뭔가를 내게 내놓지 않으면 가르쳐줄 생각은 전혀 없어."

"나오후미, 조심하는 게 좋을 거야. 알트는 돈을 위해서라면 무슨 짓이든 할 녀석이니까."

"그렇게 말하는 것치고는 되게 친해 보이던데?"

"키즈나는 아직 이용 가치가 있으니까. 배신하는 건 위험부담이 더 크단 말이지."

건조한 관계군.

이런 녀석을 다루는 건 내 전문 분야다. 손바닥 위에서 놀게 해 주고 마음대로 이용해 먹는 것도 나쁘지 않겠군.

으음? 알트의 살갗에 닭살이 돋아 있잖아. 감은 예리한 것 같군.

"애초에 돈을 위해서라면 뭐든지 다 이용하는 녀석에게 혼유약 제조법을 알려줬다가는 제 목만 조르는 꼴이 될 거 아냐?"

혼유약은 글래스가 속한 종족, 스피릿에게 일시적으로나

마 폭발적인 힘을 주는 효과가 있다.

스피릿은 레벨 대신 에너지라는 개념을 갖고 있기에, 혼유약을 이용하면 강해질 수 있다는 것이다.

참고로 혼유약은 나나 키즈나, 권속기 소지자가 복용하면 SP를 회복시켜준다.

하지만 스피릿이 마시면 에너지를 회복시켜주는 효과를 발휘한다.

그런 약이 온 세계에 유통됐다가는 스피릿이 터무니없이 강해질 것 아닌가. 그랬다가는 전쟁이 벌어질 수도 있잖아.

안이하게 가르쳐줘서는 안 된다. 가르쳐준다면, 그에 걸맞은 정보나 물건을 얻어야 한다.

나는 그렇게 키즈나에게 시선으로 대답한다. 키즈나 쪽도 이해한 듯, 고개를 끄덕였다.

"하긴 그렇겠지. 나오후미에게 캐내는 것보다 라르크나 글래스에게 물어보는 게 나을 것 같은데."

"절대 안 가르쳐줄 거예요!"

"잘만 되면 기술 발전으로 이어질 수 있을 것 같은데 말야. 더 응축된 혼유약을 만들어낸다든지 하는 식으로."

"……절대 안 가르쳐줄 거예요."

왜 대답이 바로바로 안 튀어나오는 건데? 애초에, 할 말이 그것밖에 없냐?

"글래스, 강해지고 싶다고 해서 함부로 입을 놀리면 안 돼."

키즈나가 주의를 주자, 글래스는 연신 고개를 끄덕인다. 이거, 자칫 잘못하면 모조리 다 불어 버릴 것 같은데.

글래스와 그리 오래 알고 지낸 건 아니지만, 워낙 고지식한 녀석이라 호구가 되기 딱 좋겠군.

"알트, 너는 단 며칠 만에 혼유약 한 개를 4금판(金判)에 팔 수 있을 것 같아? 나오후미는 허장성세 전법으로 해냈는데."

"내가 못 하겠다고 할 것 같아?"

"상인한테 할 소리가 아닌 것 같은데. 불가능하다고 했다가는 신용도가 떨어질 테니까."

키즈나도 남들과 거래를 하는 건 좋아하지만, 실제로 파는 입장에 있는 건 아닌 모양이군.

상인들은 보통, 허세든 뭐든 갖가지 수단 방법을 동원해서 돈을 번다. 불가능한 것도 가능한 것처럼 보여서 상대방이 자신의 능력을 과대평가하게 만들지 않으면, 신뢰를 얻을 수 없다.

뭐, 나는 불가능한 일이라면 은근슬쩍 말머리를 돌려 버리지만.

이런 질문을 들으면 당연히 가능하다고 호언장담할 게 뻔하지 않은가.

"그럼 어느 쪽이 더 위인지, 로미나가 만든 물건을 두고 값 깎기 경쟁을 해 보면 알 수 있지 않을까?"

"그러지 마! 내 공방 망하게 만들 일 있어?!"

아, 로미나가 노골적으로 떫은 표정을 짓잖아.

로미나는 대장장이니까. 상인의 무서움을 몸으로 겪어 봐서 알고 있는 거겠지.

내가 마음먹고 값을 깎아대면 최저가보다 더 싸게 팔게 될걸.

무기상 아저씨도 내가 맡긴 의뢰는 결국 최저 가격으로 할 수밖에 없다는 걸 깨달은 모양이고 말이지.

"뭐, 그건 됐어. 용건은 그것뿐만이 아니었으니까. 키즈나, 너는 다른 세계의 사성용사를 찾아내는 도구의 개발도 중단시켰다는 모양이던데, 정말로 그런 식으로 세계를 지킬 수 있을 거라고 생각하는 거야?"

알트는 아까보다 약간 다그치는 말투로 키즈나에게 묻는다.

그런 도구까지 개발하고 있었던 건가. 만약에 그게 완성됐다면 세 용사 놈들은 틀림없이 죽었겠군.

"응. 나는 그런 짓은 절대 용납 못 하고, 모종의 수단을 발견할 때까지 기다릴 생각이야."

"하지만 너 말고 다른 사성용사들이 의욕을 보이지 않는 이 마당에, 무슨 수로 세계를 멸망으로부터 구할 생각이지?"

"다른 세계를 멸망시켜야만 구할 수 있는 세계라면 애초에 없는 게 낫다……. 그런 식으로 얘기할 생각은 없지만, 다른 가능성을 모색도 안 해 보는 건 옳지 않은 일이라고 생각해.”

“하긴, 키즈나다운 생각이네.”

“표정을 보니 무슨 일인가 생긴 것 같은데?”

“통찰력이 좋은데. 그래서 만나러 온 거고 말야.”

알트는 책을 몇 권 꺼내서 우리에게 보여준다. 내용이 똑같은 걸 보니 사본인 것 같군.

“미궁 고대도서관에서 발견한 문헌이야.”

나는 알트가 내민 책의 책장을 살펴본다.

곳곳에 삽화 같은 것이 있는데, 파도 같은 그림이 그려져 있었다.

성무기나 권속기 같은 무기가 사람 주위에 떠돌고 있고, 두 세계가 충돌하고 있는 것 같은 구도를 이루고 있다.

그리고…… 램프의 요정처럼 생긴 마물이며 천사, 이건 필로리알인가? ……얼굴을 알아볼 수 없는 빛 같은 사람이 그려져 있는데, 세계를 향해 손을 내뻗고 있는 식으로 연출되어 있다.

삽화만 갖고는 판별하기 힘들군. 다만, 서로 다른 세계들이 싸우고, 용사들끼리 서로 싸우고 있는 것처럼 보이지만, 중간에서 악수하는 모습도 들어가 있다. 키즈나가 원하는 정보가 적혀 있을 가능성은 충분해 보인다.

"상당히 오래된 고대의 문자고, 암호화돼 있어서 해독에 시간이 걸리긴 하겠지만, 동료들이 키즈나에게 보내준 선물이야."

"오오!"

"유능한 동료를 갖고 있나 본데?"

"최근에 와서야 찾아낸 책이야. 키즈나가 돌아오지 않았더라면 창고에 묻혀 있었을지도 모르지."

"잘만 해독하면 괜찮은 수확이 될 것 같군."

"그런 셈이지. 그래서? 전쟁 쪽은 어쩔 생각이지?"

"별로 싸우고 싶진 않지만, 상대방도 물러날 생각이 없는 것 같으니 어쩔 수 없지."

그렇다. 우리는 현재, 쿄가 소속된 나라와 전쟁을 벌일 준비를 하고 있는 중이었다.

당초에는 키즈나와 라르크가 앞장서서, 쿄가 소속된 국가에 항의의 뜻을 전했지만, 녀석들은 쿄를 내놓는 것을 거부했다.

그것도 모자라서, 우리가 뿔뿔이 흩어진 동료들과 합류하는 동안 인근 국가를 흡수하기까지 한 것이다.

거울의 권속기 소지자가 있는 국가나, 쓰레기 2호가 있던 나라도 우리가 탈출하는 것과 거의 동시에 점령당했다……고 한다.

현재는, 전쟁에 나서려는 쿄의 소속 국가와 신경전을 벌이고 있는 상태다.

전쟁에는 그에 합당한 준비가 필요하다.

우리는 현재 본격적인 전쟁이 시작되기 전에 필요한 준비를 갖추고 있다.

비밀리에 침입해서 쿄에게 죗값을 치르게 해 주는 작전도 고려했었지만, 상대도 그리 만만한 자들은 아니다.

쿄의 정확한 위치도 모르고 말이지. 그리고 우리가 잠복하고 있는 사이에 이 나라가 함락당하기라도 하면 상황이 심각해진다.

그러니 남은 방법은 전쟁에서 이겨서 상대를 제압하는 것뿐. 그래서 준비 중인 것이다.

정확한 위치만 안다면야, 쓱싹 해치우는 편이 빠르겠지만.

"나오후미 씨! 한눈팔면서 작업하는 건 이 아이들에 대한 예의가 아니에요!"

"라프?!"

테리스가 내 액세서리 제작에 참견한다.

뜬금없이 언성 높이지 말라고. 라프짱이 놀라잖아.

"시끄러. 넌 라르크 쪽에나 가 있어."

"그럴 수는 없어요. 나오후미 씨의 손에서 만들어지는 기적을 이 눈으로 똑똑히 보지 않으면 만족할 수 없는걸요!"

그렇다. 테리스는 어째선지 내 작업을 감독하고 있는 것이다.

"……나오후미, 작업은 좀 어때?"

어째 키즈나와 그 패거리도 내가 제작 중인 액세서리를 초롱초롱한 눈으로 쳐다보고 있잖아.

너희는 또 뭔데?! 아니, 애초에 이런 곳에서 회의를 하던 게 이것 때문이었냐?!

"마력 부여는 전문가에게 맡기기로 하고, 대충은 끝났어."

원래는 라프타리아의 칼집과 내 방패의 보석 부분을 덮는 뚜껑만 만들 계획이었는데, 키즈나는 루어, 글래스는 부채의 장식, 라르크는 당연하다는 듯 하오리를 떠맡겼다.

그런 것까지 맡길 만한 사이도 아니면서……. 나 원 참.

각자가 모아다 준 보석을 가공해서 일단 그럴싸하게 만들기는 했지만…… 어떤 효과가 있는지는 짐작도 안 간다.

아무래도 용사의 무기는 액세서리를 달면 특별한 효과를 발휘하는 모양이다.

이건 강화 방법을 공유할 수 없는 나와 키즈나 모두에게 공통된 점이었다.

기초적인…… 갑옷을 장비하거나 하는 것에 해당하는 거겠지. 강화와는 어떤 의미로 다른 항목이다.

그래서 실험 삼아 내가 액세서리를 만들고, 라르크가 다스리는 나라의 부여사가 부여를 시도한다.

그러고 나서 착용해 보기로 한 건데…….

"라프타리아 건 먼저 완성됐고, 리시아라면 그 책을 해독할 수 있을지도 몰라. 시험 삼아 한번 가져가 볼까."

"꽤 재미있더구나. 그 칼집 만드는 거."

"나도 그래."

라프타리아의 무기인 도의 칼집은, 키즈나의 친구인 로미나와 공동으로 만든 것이다.

칼집 자체에는 희소 광석을 사용하고, 칼을 꽂는 구멍 밑에 멋지게 보석을 박아 넣었다.

칼집 한가운데쯤에 가문(家紋) 같은 걸 새길까도 고민했었다. 이건 라프짱의 얼굴 같은 가문을 만들어서 그려 넣으려다가, 라프타리아가 화를 내는 바람에 아무 문양도 안 넣기로 했다.

칠은 로미나에게 맡겼다.

이 칼집에 라프타리아가 가진 도의 권속기를 꽂으면, 칼집도 도에 못지않게 호화롭게 보이리라.

내 쪽은 과거에 무기상 아저씨가 만들어준 액세서리를 본떠서 만들었다. 방패의 보석 부분을 덮는 뚜껑이다. 어떤 효과가 있는지는, 장착한 후에나 알 수 있으리라.

"자, 키즈나. 네가 그렇게 기다리던 루어야. 능력 부여는 나중에 부여사를 찾아가서 맡겨."

"오오!"

키즈나에게는, 보석을 듬뿍 붙여서 번쩍번쩍 빛나는 루어를 만들어 주었다.

“이건 미노우야? 아니면 폽퍼인가? 크랭크베이트?”

“몰라. 그냥 그럴싸하게 만들어 본 것뿐이니까.”

“우와! 이거 무지 기대되는데!”

더불어 글래스에게도 장식을 건네준다.

부채 끝에 매다는 끈 같은 거다. 실에 보석을 꿰어서 만들었다.

어이, 너까지 그렇게 희희낙락하지 마. 소름 끼치니까.

“너도 키즈나랑 같이 능력부여를 맡겨 둬.”

“알았어요.”

“아아……. 정말 근사한 작업 광경이었어요.”

그런 광경에, 테리스가 감격한 듯 손을 모은 채 황홀한 표정으로 지켜보고 있다.

역시 이상한 여자라니까. 라르크는 좋아하는 것 같지만, 난 도통 이해가 안 가는군.

“확실히 액세서리 제작 실력은 대단해. 나도 가까이서 보면서 놀랐다니까. 보석 가공 같은 건 보통 어려운 일이 아닌데 말이지.”

“뭐……. 저쪽 세계에서 깐깐한 녀석에게 배웠으니까.”

한참 전이지만, 액세서리 상인에게 배운 기술이다.

딱히 어렵다고 느끼지는 않고, 방패의 보정도 들어가서 품질을 향상시켜 주니 그리 고생스럽지는 않다.

하지만, 그런 모습이 대단한 고수처럼 보이는 모양이다.

“키즈나, 너도 마음만 먹으면 만들 수 있을 거 아냐? 사성무기에 비슷한 기능이 있을 테니까.”

“그야 그렇지만 말야, 역시 남이 만들어 준 걸 선물 받는 게 더 기쁘잖아.”

“이건 선물할 뜻으로 주는 게 아니라고. 그리고 나중에 잘 배워 둬. 내가 떠나면 네가 만들어야 하니까.”

“키즈나, 나오후미 씨에 필적할 만한 걸 만들어 주세요.”

어째선지 테리스가 키즈나에게 명령하고 있다.

테리스의 타오르는 듯한 시선에 한창 흥분해 있던 키즈나도 제정신을 차렸는지, 테리스로부터 시선을 돌렸다.

“뭔가 무지 즐거워 보이네. 나도 보고 있으니 즐거운걸.”

그리고 어째선지 알트가 웃으며 지켜보고 있다.

훗날 돌아보면 지금 이 순간도 즐거운 한때로 기억되려나?

나 원 참……. 뭐든 다 즐거운 추억으로 만들어 버리려는 녀석들 때문에 독기가 빠져나가잖아.

그런 건 일상 애니메이션 속에서만 보고 싶은데 말이지.

“자, 그럼 이제 라프타리아에게 이걸 보내도록 할까. 로미나, 내가 의뢰한 방어구 쪽은 어떻게 됐지?”

“지금 해석 중이야. 결전 때까지는 어떻게든 해결할게.”

“큰 기대는 안 하고 기다릴게. 자, 그럼 성으로 가 볼까.”

우리는 칼집을 들고, 성에서 훈련하고 있는 라프타리아

일행에게 가기로 했다.

2화 발도 대결

그 후, 알트는 성에서 업무를 보고 있는 라르크와 대화를 하러 간다며 우리와 헤어졌다.

"경과는 좀 어때?"

우리는 성의 뜰로…… 어째 메르로마르크에 있던 시절과 하는 일이 달라진 게 없는 것 같은데. 라프타리아 일행은 연습에 매달려 있었다.

다른 세계에 와서도 훈련이라니, 쉴 틈도 없군.

시간이 날 때면 여기서 리시아와 함께 훈련을 하고 있다.

"제법 성과가 있는 것 같아요."

"호오, 자신이 있는 모양인데."

"네."

라프타리아는 도의 권속기에게 선택받아서인지, 도망 생활 중에도 라르크와 글래스에게 검술 지도를 받았다고 한다.

나는 도망 생활 중에는 레벨업과 돈벌이 이외에는, 훈련다운 훈련도 하지 않았었다.

그것 때문에 실력 차가 생기는 건 좀 찜찜한데…….

"지금, 제가 습득한 기(氣) 사용법을 리시아 양에게 가르쳐주고 있는 중이에요."

으음. 벌써 라프타리아에게 이것저것 뒤처진 것 같은 기분인데.

"일단 확인해 두고 싶은데, 그거 설마 변환무쌍류 할망구가 얘기한 그거야?"

"아, 네. 제가 혹시 뭔가 잘못했나요?"

"아니……."

"뭐, 됐어. 리시아와 필로는……."

"후에?!"

내가 리시아 쪽을 쳐다보자, 리시아는 어쩔 줄 몰라 하며 주위를 두리번거린다.

누가 놀리기라도 했나? 아무래도 나를 껄끄럽게 여기는 건지, 안절부절못하고 있잖아.

"필로는?"

"아, 맞다, 나오후미 님. 필로 말인데요, 기를 사용할 수 있는 것 같아요."

"무슨 뜻이지?"

라프타리아가 필로에게 시선을 돌린다.

"필로."

"왜~애?"

“피트리아 양에게서 배운 힘 사용법을 여기서 한번 보여 주세요.”

“으…… 필로 지치니까 싫어~.”

필로 녀석, 아무래도 다른 세계로 넘어오는 바람에 스태미나가 떨어진 모양이다.

예전보다 빨리 지치게 된 건가.

그 대신 날 수도 있게 됐고, 마법을 주무기로 한 전투법을 익히게 됐지만 말이지.

“어쨌든 한번 해 보세요. 나오후미 님이 칭찬해 주실 거예요.”

“알았어~!”

필로가 척 하고 자세를 잡더니, 뭔가 힘을 주는 것 같았다.

난 칭찬해 준다는 얘기 한 적 없는데……. 뭐, 알 게 뭐야.

그러고 보니 피트리아에게서 전투 방법을 배운 후로 상당히 움직임이 좋아지긴 했지.

공격도 날카로워진 것 같은 느낌이 들고.

“후, 필로 피곤하니까, 힘을 좀 모을게~.”

이번에는 주위의 마력을 모아들이는 자세를 취한다.

영귀의 심장과 싸울 때 썼던, 그 기술이군.

“글래스 양에게도 기의 개념과 비슷한 기술이 있는 것 같아서, 서로가 가진 정보를 교환해 봤어요."

"네, 제가 알고 있는 유파에 비슷한 요소…… 프라나라고 불리는, 힘을 모아서 증가시키거나 에너지를 보존하는 기술이 있어요."

비슷한 기술이라. 할망구가 얘기한 이론과 어디까지 부합되는 건지 불명확하다는 점이 문제로군.

"단, 그렇게까지 응용성이 좋으면서 강력한 건 본 적이 없어요. 그러니 저도 어떻게든 그 기술을 습득하고 싶어서, 라프타리아 양과 같이 매일 단련하고 있지요."

글래스는 지금보다 더 강해지는 건가……. 가르쳐주기 싫은데.

게다가 라프타리아의 조언 덕분에 기를 보는 방법을 익힌 상태라고 한다. 도대체 얼마나 대단한 재능을 갖고 있는 거냐.

글래스는 지금도 필로를 보며 분석하고 있다.

"보아하니 이 아이는 천성적인 재능이 있는 것 같네요."

"그것도 기 얘기냐?"

그러고 보면 지금까지는 필로에게 리시아 상대를 맡겨 온 탓에, 할망구에게 제대로 보여준 적은 없었다. 아니, 애초에 할망구도 필로에게는 가르칠 필요가 없다고 얘기했었던 것 같다.

그게 이런 뜻이었나.

"아마도요……. 다만, 기복이 있는 것 같다고 할까, 더 가다듬으면 한층 더 기술이 상향될 수 있을 거예요."

"들었지, 필로? 열심히 해 봐."

"네~에!"

그리고, 다시 리시아에게 시선을 돌린다.

"라프타리아, 글래스. 리시아는 어떻지?"

"썩 순조롭지는 않아요."

아아, 역시 그랬군. 본인도 노력을 하고 있지만, 아직 개화하지 못한 모양이다.

"그 할망구 말로는, 월등한 재능이 잠들어 있다는 모양인데 말이지. 가끔씩 그 편린을 보여줄 때도 있으니, 기대는 하고 있지만……."

"후에에에……."

가능하면 글래스가 가르쳐줬으면 좋겠군.

"리시아 양에게…… 재능이요?"

글래스가 리시아를 뚫어지게 쳐다보고 있다.

"제가 보기엔, 일반인들보다도 프라나가 적어 보이는데요……."

"재능이 없다는 얘기야?"

"나오후미 님, 좀 더 완곡하게 표현할 수도 있잖아요."

아니, 리시아는 전투보다는 다른 부분에 재능이 있으니까……. 그래도 가끔씩 각성한 것 같은 활약을 보여주곤 하는데, 글래스의 얘기로는 그 점에 대해 설명할 수가 없잖아.

"아뇨, 그게 아니라……. 설명하기가 어렵네요. 나오후미의 말마따나, 재능은 있다고 생각해요."

"어째 애매모호한 설명이네."

"나도 이해가 잘 안 가는데. 결국 어떻다는 거야?"

글래스가 끙끙거리며 대답한다.

"뭐라고 해야 할까요. 저도 리시아 양이 눈에 띄게 확 강해지는 순간을 직접 목격했으니까, 재능이 있다는 건 알고 있어요."

"흐음……."

"구체적으로 설명하지만, 아까 필로 양이 했던 것처럼, 프라나를 외부에서 보충함으로써 몸속의 기초 프라나 대신 순환시키고 있다는 얘기가 되겠지요. 아, 이건 어디까지나 제 개인적인 분석일 뿐이니까——."

그러고 나서, 뭔가 주절주절 설명을 시작한다.

솔직히, 전문용어가 너무 많아서 건성으로 맞장구치는 게 고작이었다.

요컨대, 리시아는 인간이 본래 갖고 있는 기가 극단적으로 적고, 그것을 보완하듯이 외부로부터 기를 보충하는 식으로 능력을 상승시킨다는 모양이다.

그러고 보면 명력수(命力水)를 복용했을 때도 비슷한 현상이 나타났었지. 제어는 실패했지만.

그리고 글래스의 눈으로 보면, 쿄를 상대로 싸울 때 분노한 리시아가 선전을 펼친 건 감정의 고양 때문에 정확하게 힘을 컨트롤하는 데 성공했기 때문이었던 모양이다.

"한마디로 리시아는 노력하면 성장할 수 있다는 거야?"

"그런 셈이지요."

"정리해 보자면, 길게 얘기한 게 바보짓처럼 느껴지는 결과가 돼 버리네."

"얘기하지 마. 허무해지잖아."

보라고, 키즈나. 글래스 뺨이 굳어져 버렸잖아.

어쨌거나…… 글래스도 이렇게 얘기하는 걸 보면, 일단 재능이 잠들어 있다는 건 확실한 모양이군.

내가 보기에는, 리시아의 재능은 지식 면에서 가장 빛나는 것 같은데 말이지.

"참 부럽네요."

그때 끼어든 건 에스노바르트였다.

뭐야? 왜 네가 반응하는 거야?

하긴, 그러고 보면 이 녀석은 후방 지원 담당이고, 권속기 소지자치고는 그다지 강해 보이지 않는다.

우두커니 뇌까린 에스노바르트의 말에, 키즈나와 글래스의 표정이 어째선지 침울해진다.

"왜들 그래?"

"아……. 나오후미는 에스노바르트가 전선에 나서지 않

는 이유를 몰랐었지."

"모르긴 하지."

생각해 보면 후방 지원 담당이라는 이유로, 글래스 일행을 수색할 때도 따라오지 않았었다.

지식이나 마법 담당이고, 배는 단순한 이동수단이라고 생각했었는데, 아니었나?

……그러고 보면 파도와 싸울 때도 거의 싸우지 않았었던 것 같다.

날로 먹고 있다…… 그런 식으로 생각할 수는 없을 것 같군.

애초에 권속기 소지자는 싸울 의무가 있으련만, 싸우지 않는 것처럼 보인다.

본인도 최대한 싸움을 피하고 있는 것처럼 보이고, 주위도 추궁하지 않는다.

뭔가 이유라도 있는 걸까?

이를테면 배의 권속기는 나나 키즈나처럼 공격에 제한이 있다든가?

"제 종족은…… 레벨에 따른 보정을 거의 받지 않아요."

엉?

나는 말없이 에스노바르트를 쳐다본다.

그리고 리시아에게로 시선을 보냈지만, 아무도 눈치채지 못한다.

"그게 문제란 말이자. 처음에는 에스노바르트도 우리랑 같이 모험을 다녔어. 그 과정에서 레벨도 충분히 오르긴 했지만……."

"키즈나와 다른 동료들의 스테이터스를 듣고 깜짝 놀랐어요. 제가 아무리 레벨을 올려도, 스테이터스는 보잘것없는 수준으로밖에 상승하지 않아서, 눈에 띄게 차이가 벌어져 버렸으니까요."

"무기를 강화해서 능력을 높이면 해결할 수 있을 거 아냐?"

"그렇긴 해. 하지만, 그래도 배율 문제 때문에……."

초기 스테이터스에 능력 해방에 의한 스테이터스 보너스를 더해서 때우는 식으로 말이지.

그러면 아예 싸우지 못할 정도는……. 아—…… 이 세계는 사람도 마물도 파도도 강력했었지.

때우는 데에도 한계가 있는 건가.

"마법도 종류는 많이 익힌 상태지만, 위력이 부족해서…… 다른 동료 분들의 발목을 잡게 될 가능성이 있어요."

마법을 이용한 지원도 그다지 강하지는 않다는 건가.

……응. 리시아와 비슷한 능력을 가진 녀석이군.

"제가 앞으로 나섰다가 치명상을 입으면 안 된다면서 동료 분들이 지켜 주고 계시지만…… 저는 권속기 소지자니까요. 다른 사람들의 보호만 받는 건, 가시방석에 앉은 기분이에요."

에스노바르트는, 누군가를 지켜주는 쪽에 서고 싶다면서 한탄하고 있는 것이다.

"말은 그럴싸하지만, 행동은 전혀 없군."

"나오후미 님, 저…… 좀 더 부드러운 표현을 쓰시는 게 어떠신지?"

내 말이 틀린 건 아니잖아?

싸우고 싶지도 않은데 억지로 남들을 지켜야 하는 나와는 달리, 자신의 결의에 따라 앞으로 나서서 직접 공격을 가하는 게 가능한 이 녀석이라면, 방법은 얼마든지 있을 것이다.

에스노바르트는 배의 권속기 소지자로, 예전에 탔을 때 보니 날아다니는 배 안에 대포 같은 것도 실려 있었다.

대포가 배의 분류에 속해 있고 일제사격 같은 게 가능하다면, 전투도 얼마든지 가능할 터.

아아, 여기도 스테이터스에 의존하고 있는 세계라면, 마물에게 대미지가 들어가지 않는 걸지도……. 그것도 전혀 가능성이 없는 얘기는 아니군.

하지만 스테이터스로 모든 게 결정되는 거라고만 생각하고 있는 거라면, 응석 좀 작작 부리라고 말해 주는 수밖에!

"리시아를 봐! 이 녀석의 스테이터스는 눈물 나게 낮단 말이다! 그런데 넌 권속기까지 갖고 있으면서 뭘 그렇게 징징거리고 있는 거야?!"

"후에에에에에에에?!"

리시아가 절규를 내지른다.

"나오후미, 그건 말이 좀 지나친 거 아냐? 에스노바르트에게도, 리시아 양에게도."

"아니, 전혀 지나치지 않아. 본인의 의욕 문제라 이거야."

나는 키즈나를 손짓해 불러서, 귀에 대고 리시아의 스테이터스를 차례차례 가르쳐준다.

리시아는 성장 보정을 위해 내 노예가 되어 있기에, 그녀의 스테이터스를 볼 수 있는 것이다.

내 설명을 듣는 동안, 키즈나의 안색이 눈에 띄게 파랗게 질려 간다.

"어……. 말도 안 돼. 정말 그렇게까지 낮은 거야?"

"그래, 평소에는 말이지. 솔직히, 쿄를 상대로 각성했을 때 이외에는 계속 이 정도였어."

"무, 무슨 얘기예요?"

궁금했는지, 글래스가 키즈나에게 묻는다.

그리고, 어째선가 리시아 앞에 무릎을 꿇었다.

"죄, 죄송합니다. 설마 그렇게 낮은 능력으로 파도의 전선에 와 계실 줄은 생각도 못 했어요."

"후에에에에에에?!"

"무릎까지 꿇을 정도냐……."

"나오후미, 당연하다는 듯이 리시아 양을 전투에 참가시키던데, 솔직히 그건 무모하다고 해도 과언이 아닌 수준이라고!"

키즈나는 나에게 화를 내고 있다. 그게 그렇게까지 심한 일이었나?

오히려 너희 반응이 더 심한 거 아냐?

라프타리아는 어떻게 반응해야 좋을지 몰라서 미묘한 표정을 짓고 있다.

"저기, 본인이 강해지기를 원하고 있으니까, 문제 될 건 없지 않을까요?"

"라프타리아 양, 용기와 만용은 달라요! 이 전력으로 싸웠다간 목숨을 잃을 뿐이에요!"

어라? 분위기가 좀 이상해지네. 나는 원래, '노력도 하지 않는 너는 리시아를 부러워할 자격도 없다'라고 에스노바르트를 나무라려던 것뿐이었는데, 왜 우리가 질책당하는 처지가 된 거야?

"그랬군요……. 제가 가진 결의는 리시아 양의 의지보다도 못했었던 거군요."

에스노바르트는 리시아의 능력을 확인하고, 그런 능력치로도 싸움에 대한 의지를 보이는 리시아를 보며 고개를 끄덕인다.

"재능이란 건 언제 꽃을 피울지 알 수 없는 거잖아. 레벨

보정? 단순히 대기만성형일 수도 있으니까, 실력을 올리는 노력을 게을리하지 마."

너도 명색이 권속기 소지자잖아?

능력 향상이 멈추는 바람에 슬럼프에 빠져 있는 건지도 모른다. 하지만 남과 자신을 비교하고, 자신은 원래부터 열등하니 어쩔 수 없다는 식으로 포기할 여유가 있으면, 리시아처럼 앞을 향해 조금씩 노력을 쌓아 가면 된다.

"후방 지원 담당으로 만족한다면 상관없지만 말이지. 조금이라도 강해지고 싶다면 노력하는 수밖에 없잖아. 강함은 스테이터스만으로 측정할 수 없다는 걸 난 알아. 너는 정말 강해질 수 없어서 강해지지 않는 게 아니니까."

"나오후미 님……."

"뭔가 폼 나는 말을 하는데. 나오후미는 나와 마찬가지로 전투에 결함을 갖고 있는데 말야."

"시끄러워."

나도 공격을 할 수만 있다면 공격도 하고 싶지만, 저주받은 방패 때문에 공격이 불가능하니까 어쩔 수 없잖아.

하지만 난 그렇다고 포기할 생각은 없다.

에스노바르트의 무기가 그런 제한을 받고 있는 게 아니라면, 희망은 얼마든지 있다.

리시아도 재능이 있다는 소리는 여러 번 들은 적이 있었고, 우연이나마 쿄를 상대로 선전을 펼친 적도 있으니, 자질은 있는 게 분명하다.

남은 건, 본인의 노력으로 결실을 얻어 내는 것뿐이다.

해 보지도 않고 후회하느니, 해 보고 후회해라.

투덜거리는 건, 노력부터 해 보고 해도 늦지 않다.

"알았어요. 글래스, 저도 훈련에 참가시켜 주세요."

"괘, 괜찮겠어요?"

"네. 여러분을 지켜드릴 수 있도록, 저도 리시아 양처럼 노력해 보고 싶어요."

"여, 열심히 해 봐요!"

에스노바르트와 리시아가 의기투합한 모양이다.

의욕 넘치는 두 사람을 보며, 글래스도 미소 짓고 있다.

"두 분, 제 지도는 고될 테니 각오하셔야 할걸요!"

어쩐지 글래스의 투지에 불이 붙은 모양이다. 글래스의 등 뒤에 뭔가가 보이는 것 같다.

"그럼 두 분! 우선은 체력 단련부터 시작하죠! 자, 어서 가요!"

"네!"

"네에에!"

밑도 끝도 없이 셋이서 뛰어가 버린다.

아, 리시아와 에스노바르트가 동시에 자빠졌다.

똑같은 자질을 가진 저 둘은 얼빵한 구석도 쏙 빼닮은 건가.

"저기, 나오후미 님. 그런데 저희에게 용건이 있어서 오신 것 아니었어요?"

"아아, 그러고 보니 그랬었지."

리시아의 강함 운운하느라, 얘기가 삼천포로 빠져 버렸잖아.

나는 대장간에서 가져온 칼집을 라프타리아에게 건넨다.

"아, 고맙습니다!"

라프타리아는 기뻐하며 웃는다. 그래그래, 그 얼굴을 보고 싶었다니까.

지금까지는 임시로 싸구려 칼집에 넣고 다녔었는데, 무기에 걸맞게 근사한 칼집에 넣으니 도의 매력이 한층 더 돋보이는군. 칼집에 꽂힐 때 챙 하는 소리까지 난다.

응? 순간, 칼집에 박힌 보석이 번쩍 빛난 것 같았는데.

"키즈나가 얘기하길, 권속기나 사성무기에 액세서리를 달면 특별한 효과를 부여할 수 있다나 봐."

"응. 어떤 효과가 있을지는 알 수 없지만."

"일단, 액세서리의 부여 효과는 라프타리아가 움직이기 편하도록 민첩성을 중시하긴 했는데……."

추가적인 능력 부여는, 국가의 부여사라는 자들에게 맡겼다.

나도 확인해 봤는데, 내 의도를 제대로 반영해서 능력을 부여해 준 모양이었다.

뭐, 뭔가 문제가 있는 걸 심어 놨을 가능성이 없는 건 아니지만, 권속기에 능력을 부여하는 건 부여사에게도 쉬운 일이 아니다. 그런 짓까지 하기는 힘들 것이다.

"아직은 잘 모르겠어요."

"칼집의 보석 부분이 빛나는 것 같지 않아?"

"그래. 눈금을 채우듯이 빛이 점점 차오르는 것처럼 보였어."

"하아……. 무슨 일이 일어나는 걸까요?"

"끝까지 다 차오르기를 기다렸다가 확인하는 수밖에 없겠지."

"애초에 뭐가 어떤 식으로 작동하는 건지도 알 수 없고 말이지."

"그러게 말야."

"시험 삼아 도를 한번 뽑아 보면 알 수 있을지도 몰라."

그럴지도 모르겠군. 모종의 조건을 충족하면 작동하는 것일 수도 있다.

내가 예전에 무기상 아저씨에게서 받았던 액세서리도 그런 식으로 작동했었다.

그때는 지속적으로 공격을 받으면 작동했었는데 말이지.

그 보석은 유성방패를 사용했을 때 발생하는 것 같은 결계를 생성했었다. 게다가 반격 능력도 있었으니, 꽤 우수한 성능이라 할 수 있으리라.

최대한 그때 그 액세서리와 비슷하게 만들어 보려고 했는데…… 아, 얘기가 곁길로 샜군.

"그래, 라프타리아. 도를 한번 뽑아 봐."

"아, 네."

라프타리아가 칼집에서 도를 뽑자, 칼집에 붙어 있는 보석의 빛이 사라져 버렸다.

"꺼졌네."

"이러면 조건은 확실히 밝혀진 셈 아냐? 이번엔 충분히 모았다가 뽑아 보자."

"알았어요."

칼집에 도를 다시 꽂고, 칼집의 보석에 빛이 차오르기를 기다린다.

"이렇게 되면 칼집에 꽂은 채로 싸워야 할 것 같은데. 칼날이 드러나게 만드는 게 나으려나?"

"그러면 칼집의 의미가 없잖아."

"문제는 그거야. 형태를 바꾸면 어떻게 될지 시험해 봐야 해."

"의외로 모으는 데에 시간이 걸리네요."

"예비용 도가 더 있으면 이 상태로도 문제가 없을 텐데."

"글래스의 부채는 두 개로 만들 수 있었을 거야. 이도류 같은 느낌으로 춤추면서 싸우곤 했으니까."

"스킬을 습득시키면 그런 기능도 늘어나는 모양이군."

"그런 것 같아."

"저기…… 제 도를 보면서 분석하는 건 그만 좀 해 주셨으면 좋겠는데요."

라프타리아가 민망한 듯 중얼거린다.

어쩔 수 없잖아. 라프타리아에게 줄 액세서리가 제일 먼저 완성됐으니까.

"반짝반짝 빛나는 거 예쁘다~."

"라프~."

허밍 팔콘 형태로 변신한 필로와 라프짱이, 도를 쳐다보는 내 위에 올라타서 들여다본다.

남들이 보기엔 굉장히 이채로운 광경이겠군.

그리고 체감 시간으로 3분쯤 지났을까. 드디어 보석의 빛이 가득 차올랐다.

찰칵 하고 물림쇠가 소리를 냈다.

참 알아보기 쉬운 신호로군.

"좋아, 그럼 라프타리아, 시험 삼아 검을 뽑아 봐."

"아, 알았어요."

라프타리아는 칼집을 왼손으로 붙잡고 오른손으로 천천히 도를 뽑는다.

응? 뭔가 라프타리아의 모습이 두 개로 보이는 것 같잖아?

키즈나도 나와 마찬가지인지, 라프타리아를 보며 고개를 갸웃거린다.

뭐랄까, 가까스로 눈으로 따라잡을 수는 있지만 몸으로는 따라잡을 수 없는 속도로 움직이고 있다고나 할까……. 좀 더 쉽게 말하자면, 필로가 하이퀵을 썼을 때 같은 속도로 움직이고 있는 것 같다.

어쩌면 그런 속도로 움직이는 라프타리아에게 반응할 수 있는 나와 키즈나가 더 이상한 건지도 모른다.

아까부터 초롱초롱한 눈으로 쳐다보기만 할 뿐, 존재감을 감추고 있는 테리스는 무시하자.

그리고 채 몇 초도 지나지 않았을 때, 라프타리아의 속도가 원래대로 돌아왔다.

"어라? 나오후미 님?"

"왜 그러세요?"

"칼집에서 도를 뽑은 순간부터 몇 초 동안, 나오후미 님과 다른 분들이 천천히 움직이는 것처럼 보였어요."

"그랬겠지. 내 눈에는, 움직임을 따라잡기 힘들 만큼 라프타리아의 움직임이 엄청 빠르게 보였어. 필로의 하이퀵처럼 말야."

"그 속도로 덮쳐들면, 난 아마 방어에만 급급할 수밖에 없을 거야."

"나도 그래."

가까스로나마 방어해 낼 수 있을지 어떨지 수상한 수준이다.

"아마, 라프타리아의 칼집은 일정 시간 동안 도를 꽂아 두면, 도를 뽑는 순간에 하이퀵이 작동하는 효과가 있다고 봐도 될 것 같군."

"꽤 빠른 것 같던데? 발도술 대결 같은 식으로 마물을 해치울 수도 있을 것 같아. 제법 폼 나겠는데."

"참치용 회칼로 적을 일격에 해치우는 키즈나가 할 소리는 아닌 것 같은데. 폼 날 것 같다는 얘기에는 동의하지만."

솔직히, 이 칼집을 이용해서 라프타리아가 발도술을 구사할 수 있게 된다고 해도, 공방 면에서 모두 키즈나가 더 빈틈이 없다.

애초에, 라프타리아의 발도술은 도를 뽑는 직후에만 작동하는 것이다.

직후의 기회를 놓치면, 다시 사용하려면 3분 가까이 공격이 불가능해진다.

맨손으로 상대를 후려쳐 봤자 무기의 제한 조항에 걸린다. 마찬가지로, 다른 무기도 못 쓴다.

마법으로 지원하는 방법도 있지만, 발도술 하나만 믿고 싸우는 건 좋지 않을 것이다.

뭐, 없는 것보다는 낫겠지만.

"저기…… 남을 두고 분석하고 고찰하는 건 좀 적당히 해 주셨으면 좋겠는데……."

"글래스처럼 두 개의 부채를 동시에 구사하는 기술을 연습하면, 적절하게 바꿔 써 가면서 싸울 수 있겠군."

"무기는 고정일지도 몰라."

"그래도 성능 자체가 우수하잖아."

"제 얘기 좀 들어 주세요!"

"아아, 미안. 키즈나와는 워낙 말이 잘 통해서 말야."

어째 라프타리아는 내가 키즈나와 얘기를 하고 있으면 언짢아하는 것 같군.

이건…… 질투인지도 모르겠군.

부모나 다름없는 내가 다른 여자와 정답게 얘기하고 있는 것이다.

자식인 라프타리아 입장에서는 부모를 빼앗기는 것 같은 기분이 들 만도 하겠지.

"뭔가 무시무시하게 따뜻한 시선을 받고 있는 것 같은 기분이 드는데요!"

"진정해. 어쨌거나 마물 사냥 같은 걸 할 때, 초반에 재빨리 움직일 수 있는 건 유리하게 작용할 거야."

"그건 그래. 그 점만으로도 충분하겠지."

재빨리 선제공격을 할 수 있다면 좋은 일이겠지.

필로의 경우는 의식을 집중하고 있다는 게 한눈에 보이니 상대도 경계하기 마련이지만, 라프타리아의 경우는 상대방이 알아채기 전에 선제공격을 할 수 있다. 상대가 대응해 봤자 이미 한발 늦는다.

뭐, 잘만 쓰면 우수한 비장의 카드가 되리라.

"충전한 에너지를 손실시키지 않고, 한 번 검에 집어넣으면 다음에는 곧바로 발동할 수 있게 할 수는 없을까?"

"부여사에게 얘기해 봐야지. 사용법에 따라서는 그쪽이 더 유리할 테니까."

"그렇지? 그럼 나중에 보고해 둘게."

"아아, 정말. 그렇게 강화 방안까지 마음대로 정하기예요? 나오후미 님 장비는 어떤데요?"

"아직 완성 안 됐어."

일단 이상적인 결과를 상상하며 만들기는 했지만, 실제로 어떻게 될지는 아직 모르니까 말이지.

"키즈나 양은요?"

"그렇게 물어봐 주기만을 기다리고 있었단 말씀! 짜자~안!"

키즈나가 해맑은 얼굴로, 내가 만들어 준 휘황찬란한 루어를 내보인다.

그 모습을 본 라프타리아는 황당해하는 눈초리로 나를 쳐다본다.

"본인의 요망에 따른 거야."

"지금부터 부여사에게 부여를 부탁하고, 오늘 밤엔 밤낚시를 갈 거야!"

"키즈나 양은 낚시를 정말 좋아하시네요."

"그야 당연하지! 내 취미는 낚시란 말씀이야!"

뭘 그렇게 득의양양하게 얘기하는 건지. 그러고 보니 어제 글래스가 뭔가 한탄을 해대던 게 기억난다.

집으로 돌아온 키즈나의 방에는 어탁이 즐비하게 걸려 있었다.

그건…… 전부 다 키즈나가 낚은 물고기들이었을까?

물고기라고는 표현하기 힘든 생물들도 일부 섞여 있었던 것 같았는데.

"에스노바르트에게 부탁해서 배낚시나 해 볼까~."

"내일은 외출해야 하니까 적당히 해 둬."

"네, 네~에."

이 녀석, 밤늦게까지 할 게 분명하군.

"어디 가실 건데요?"

"아아, 라르크 패거리와 같이 마물 퇴치 연습을 하러 갈 거야. 내일에 대비해서 푹 쉬어 둬."

"알았어요."

뭐, 라프타리아는 이런 식으로 착실하게 점점 강해져 가겠지.

"아, 어이, 리시아!"

까맣게 잊고 있었다. 나는 구보를 하고 있는 리시아를 부른다.

"왜 그러세요?"

"파도에 대한 기술이 적힌 서적이라나 봐."

내게서 책을 건네받은 리시아도 사본을 가볍게 훑어본다.

"어쩌면 너라면 해독할 수 있을지도 몰라. 한번 도전해 보는 게 어때?"

"제, 제가요?!"

"그래. 그런 건 네 주특기잖아?"

"책 읽는 걸 좋아하긴 하지만, 해독까지 할 수 있을지 어떨지는 모르는걸요오."

겸손한 건 좋은 일이지만, 이렇게까지 겸손을 떠니 살짝 짜증까지 나는군.

뭐랄까…… 실은 인도어적 재능을 갖고 있는데, 본인은 아웃도어적 활동을 원하는, 어떻게 보면 가엾은 녀석이다.

"명령이니까 내 말 들어. 노력이라도 해 봐. 잘만 되면 이츠키의 부담도 줄일 수 있으니까."

어쩌면 이 서적에는 파도의 비밀이 적혀 있을지도 모르니까 말이지.

이런 상황이야말로, 평소에는 별 도움이 되지 않는 리시아가 활약할 때 아니겠는가.

"하, 한번 해 볼게요!"

리시아는 책을 보따리에 집어넣고 구보를 재개했다.

"나오후미 씨, 오늘 마법 연습은 어떻게 하실 건가요?"

끄응……. 지금까지 조용히 상황을 지켜보고 있던 액세

서리 매니아, 테리스가 말을 꺼냈다.

그렇다. 나는 지금, 테리스에게 마법을 배우고 있다.

액세서리를 제작하는 틈틈이 말이다.

오스트가 내게 남겨준, 영귀의 심장 방패를 얻었을 때 습득한 기술…… 용맥법(龍脈法)이라는 마법 사용법인데, 그게 도무지 이해가 안 된다.

아마, 오스트가 가르쳐준 마법일 거라고 짐작은 하고 있지만, 그 퍼즐을 이끌어내지 못하고 있는 것이다.

나 자신과는 다른 무언가의 힘을 빌리는 마법인 모양이다.

그렇게 생각하고, 얼핏 보기에 어쩐지 그것과 비슷한 마법을 사용하던 테리스에게 물어봤다.

그랬더니 계통은 다르지만 응용은 가능할지도 모르겠다면서 나에게 마법을 가르쳐주겠다고 했다.

덕분에 요 며칠 동안 이것저것 배우고 있는데, 이게 제법 어렵다.

"오늘도 해야지. 그 지원마법을 익히기 위해서라도."

오스트의 힘을 빌린 덕분에, 나는 알 레벨레이션 아우라라는 고도의 지원마법을 사용할 수 있었다.

그때의 능력 향상은 어마어마한 수준이었다.

앞으로 살아남기 위해서는 꼭 필요한 수단이기도 하고, 오스트가 남겨준 이 힘을 완벽하게 익히는 것은 나의 의무

이기도 하다.

그렇기에 나도 단련을 게을리할 수 없는 것이다.

그리고 나는 테리스에게 마법을 배우는 대가로 액세서리 제작 과정을 그녀에게 보여주기로 약속해서, 이렇게 매일 액세서리 제작 장면을 보여주고, 마법을 배우고 있다.

테리스에게서 마법을 배우기 위해서는 보석이 필요하기에, 적당한 보석을 가공하기도 했다.

테리스는 원래 보석에서 비롯된 종족인 정인이기에 보석이 필요 없고, 나는 내가 가공한 보석으로부터 힘을 빌리는 식으로 마법 연습을 해 가고 있다.

"그럼 연습을 시작해요."

"그래, 그래."

성의 훈련장에서, 우리는 한 손에 보석을 들고 마법 연습을 시작한다.

"열심히 하세요, 나오후미 님! 저도 글래스 양 쪽에 가서 훈련하고 올게요."

"그래, 열심히 해. 나도 기 사용법을 익히고 있으니까, 나중에 합류하도록 하지."

우선은 마법 쪽을 우선시하기로 마음먹었다.

방어력 비례 공격이라는 경이적인 공격을 사용하는 상대에 대한 대책도 필요하다.

하지만 그보다 우선, 오스트가 남겨준 힘을 제대로 사용하는 법을 익히고 싶은 것이다.

3화 루어

이튿날, 연습을 위해 떠나려 했을 때, 나는 키즈나가 눈 밑에 다크서클을 드리운 채 나타나는 걸 보고 황당해서 말문이 막혀 버렸다.

어젯밤에 완성한 루어를 시험해 보려고 바다로 가서는…… 오기로 한 시간까지 돌아오지 않았단 말이지.

"이 루어, 장난 아냐! 낚싯대에 달고 던지기만 했다 하면 월척! 물에 집어넣자마자 쑥쑥 잡혀 올라오지 뭐야! 미칠 듯이 재미있어! 출발은 내일로 미루자!"

이 녀석, 지금 무슨 소릴 하는 거야?

그나저나…… 잠깐 또 낚시하러 다녀올게! 라는 말이 목구멍까지 치밀어 오른 것 같은 키즈나의 눈은, 동공이 열려 있어서 제법 무섭다. 살짝 호러 영화 같다.

글래스도 같은 생각인지 키즈나를 타이르듯이 말했다.

"키즈나, 당신은 아직 피로가 풀리지 않았어요. 숨을 돌리는 것도 적당히 하셔야죠."

"아니! 거기서 낚시하면 더 엄청난 월척을 낚을 수 있을 거야! 글래스도 맛있는 생선을 먹고 싶지 않아? 그러니까 보내줘!"

"키즈나! 이제 그만, 그만 됐어요! 그러니까 좀 쉬도록 하세요."

"우……."

사명과 취미를 같은 저울에 달지 말라고.

키즈나도 엉뚱한 집착이 있군. 눈이 무서우니까 나 좀 쳐다보지 마.

"아, 알았어. 하지만 다 끝나면 낚시 보내줘야 해."

"네."

글래스가 그렇게 대답하자마자, 키즈나는 털썩 그 자리에 주저앉았다.

어제는 전투와 훈련 때문에 피곤했을 텐데, 거기에 밤을 새워 가면서 낚시까지 하니 그렇게 되는 것도 무리는 아니지.

얼마나 낚시에 빠져 있었던 거냐.

"저주받은 루어가 따로 없군."

"그걸 만든 건 나오후미 님이시잖아요."

"맞아요. 키즈나를 죽이려는 거예요?"

"내 잘못이라는 거야?!"

단지 그 루어가 키즈나에게 꿈의 액세서리였던 것뿐이잖아. 내 잘못은 없다고.

"그나저나 알트도 같이 가는 거야?"

"나는 소재 회수 담당. 애초에 싸울 생각은 없어."

녀석은 상인이니까. 전장이 다른 셈이지. 상인의 전장은 상점이다.

아마, 이번 원정지에서 손에 넣게 될 소재나 드롭 아이템을 노리고 있는 것이리라.

"나는 드롭 아이템을 얻어서 능력명이 붙은 가루를 사려고 동행하는 거야."

"그건 또 뭐야?"

"힘의 가루나 마력의 가루 같은 거겠지."

그건 뭐지? 이름만 들어도 수집욕이 자극되는데. 무시할 수는 없을 것 같다.

"약의 재료야. 그걸 이용해서 만든 약은 고가에 거래되는데, 능력을 끌어올리는 효과가 있어."

"호오……."

고전 RPG로 따지면, 먹으면 해당 능력치가 오르는 'XX의 씨앗' 같은 것에 해당하는 도구로군.

용사라면 소재 한 종류를 흡수시켰을 때 나오는 무기를 해방하기만 해도 보완할 수 있다.

하지만 티끌 모아 태산이라는 말도 있지 않은가. 한계 레벨에 도달한 모험가라면 누구나 모으려고 애쓰는 소재라고 한다.

그랬었군. 이 나라 녀석들 중에 권속기 같은 걸 소지하고 있지 않은 녀석들 중에도 묘하게 강한 녀석들이 있었던 것도 그 때문인가.

"팔기보다는 쓰고 싶은데."

"사용하면 사용하는 만큼 효과가 약해지니까, 일정 양을 복용하면 나머지는 파는 사람이 많아."

그렇다. 그래서 쓰레기 2호의 똘마니들이 날린 공격에 유성방패가 깨졌던 거였다.

추종자인 줄 알았던 녀석들이 의외로 강했던 건 그 때문이었나.

"그럼…… 키즈나는 이동 중에 휴식을 취하도록 하고, 일단 출발할까요."

에스노바르트의 지시에 따라서, 배에 올라탄다.

이 배로 이동하는 건가. 확실히 배의 권속기는 이동에 편리하긴 할 것 같군.

포털과 유사한 이동 수단. 용맥을 타고 이동하는 거라고 했던가. 제법 빠르다.

다만…… 빠르게 이동하는 덕분에 무시할 수 있긴 하지만, 마물들이 꽤 날고 있다.

뭐, 날아다니는 마물이 그렇게 희귀한 것도 아니지만.

"오늘은 꽤 많네요."

"평소보다 많은 편이야?"

"네. 약간 우회하는 게 좋겠네요."

하긴, 배를 타고 공중전을 벌이게 되면 원거리 공격이 가능한 녀석이 유리하기 마련이다.

하지만 마물을 상대로 절대적인 효과를 발휘하는 수렵구 용사는 현재 취침 중인 것이다.

"이제야 공적인 일과 작별하고 실컷 날뛸 수 있게 됐군!"

높은 지위에 앉혀 둬서는 안 될 것 같은 라르크는 무시하기로 하자.

지금 우리는 날아다니는 배를 타고 강력한 마물 쪽으로 이동하는 중……. 에스노바르트는 전투는 불가능하지만 꽤 편한 권속기를 갖고 있군.

"그러고 보니 에스노바르트는 마물이라고 들었는데…… 종족명은?"

이 정도면 마물이라기보다는 수인(獸人)으로 분류해도 되는 거 아냐? 말할 수 있는 토끼니까.

"도서토(圖書兎)예요. 라르크 씨의 나라에서는 라이브러리 래빗이라고 불렀지만."

"미궁 고대 도서관에서만 서식하는 무해한 마물이야."

이름으로 미루어 보아 도서관 같은 곳인가 보군.

"나를 소환한 세계에 있는 수인과 뭐가 다른 건지 궁금한데."

그다지 큰 차이가 없다면, 인간과 마물의 정의를 다시 정의해야겠다.

"마침 근처에 제 고향이 있으니까 들렀다 가지요."

그렇게 말한 에스노바르트는 크게 우회해서…… 커다란 신전 같은 건물에 들러서, 근처에 걸어 다니던 토끼를 손짓해 부른다.

그러자 그 토끼는 이쪽으로 다가와서 꾸벅 고개를 숙이고는, 벌름벌름 코를 움직이고 있을 뿐이다.

"저게 도서토야."

"토끼 형태일 때의 에스노바르트에 비해서 키가 절반 정도밖에 안 되는데."

에스노바르트는 보스 개체 같은 건가?

"네…… 네. 그럼 열심히 하세요."

에스노바르트가 그렇게 말하자, 토끼는 다시 코를 벌름거릴 뿐이다. 말을 하라고.

"있잖아~, '네, 위대한 족장님' 이라나 봐."

어째선지 필로가 통역해 준다.

으음, 그 말인즉슨, 마물의 언어로 얘기하니까 마물로 취급되는 건가?

그나저나 아까 그게 말하는 거였냐. 은근히 머리가 좋은 것 같다.

"지금부터 원정을 떠날 거예요. 저도 세계를 위해서 더 강해지고 싶어요."

그렇게 얘기하자 어디선가 토끼들이 모여들어서, 털이 난 손바닥으로 박수를 친다.

뭐야, 이 광경은?

"에스노바르트는 이곳의 관장이니까. 수하들이 잘 따른다는 건 좋은 우두머리라는 증거지."

라르크도 일단은 왕에 해당하는 모양이다.

키즈나의 동료들 중에는 권력자가 꽤 많군.

으음……. 내 쪽 상황에 비교하자면, 메르티 정도에 해당하려나?

그래 봬도 공주고, 혹시 메르로마르크의 여왕이 죽기라도 하면 분명 라르크와 같은 포지션에 들어앉을 것 같다. 좋아, 그렇게 되면 '공주' 라고 불러 주자.

으음? 내 상상 속에서 메르티가 얼굴이 새빨개진 채 길길이 날뛰고 있다.

그나저나…… 예전부터 느꼈지만, 에스노바르트는 피트리아와 은근히 겹치는 구석이 있는데.

뭐, 피트리아에 비해서 훨씬 약한 것 같지만.

한번 물어볼까.

"이봐, 에스노바르트는 지금 몇 살이야?"

"저 말인가요? 올해로…… 열다섯 살이에요."

어중간한 연령이군.

피트리아는 몇 살인지 불명이지만, 과거 사성용사의 시대부터 살아왔다고 얘기했었다.

거기 비하면 이 녀석은 오히려 지나치게 젊은 거 아냐? 일단은 마물 중의 용사 같은 녀석이잖아, 이 녀석은?

"도서토라는 종족은 어떤 생태를 갖고 있는 거지?"

"왜 그렇게 궁금해하는 건데?"

"아니, 내가 있던 세계는, 필로가 속해 있는 종족인 필로리알이라는 마물이 있는데……."

나는 글래스를 비롯한 라르크 패거리에게 필로리알에 관해 설명했다.

"아……. 영귀를 상대로 무지막지한 싸움을 벌이던, 그 괴물처럼 강한 녀석 말야? 그게 필로 아가씨와 같은 종족이었다는 거야?"

"그래. 용사가 키우면 특별한 성장 형태를 띠게 된다나 봐. 필로가 괴물처럼 강한 것도 그 때문이고. 뭐, 이 세계에서는 좀 다른 것 같지만 말야."

그러자 에스노바르트가 서적을 꺼내서 읽기 시작한다.

"전설의 도서토라는 전승이 있어요. 여기에요."

삽화에는 뭔가 에스노바르트가 입고 있는 것과 비슷한 옷을 입은 토끼가 그려져 있다.

"모든 도서토들의 조상이 된 분이신데, 과거의 전투 때 목숨을 잃으셨다고 적혀 있어요."

이미 고인이 된 건가. 책사 같은 포지션을 맡았던 녀석일까?

"저는 그분의 이름을 계승한 도서토예요. 하지만 지식은 그분의 발끝에도 미치지 못하죠. 언젠가 그분처럼 훌륭한 도서토가 되고 싶어요."

"으음……."

이때, 겨우 키즈나가 눈을 떴다.

그리고 글래스가 키즈나에게 사정을 설명하고 있다.

"호오……. 어느 세계에나 비슷한 게 있는 모양이네."

"비슷하다고 하긴 좀 그렇지만……. 에스노바르트, 너 말야, 강해지고 싶다면…… 아니."

권속기에게 선택받은 상태라면, 이제 사육하는 마물처럼 마물문을 새길 수는 없는 걸까.

아니, 이 세계에서 마물을 사역할 때는 사역부(使役符)가 필요하다고 했던가?

"키즈나든 글래스든 아무나 좋으니, 사역부를 이용해서 도서토를 길러 보는 건 어때? 어쩌면 괴물처럼 변할 수 있을지도 몰라."

"그렇게 되면 제가 설 자리가 없어지는데요……."

"그건 알아서 노력해 보라고."

비교하자면, 피트리아보다 필로가 더 강해지는 식이다.

……더 강한 녀석이 생겨나면 밀려날 것 같군.

"애초에 예로부터, 도서토에게 전투를 기대하는 건 지나치게 가혹한 일이라고 전해져 왔습니다만……."

아아, 종족적 특성? 하긴, 리시아 같은 녀석이 대량으로 양산돼 봤자 동정만 살 뿐이겠지.

"만약에 용사가 키운 도서토가 변화하게 된다면, 도서토는 내가 있던 세계의 필로리알에 해당하는 셈이 되겠군."

"뭐……. 여유가 생기면 한 번쯤 해 볼게."

"지, 지지 않도록 노력할게요!"

권속기 소지자가 게으름을 피우면 어쩌자는 거냐. 권속기 소지자면 그만큼 노력하라고.

"어쨌든, 리시아와 마찬가지로 너무 위험한 짓은 하지 말고, 자신의 능력이 닿는 범위 안에서 싸우면 돼. 우리가 뒷받침해 줄 테니까."

"네!"

얘기를 마치고 이동을 개시. 목적지에 착륙하니 근처에 있던 마물들이 다짜고짜 이빨을 드러내고 덮쳐들었다.

"우왓!"

재빨리 유성방패를 사용해서 결계를 만들어낸다.

"핫!"

라프타리아가 칼집에서 도를 뽑아서 하이퀵 상태로 발도술을 사용한다.

덕분에 근처에 있던 마물은 해치울 수 있었지만, 그 소리를 듣고 지원군이 달려왔다.

"에에잇!"

이번에는 글래스가 마물을 향해 부채를 휘두른다.

그러자 참격(斬擊)이 날아가서 마물에게로 덮쳐든다.

"이건……."

글래스는 부채와 나를 번갈아 쳐다보고 있다.

"스킬 아냐?"

"스킬 중에 그런 공격도 있긴 하지만, 저는 아무것도 안 했는데도 나갔습니다. 에너지 소모도 없었구요."

"그게 나오후미가 글래스에게 달아 준 액세서리의 효과야?"

"그런 것 같네요. 다른 액세서리와는 차원이 다를 정도로 우수한 장비 같군요."

글래스가 환한 얼굴로 대답했다. 신무기를 얻어서 가슴이 두근거린다——그런 표정을 하고 있다.

글래스는 연신 부채를 붕붕 휘둘러서, 날아오는 마물 녀석들을 해치워 버린다.

"나도 글래스 아가씨한테 질 수는 없지!"

그러면서 라르크가 힘껏 낫을 치켜들자, 낫의 날이 에너지 형태로 바뀌어 마물을 찢어발겼다.

"오오! 위력이 제법 올라갔는데. 꼬마의 액세서리는 진짜 대단한데."

칭찬을 받았으니 당연히 기분은 나쁘지 않지만, 최종적으로는 싸우게 될지도 모를 녀석이 이렇게 기뻐하는 소리를 연호하니 심란한 기분이 드는군.

내가 만든 액세서리들이 하나같이 우수한 성능을 보여주고 있다. 내가 생각해도 놀라울 따름이다.

그나저나, 라르크의 무기에 달려 있던 액세서리…… 깃털 장식인데, 몇 번인가 휘두르다 보니 연기를 피워 올리기 시작했잖아.

"라르크, 더 이상 사용하면 망가지니까 조심해."

"중요한 상황에서 쓰는 게 좋을 것 같군."

"그렇겠지……. 그나저나, 마물들이 꽤 많이 몰려오는데."

미궁에 침입하는 동시에 마물들이 쉴 새 없이 우글우글 몰려든다.

나는 키즈나와 같이 있어서 경험치가 들어오지 않는다.

그리고 글래스 등도 권속기가 두 개 이상 있으면 경험치가 들어오지 않는 듯, 여기서 레벨이 오르는 건 테리스와 필로, 리시아뿐이다.

"이상하네요……."

후위에서 리시아와 함께 지원을 맡고 있던 에스노바르트가 뇌까린다.

"전에도 여기 와 본 적이 있었는데, 이건 아무리 생각해도 좀 이상하다고!"

라르크도 미간을 찌푸린 채, 몰려드는 마물들을 보며 고개를 갸웃거리고 있다.

그것은 라르크도 마찬가지였다.

감당할 수 없을 만큼 강한 건 아니지만, 수가 많아도 너무 많다.

우리도 스태미나에는 한계가 있으니까, 적들이 이렇게 끝도 없이 몰려오면 언젠가 후퇴를 고려해야 할지도 모른다.

"핫!"

키즈나가 때로는 식칼로 근접전을, 낚싯대로 원거리 전투를……. 아니, 수렵구 용사니까 다른 무기도 좀 쓰라고 따지고 싶어지는 전법으로 싸우고 있다.

키즈나의 무기에 줄곧 루어가 매달려 있다.

그러고 보니 키즈나가…….

『이 루어, 장난 아냐! 낚싯대에 달고 던지기만 했다 하면 월척! 물에 집어넣자마자 쑥쑥 잡혀 올라오지 뭐야! 미칠 듯이 재미있어! 출발은 내일로 미루자!』

이런 소리를 했었지.

"키즈나, 네 무기에 달려 있는 루어를 떼어내."

"응? 알았어."

키즈나는 무기에 달려 있던 루어를 떼어낸다. 그러자 끝도 없이 몰려오던 마물 증원군이 뚝 끊겼다.

"역시 그것 때문이었군."

"무슨 뜻이에요?"

"그 루어가 마물을 끌어들이는 효과를 발휘하고 있었던 거야."

나는 헤이트 리액션이라는 스킬을 갖고 있다.

아마, 키즈나의 루어는 그 효과를 상시 발휘하고 있는 것이리라.

"엄청난 마이너스 효과를 가진 물건을 만든 모양이군. 나중에 처분하도록 하지."

"싫 · 어."

어째선지 키즈나가 루어를 보석처럼 꼭 끌어안고 있다.

"이 루어를 쓰면 엄청나게 낚을 수 있단 말야! 마물들 좀 오는 게 뭐가 어떻다는 거야!"

"뭐……. 때와 장소를 가리기만 하면 문제 될 건──."

"문제가 없긴 왜 없어요?! 키즈나, 그 루어를 제게 넘기세요!"

어째선지 글래스가 내 말을 가로막고 키즈나에게 손을 내민다.

키즈나는 싫다는 듯 절레절레 고개를 젓는다.

글래스의 기분도 이해 못 하는 건 아니지만, 반응이 좀 과격한데.

뭔가 이유라도 있는 건가?

"키즈나 아가씨. 그건 글래스 아가씨한테 넘겨줘."

어째선지 라르크와 테리스, 에스노바르트…… 그리고 테리스도 어쩐지 동의하고 있는 것 같군.

"라프~?"

"도대체 왜들 그러시는 거예요?"

라프짱과 라프타리아가 고개를 갸웃거리며 묻는다.

나도 마찬가지다. 필로와 리시아도 이 전개에 대해 의문을 품고 있다.

"꼬마, 키즈나 아가씨는 말야, 낚시에 대한 집착이 병적인 수준이야. 유령선에서도 낚싯대를 드리우고 뭐가 낚일지 궁금하다는 소리를 해댈 정도니까."

물론 자신들도 말려 봤다면서, 라프타리아는 한숨 섞인 한탄을 늘어놓았다.

"전투 중에도 낚시 생각을 하고 있다는 거야?"

"틀림없어."

"그 정도로 생각하고 있진 않다고!"

"그럼 그걸 제게 넘겨주실 수도 있겠죠?"

"그, 그건……."

"너무 깐깐하게 구는 거 아냐? 감시하고 있으면 될 거 아냐."

"앞으로, 휴식 중에도 쥐 낚시라면서 루어를 들고 다닐지도 모르는데도요?"

그런 낚시가 어디 있어?!

그런 상황에서 루어를 달면 마물들이 몰려들 뿐인데…….
불성실하다고 해야 할까, 상황 파악이 안 되는 건가?

"배를 타고 이동 중일 때도 몇 번인가 마물들이 접근해 왔었어요. 그게 원인이었나 보네요."

에스노바르트도 납득이 간다는 표정이다.

그러고 보니 그런 얘기를 했었지.

"뭐, 글래스에게 맡기는 게 좋을 것 같군. 쓸 때는 글래스의 허락을 받고 쓰도록 해."

"그럼 기회를 놓칠지도 모르잖아! 글래스가 그 자리에 없으면 어떡할 거야?"

"알 게 뭐야……. 거참 귀찮아 죽겠네. 뒷일은 너희가 알아서 처리하라고."

"나오후미 님, 설득을 포기하지 마세요."

"내게는 아무도 보지 못한 월척을 낚고야 말겠다는 꿈이 있단 말야!"

"그러면 고래라도 낚든지."

아니, 파도와의 전투 중에 낚시를 하려고 들면 곤란할 텐데.

"꼬마, 오른쪽으로 들어가. 난 왼쪽을 맡을 테니까. 글래스 아가씨랑 라프타리아 아가씨는 빠져나가지 못하게 잘 막으라고."

"알았어."

재빨리 연대를 취해서, 전원이 키즈나를 포위했다.

"이, 이게 뭐 하는 거야?! 이 자식들!"

흥. 죽여서라도 빼앗을 각오로, 키즈나에게서 루어를 몰수할 따름이다.

이런 건 우리가 쿄를 물리치고 돌아간 뒤에 하라고.

"우와아아아아아앙! 근사한 액세서리를 강탈당하다니!"

이렇게, 키즈나의 어린애 같은 절규가 울려 퍼졌다.

이 대사만 들으면 한창 나이 대의 여자아이 같군.

"어디 보자……."

떼쓰는 어린애처럼 글래스를 투닥투닥 때리며 루어를 돌려달라고 애원하는 키즈나를 무시하고, 주위를 확인한다.

마물 쪽은…… 응, 감당할 수 없을 정도는 아니다.

액세서리의 효과 확인이 목적이었는데, 생각보다 성능이 뛰어나서 싸우기가 용이하다.

마물들도 은근히 강하긴 하지만, 여기에는 이 세계 전체를 통틀어서도 손에 꼽힐 만한 강자들에, 각각 다른 세계 소속이긴 하지만 사성용사도 둘이나 있다. 격파할 수 없을 정도는 아니다.

"자, 또 마물이 출현한 모양이군. 싸우자고."

"네!"

"좋아! 마물을 해치워서 얻은 소재를 이용해서 나오후미에게 이것저것 제작을 의뢰하는 거야!"

"그런 건 라르크랑 로미나한테 부탁해!"

키즈나는 정말 끈질기게 구는군.

그리고 그 전투는…… 굳이 말할 것도 없이 싱겁게 승리했다.

하지만 이동할 때마다, 출현하는 마물들이 점점 더 강력해져 가고 있다.

현재까지는 내 방어를 돌파할 정도로 강력한 녀석은 나오지 않았지만, 유성방패가 파괴되는 경우가 늘어났다.

키즈나와 라르크, 글래스의 피로도 상당히 축적된 상태다.

"좀 쉬었다 하지."

내가 제안하자, 다들 싫은 기색 없이 휴식에 찬성했다.

"날도 좀 저물었으니, 모닥불이라도 피울까?"

"일단, 교대로 망을 보도록 하지."

"그게 좋겠네. 그럼……."

"낚시는 안 돼."

"안 한다고!"

그렇게 해서 우리는 교대로 휴식을 취하기로 했다.

과거의 나였다면, 캠프에 대한 로망 같은 걸 품었겠지만,

실제로는 피로와 망보기의 귀찮음 때문에 넌덜머리가 난다. 뭐, 야숙은 이제 익숙해졌으니 문제 될 건 없지만.

어쨌거나, 방패에 들어있는 소재를 이용해서 조합을 해볼까.

키즈나와 다른 녀석들도 그런 식으로 이것저것 하고 있는 것 같으니까.

필로와 라프짱이 내게 등을 기대고 휴식을 취하고 있다.

라프타리아는 휴식 중인데도 검 휘두르는 연습을 하고 있다. 참 열심이군……. 그리고 리시아는 이 세계의 문자를 해독한다면서, 잡아먹을 듯 책을 노려보고 있다.

너라면 정말 해독할 수 있을 것 같단 말씀이야.

인텔리 리시아, 한번 잘해 봐.

……그렇게 생각하면서 방패에 조합을 지시하고 나니, 할 일이 없어졌다.

자고 싶어도 어쩐지 정신이 흥분돼 있어서 잠이 오지 않는다.

응. 이 기회에, 할 수 있는 일을 해 두자.

"라프짱."

"라프~?"

가까운 곳에서 쉬고 있던 라프를 안아 일으켜서 무릎 위에 앉히고, 방패에 있는 식신 강화 항목을 호출, 현재 소지하고 있는 소재 등의 재료를 이용해서 라프짱의 강화를 도

모한다.

라프짱은 식신이니까. 적어도 현재까지는, 레벨 개념은 존재하지 않는다.

현재 소지하고 있는 소재를 이용해서 이런저런 기능 습득이나 미세한 스테이터스 상승을 시도하는 게 고작이다.

바이오플랜트처럼 배분을 조정할 수 있는 요소도 있고, 제법 심오한 것 같다.

이를테면 털의 윤기 같은 것까지 조절할 수 있다.

다만 단순히 숫자만 조정하면 되는 게 아니라, 뻣뻣함, 부드러움, 푹신함, 산뜻함, 단모, 장모 등, 다양한 사항에 걸쳐 있다.

그래서 나는 틈만 나면 라프짱 강화 작업에 매달려 있다.

아직까지는 환각 마법을 사용해서 보조해 주는 수준에 그치고 있지만, 장래에는 라프타리아에게 필적하는 나의 오른팔로서 싸워 주기를 기대하고 있다.

"라프~."

라프짱을 쓰다듬으며 그런 생각을 하고 있다가, 뭔가 큼직한 게 내 옆에 있다는 걸 깨달았다.

고개를 돌려 보니, 어째선지 에스노바르트가 옆에 앉아있다.

게다가 토끼 형태……. 은근히 덩치가 커서, 등받이로 딱 좋은 느낌이다.

“뭐야?”

“아뇨, 어쩐지 여기가 제일 마음이 놓인다고 할까…….”

“엉?”

“나오후미는 동물들이 좋아하는 것 같으니까.”

어째선지 키즈나가 동의하고 있다. 뭔 소리를 하는 거람.

“나오후미 님은 배려심이 참 많으신 분이세요. 저도 나오후미 님의 다정함 때문에 여기까지 올 수 있었는걸요.”

라프타리아가 득의양양하게 말했지만…… 별로 안 기쁘다고.

내가 만만하게 보인다는 뜻으로만 들린단 말이다.

“주인님은 필로 거라구~!”

“누가 네 거라는 거냐!”

“라프~?”

“펭!”

“필로랑 크리스도 같은 생각인 것 같은데.”

키즈나의 말에 주위를 둘러보니, 어째선지 필로, 라프짱, 크리스에 에스노바르트까지 나를 둘러싸다시피 한 채 쉬고 있다.

“이세계에서 오긴 했지만, 나오후미는 방패 용사잖아? 보호하는 것밖에 할 수 없으니까 적이 될 일은 없을 거라는 걸, 본능적으로 알고 있는 건지도 몰라요.”

글래스가 어째선지 나를 분석한다.

"그리고, 무슨 일이 생겼을 때 제일 안전한 곳은 나오후미 곁이잖아."

"과연 그럴까……. 그나저나, 덥다고!"

나는 라프짱을 안은 채 일어서서 이동한다.

그러자 필로와 크리스, 에스노바르트는 내 근처에 모여서 쉬기 시작한다.

아까보다는 꽤 편해지긴 했는데, 어떠려나.

나 참…… 인간이 아닌 녀석들의 행동은 이해할 수가 없다니까.

아니, 안전한 곳에서 무방비하게 쉬고 싶다는 타산적인 생존본능이라는 건 알겠지만.

"나는 장난질할 생각 따윈 없다고."

라프짱의 배를 어루만져 털의 감촉을 체크하며 말했다.

"이렇게 설득력 없는 발언도 오랜만인데."

"내가 무슨 이상한 소리라도 했어?"

"라프으……."

"나오후미 님, 라프짱 좀 작작 쓰다듬으세요."

"왜 그래?"

어째선지 라프짱을 돌봐줄 때면 라프타리아는 약간 언짢아하며 그만하라고 부탁하곤 한다.

"저기, 라프짱은 제 털에서 태어난 아이니까, 저기…… 나오후미 님이 쓰다듬고 계신 걸 보면 쑥스러워진다고 할까……."

"뭘 민망해하는 거야? 너도 아직 어린애니까 조금 정도는 응석 부려도 되잖아."

내가 그렇게 대꾸하자, 라프타리아는 약한 울컥한 표정으로 검술 훈련을 재개했다.

아까보다 약간 더 힘이 들어간 것 같은 느낌이다.

"아~아……. 뭐, 나오후미답다고 해야 할까?"

"라프~."

답답하다는 듯 라프짱이 양손을 옆으로 들고 고개를 절레절레 젓는다.

내가 무슨 이상한 소리라도 한 건가?

라프타리아는 내 딸 같은 존재고, 라프짱은 라프타리아를 닮아서 깜찍한 아이이니 소중히 여기려 하고 있다. 그런 내 생각에 이상한 점이 어디 있다는 건가.

"대체 왜들 그러는 거야?"

"자, 자, 일단 나오후미도 이제 슬슬 쉬라고. 라르크는 벌써 코까지 골면서 자고 있잖아?"

그러고 보니, 라르크가 호쾌하게 자고 있군.

저렇게 요란한 소리를 내면 마물들을 끌어들이게 되는 거 아냐?

그렇게 생각했을 때, 테리스가 잠든 라르크에게 담요를 덮어 주고는, 주문을 외워서 소리를 지워 준 것 같았다.

딱히 불만이 있는 건 아니지만, 어째 좀 심한 것 같은데?

조금 전까지 얘기하고 있던 글래스도, 어째 좀 잠잠하다 싶었더니 키즈나 옆에서 쌔근쌔근 잠들어 있다.

"시간은 아직 더 있으니까, 망 보는 건 라프타리아 양이랑 나한테 맡기고 쉬어 둬."

"그래, 알았어, 알았다고."

하긴, 소환된 직후에 배신을 당한 이후로 줄곧 잠을 깊이 자지 못하고 있으니, 쉴 수 있을 때 쉬어 두지 않으면 버겁긴 하지.

뭔가 합숙 같은 캠프로군.

그리고 우리는 이튿날 오후에 연습을 마무리하고 귀환했다.

그럼 이쯤 해서, 원정을 거치는 동안 상당히 레벨이 오른 필로에 관해 보고해 두자.

우선 허밍 페어리라는 마물로 변한 필로는 다양한 모습으로 변하게 되었다. 원래가 필로리알 퀸이었기 때문인지, 허밍 페어리의 별종으로 변신할 수도 있는 모양이다.

"주인님~, 이 모습, 필로의 예전 모습이랑 비슷하지 않아?"

"그러게. 은근히 비슷하군."

성으로 귀환한 후, 필로가 정원에서 연신 다른 모습으로 변신하는 모습을 내게 보여준다.

라프짱도 필로처럼 모습을 바꿀 수 있는 기능을 갖고 있으면 좋을 텐데.

조금 더 커지면 안는 베개로 쓰기에 딱 좋은 크기가 될 것 같고, 뭐랄까…… 애니메이션에서 나오는 것처럼, 짐승에 기대서 잔다거나 하는 것도 할 수 있을 것 같은데 말이지.

에스노바르트와 필로로도 할 수는 있겠지만, 나는 라프짱으로 하고 싶은 것이다.

……얘기가 곁길로 샜군.

필로는 현재, 키즈나가 '허밍 빅 오울' 이라고 얘기했던, 올빼미를 쏙 빼닮은 마물로 변신해 있었다.

크기는 필로리알 퀸 형태였을 때의 필로와 똑같다. 허리둘레 이외에는 그다지 차이가 없다.

그 외에도 허밍 엠페러 펭귄이라는 거대한 펭귄으로 변신하기도 했다. 왕관 같은 장식깃이 달려 있어서 위풍당당해 보인다.

키즈나와 글래스의 식신, 펭귄처럼 생긴 크리스가 선망과 질투의 시선으로 쳐다보고 있다.

"필로 있지, 요즘 노래 실력이 는 거 있지?"

기분이 좋은 듯, 필로가 목을 울리며 노래하기 시작한다.

뭔가 반주까지 들리고, 제법 산뜻하다.

무슨 수로 그런 복합음성을 내는 건지 신기하군. 거문고 같은 소리까지 재현하고 있다.

이 세계에는 고풍스러운…… 일본풍 같은 음악이 꽤 있단 말이지.

키즈나 패거리가 거점으로 삼고 있는 나라는 서양풍이지만, 의복은 일본풍과 서양풍이 뒤섞인 혼돈을 이루고 있다.

술집에서 시인이 샤미센 같은 악기를 뜯고 있는 걸 보면 위화감이 장난이 아니다. 뭐…… 무녀복 차림의 라프타리아는 보기 좋지만 말이지.

"라프~."

라프짱이 필로의 노래에 맞춰서 춤추기 시작한다.

"오, 잘한다."

나는 마법 연습을 하면서 건성으로 말했다.

필로가 말하길, 기운이 나는 노래라나 뭐라나.

확실히 마력 회복이 빨라지긴 했고, 라프타리아 쪽의 훈련 성과도 좋아졌다고 들었다.

허밍 페어리만의 특별한 노래 같은 건가?

"그럼 슬슬 자 볼까."

"네~에."

여러모로 전쟁 준비를 해 가는 가운데, 밤중에 잠자리에 들었을 때…… 사건이 일어났다.

생각해 보면, 그렇게 엄청난 사건을 일으켰던 쿄가 지금까지 아무런 행동도 취하지 않았음에도 전혀 경계하지 않은 우리가 어리석었던 것이리라.

내가 그것을 뼈저리게 실감하게 되는 사건의 막이 올랐다.

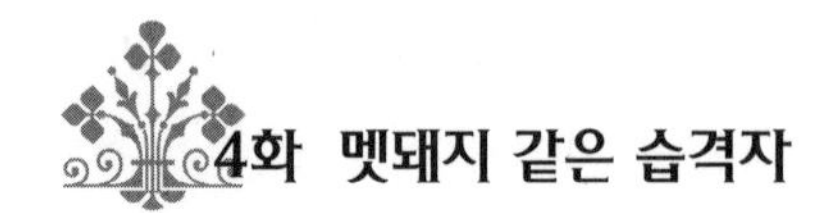

4화 멧돼지 같은 습격자

별안간, 땅울림 같은 진동과 폭발음에 눈을 뜬다.

"무, 무슨 일이에요?!"

"라프~?!"

"응? 뭐야, 뭐야~?"

"후에?! 이츠키 님?!"

우리는 키즈나의 집 방에 있는 침대에서 벌떡 일어나 주위를 둘러본다.

바깥을 내다본다……. 현재 우리가 있는 곳은 3층이다. 1층 쪽이 소란스럽다.

"무슨 일인지는 모르겠어. 하지만, 뭔가 일어난 건 분명해. 주의하면서 내려가 보자."

내 말에 전원이 고개를 끄덕인다.

서둘러 방에서 나와서 1층 쪽으로 가 보니, 키즈나와 글래스, 크리스가 입구를 향해 경계 태세를 취하고 있다.

지금 이 집에 있는 건 우리와 이 셋뿐이다.

라르크와 테리스는 성에 있고, 에스노바르트는 도서관에서 잡무를 처리하고 있다고 한다.

지금 내가 장착하고 있는 방패는 백호 클론 방패라는, 쓰레기 2호를 물리쳤을 때 손에 넣은 방패다. 그것도 레벨 제한 때문에 최근에야 겨우 해방한 방패인데, 어째 좀 약하다.

방어 능력은 영귀의 마음 방패보다 떨어진다.

하지만, 영귀의 마음 방패의 변화 조건이 아직 충족되지 않은 상태다.

백호 클론 방패(각성)

능력 미해방……장비 보너스, 스킬『체인 실드』

전용효과「민첩 상승(중)」「충격 흡수(약)」「받아 넘기기(약)」

이 뭐라 형언할 수 없이 어중간한 성능. 기껏해야 모조품이라는 건가.

민첩성 면에서는 다소 기대할 만하지만, 충격 흡수나 받아 넘기기 쪽은 문제가 있다.

그나마 글래스 등의 방어 비례 공격에 관해서는 약간이나마 상성이 좋다는 것이 장점이라면 장점이겠군.

진짜 백호의 소재를 갖고 싶었지만, 그 수가 워낙 적고, 게다가 로미나가 소재를 거의 다 써 버렸다고 했다. 워낙 여러 나라에서 원하던 소재라, 라르크가 관리하는 창고에도 재고가 얼마 남지 않았다는 것이다. 그래도 결전 때까지는 준비해 주겠다고 약속했다.

뭐, 라르크가 말하길, 지금의 나로서는 변화 조건을 충족시킬 수 있을지 애매하다고 하지만.

카운터 효과가 없으니 그다지 쓰고 싶지는 않다.

하지만 영귀의 마음 방패를 사용할 수 있게 될 때까지 임시로 쓰기에는 딱 좋을 거라 생각하며 사용하고 있다.

아예, 요즘은 하도 안 써서 녹이 슨 것 같은 느낌까지 드는 라스 실드를 써 볼까 하는 생각도 들었지만, 라스 실드의 부담을 경감시켜 주던 필로가 워낙 크게 변해 버렸으니, 섣불리 시험하는 건 위험할 것 같단 말이지.

피트리아의 깃털 덕분에 폭주는 면할 수 있었지만, 여기서는 효과도 없을 것 같다.

그렇게 해서, 방어력은 있지만 약간 시원찮은 방패를 사용하고 있다.

참고로 체인 실드는 체인지 실드의 아종이다.

에어스트 실드, 세컨드 실드 등 본체 이외에 만들어낸 방패들을 사슬로 연결하는 스킬이다. 어느 정도 움직일 수 있다는 게 장점이다. 사용법에 따라서는 도움이 될 것 같지만, 현재로서는 사용할 길이 없다.

"또 다른 적인가……. 하나, 그 정도는 내 앞에서 무력할 뿐!"

목소리의 주인, 지금 막 키즈나 등과 싸우려 하고 있는 상대를 쳐다본다.

입구는…… 엉망으로 파괴되어 있군.

그리고, 거기에 하카마 차림의 여자가 서 있었다.

헤어스타일은 포니테일이다. 키는…… 글래스와 비슷한 정도일까.

가지런한 이목구비…… 아니, 요즘에는 이런 표현을 너무 남발하고 있는 것 같긴 하지만, 어쨌거나 미인인 건 확실하다. 눈매가 매섭지만 성실해 보인다.

"도대체 무슨 일이야? 키즈나, 너랑 알던 사이야?"

집합 사진에는 안 나와 있던데. 혹시 감기 때문에 결석이라도 했던 건가?

그러다가 사이가 틀어져서 복수라도 하러 쳐들어왔다거나 하는 식이면, 민폐도 이런 민폐가 없군.

"아냐!"

"저희도 자려고 했는데, 문을 두드리더니 느닷없이 이런 소란을 일으켰어요."

"뭐 좀 짚이는 거 없어?"

"이게 짚일 게 있는 상황으로 보여?"

"하긴."

내 쪽 이세계였다면, 나에게 원한을 품을 만한 녀석은 밤하늘의 별만큼 많을 테니까.

그런 녀석들을 일일이 기억하고 있다가는 끝도 없고, 스스로는 기억하지 못하는 원한도 있을 테니.

"정체가 뭐냐!"

키즈나가 습격자를 향해 묻는다.

그런다고 순순히 대답할 리가 없잖아.

"내 이름은 요모기 에마르! 쿄를 위해서, 성무기 소지자와 권속기 소지자에게 천벌을 내리러 왔다!"

"……."

뭐야, 이 녀석. 순순히 불었잖아.

……저도 모르게 미간이 찌푸려진다.

키즈나 패거리는 경계를 풀지 않고, 전투태세를 취한 채 한 발짝도 물러서지 않고 있지만, 상대의 얼빠진 행동에 황당할 따름이다.

고분고분한 건 좋은 거지만, 이 정도면 완전히 고지식하다고 해야 할 차원이잖아. 정말 쿄가 보낸 자객 맞아?

"자, 내가 너희에게 천벌을 내리겠다! 덤벼라!"

요모기라는 녀석은 수상쩍은 검을 움켜쥐고 우리를 향해 덤벼들었다.

"덤비라고 얘기하면서 그쪽에서 먼저 덤벼들기냐!"

도대체 뭐야, 이 녀석?!

"핫!"

빠르다! 레벨에 의한 보정이나 지금까지의 경험, 그리고

훈련으로 다져진 감이 없었더라면 대처할 수 없을 만큼의 속도로 우리에게 칼부림을 날린다.

나는 척수반사에 가까운 움직임으로 키즈나 패거리 앞에 서서 방패로 녀석의 검을 막아낸다.

직후, 방패에 충격이 몰아쳤다.

"윽……."

버텨낼 수 없을 정도의 위력은 아니지만, 묵직한 압박감에 자칫하면 나가떨어질 뻔했다.

역시 백호 클론 방패로는 충격을 완전히 흡수해 내지 못하는 건가.

"뇌명검(雷鳴劍)!"

상대가 빠직빠직 전기를 깃들인 참격을 날린다.

"어림없어요!"

라프타리아가 칼집에서 도를 뽑아서 발도와 동시에 휘두르지만…….

"들어오는 기세가 약해!"

요모기가 한 발짝 물러서서 검을 라프타리아 쪽으로 겨누고는, 모조리 막아낸다.

큭……. 라프타리아의 하이퀵 상태를 따라잡았다는 건가?

나나 키즈나라면 몰라도, 상대는 일반인이잖아.

"라프타리아 양! 물러나세요!"

글래스가 부채를 치켜든다.

"윤무 공(攻)식 · 화풍(花風)!"

부채를 펼치고 쓸어내듯이 요모기를 향해 휘둘렀다.

그러자 부채에서 꽃의 모양을 한 빛이 날아간다. 내 액세서리의 효과도 더해져서 세 개나 날아가고 있다. 탐색 중에도 사용했던 스킬이다.

장소가 집이니까. 방에서 큰 기술을 사용하면 소중한 집이 엉망진창이 된다. 그걸 경계해서 비교적 약한 스킬을 내쏜 것이리라. 그래도 추가 공격으로서는 급제점이군.

"큭!"

라프타리아에게 덤벼들려고 했던 요모기가 글래스의 공격을 쳐내는 동시에 물러선다.

"한 명을 여럿이서 공격하다니, 이렇게 비겁할 수가……. 역시 쿄의 말대로 악인들이라고 봐도 될 것 같구나."

"뭔 소리야. 네가 야습을 한 것뿐이잖아."

"하?!"

제정신을 되찾은 듯 나를 쳐다본다. 그리고 어째선지 땀을 흘리고 있었다.

"그래, 맞아! 사명을 우선시하느라 내가 비열한 수단을 쓰고 만 거였어!"

……도대체 뭐야. 이거 완전 장난치는 걸로밖에 안 보인다. 그냥 바보가 찾아왔다는 생각밖에 안 든다.

그나저나, 대체 뭐지, 이 녀석은?

라프타리아의 공격에 반응하기도 하고, 글래스의 공격을 쳐내기도 하고, 움직임도 묘하게 재빠르고, 반격도 묵직하다.

그리고 들고 있는 검도 신경이 쓰인다.

검……이라는 점에서 위화감이 느껴진다. 영귀의 심장 방패와 비슷한 형태로 장식되어 있다.

형태도 어쩐지 마음에 걸린다. 칼자루 부분에 달린 보석이나 날밑 부분의 형태……. 여러 가지 면에서 검의 용사 렌이 갖고 있던 검과 비슷해 보이는 것이다. 그리고 스킬 같은 공격까지 하지 않았던가.

"하지만, 비록 중과부적 상태라고 해도, 나는 너희를 물리치고 말겠다!"

"이 많은 수를 상대로 이길 수 있을 거라고 생각하는 거야?"

어째 내가 잔챙이 도적 같은 소리를 하고 있는 것 같은 느낌도 들지만, 어쩔 수 없지.

"나오후미, 그건 지는 쪽이 할 말이야."

"시끄러. 대인전을 못하는 녀석은 잠자코 물러서서 지원이나 해."

"너무해!"

키즈나가 인간을 상대로 싸울 수 있을 리가 없다.

아마, 인간이겠지. 보아하니 초인(草人)이나 스피릿도 아닌 것 같다.

"해치워 주마!"

요모기가 나를 향해 검을 휘두른다.

뭐, 이 중에서 남자는 나 하나고, 제일 손대기 쉬워 보이는 위치에 있으니 그럴 만도 하지.

"이런! 에어스트 실드!"

쩍 하고 요모기의 검을 에어스트 실드로 막아낸다.

"뭔가 할 꿍꿍이겠지! 누가 당할 줄 알고?"

있는 힘껏 덤벼들려고 할 때는 언제고, 경계하며 다시 물러나려 한다.

또 그거냐. 방패 용사가 어떤 녀석인지, 쿄한테 얘기 못 들은 건가?

"세컨드 실드."

요모기가 물러서기 직전, 그녀의 무릎 뒤에 두 장째 방패를 출현시킨다.

"우오?!"

"드리트 실드."

완전히 자세가 무너져서 몸이 뒤로 젖혀진 요모기에게, 최후의 일격으로 가슴 언저리에 세 장째 방패를 출현시킨다.

뭐랄까…… 너무 심하게 뒤로 젖혀진 자세이기에, 그 자세를 유지하려 하다가는 뒤쪽으로 자빠져 버릴 것 같다.

몸이 엄청 부드럽지 않으면 불가능할 것이다. 종아리 힘만으로 서 있는 건.

그 자세에서 허벅지와 복근의 힘으로 일어서려 할 때 다시 방패를 만들어냈으니, 실질적으로 짓눌러 버린 것이나 다름없다.

"비, 비겁하다!"

쓰러지지는 않았지만, 뭐랄까…… 쓰러지기 직전 같은 자세로 가까스로 버티고 있다.

"우와…… 어떻게 저런 자세로 버티지?"

"라르크도 저걸 당해서 싸움에 애를 먹었다고 그랬어요."

"역시 방패 용사네."

키즈나와 글래스가 남의 일처럼 느긋하게 얘기하고 있다.

"뭘 품평하고 있는 거야. 구경만 하지 말고 싸워!"

"갑니다!"

"필로도 도와줄게~."

"후에에…… 싸워도 되는 거죠?"

라프타리아가 그 빈틈을 노려서 공격을 날리려 하고, 필로가 마법을 영창한다.

리시아는…… 허둥지둥 부적을 꺼내서 던지려 한다.

나는 만전을 기해야겠다는 생각으로, 검을 쥔 요모기의 손을 붙잡으려 했다.

……거리가 너무 멀어서 시간에 못 맞추겠군.

그렇다면!

"체인 실드!"

에어스트 실드, 세컨드 실드, 드리트 실드.

이 세 개를 연결하듯 사슬이 뻗어 나간다.

사슬이 요모기를 가둬 넣자, 요모기를 중심으로 세 개의 방패가 빙글빙글 회전하기 시작했다.

"크……."

콤보로군. 마침 잘됐다. 이대로 생포해서 교에 대한 정보를 털어놓게 만들어야겠군.

"하앗!"

요모기가 검을 지면에 꽂자, 주위에서 불길이 뿜어져 나와서 사슬과 방패들이 모조리 파괴되고 말았다.

뭐야, 완전 만능 검이잖아. 내가 아는 검의 용사도 이 정도로 강했으면 좋았을 텐데.

뭐, 그렇게 불퉁거려 봤자 헛수고겠지.

"제법이구나. 하지만, 나는 패배할 수는 없단 말이다!"

요모기가 그렇게 소리쳤을 때 라프타리아가 도로 재빨리 후려치고, 키즈나가 의이배침(擬餌倍針)…… 다음 일격의 위력을 두 배로 만들어주는 스킬이 적용된 루어를 적중시킨다.

"순도(瞬刀) · 하일문자(霞一文字)!"

잘만 되면 일도양단 되겠군.

라프타리아가 고속으로 휘두른 측면 일격이 요모기에게 적중——.

"받아라! 용점투기(龍点闘技)!"

검에 힘을 불어넣는가 싶더니, 요모기는 잔상을 남기며, 라프타리아가 휘두르는 도의 궤도에 맞추어 검을 휘둘렀다.

"이럴 수가——."

챙 하고 라프타리아의 도와 요모기의 검이 부딪쳐서 위력이 상쇄된다.

"아직 안 끝났어!"

"큭!"

요모기가 라프타리아의 도를 쳐낸 후, 숨통을 끊겠다는 듯 품으로 파고들어서 검을 내지른다.

어림없지!

"유성방패!"

쩍 하고 적의 공격을 튕겨내는 결계를 생성해서, 라프타리아를 보호하고 요모기를 튕겨냈다.

거기에 추가타를 날린 것이 필로였다.

"쯔바이트 윈드커터~!"

필로가 손을 휘둘러서 연신 바람 칼날을 날렸지만, 요모기는 그 모두를 격추시켜 버렸다.

"오……. 주인님, 저 사람 강해~."

"나도 알아. 지금은 앞쪽에 집중해!"

"묘한 공격을 날려 대다니……. 이게 이세계에서 온 적의 공격이라는 건가!"

"칫…… 사돈 남 말 하고 있네."

"나오후미, 저 검, 뭔가 좀 이상하지 않아?"

그 말을 듣고, 나는 요모기가 들고 있는 검을 찬찬히 살펴본다.

검의 보석 부분이 눈알처럼 움직이고 있는 듯했다.

뭐야, 저건……?

"더! 더 힘을 줘! 쿄가 만든 이 무기, 나라면 분명 완벽하게 활용할 수 있어!"

검이 단숨에 빨갛게 달아오르고, 초승달 모양의 빛이 나를 향해 발사된다.

"으윽……."

유성방패가 있다 해도, 버텨낼 수 있을 거라는 확신이 들지 않는다.

방패를 앞으로 내밀어서 공격에 대비하고 있으려니, 유성방패가 맥없이 깨져 나간다.

그리고 공격은 내 방패에 부딪혀서, 쩌억쩌억 소리를 냈다.

"으랏차!"

각도를 바꿔서, 날아오는 빛을 비껴낸다.

그러자 빛이 튕겨나간 방향에 있던 벽이 쪼개지다시피 하늘로 날아갔다.

어중간하다고 생각했던 방패의 효과, 「받아 넘기기」의 도움을 받게 될 줄이야. 세상에 쓸모없는 건 없다는 건가?

"설마 이 공격을 견뎌낼 줄이야……. 하지만 나는 너희 같은 악인들에게 패배할 수는 없다!"

다시 그 공격을 날릴 작정인가?!

그렇게 생각했을 때, 깨져 나간 유성방패의 파편이 주위에 떠 있는 걸 깨달았다.

분명 깨져 나간 유성방패가, 왜 사라지지 않고 떠다니는 거지?

아니, 생각해 보면, 나는 액세서리가 다 완성돼서 방패에 달고 있었지.

지금까지의 경우를 보면 이것만으로 끝나지 않을 것 같은데…….

그렇게 생각한 직후, 깨져 나간 유성방패 조각이 요모기를 향해 날아간다.

"뭐야?!"

요모기는 날아드는 파편들을 검으로 쳐서 떨어뜨렸지만, 그 탓에 큰 빈틈이 생겨났다.

아무래도 그 액세서리에는, 깨진 유성방패가 상대를 향해 날아가도록 만드는 효과가 있는 모양이다.

"신기한 공격 다음에는 방어결계를 희생시킨 공격이라니, 성가시기 짝이 없는 놈이군."

어떻게 응용해 볼 방법이 없으려나?

유성방패의 장점은 쿨타임이 짧다는 점과 SP 효율이 뛰어나다는 점이다. 게다가, 딱히 카운터 효과가 없는 방패라도 깨진 후에 공격할 수 있으니까, 좋은 점이 한가득이다.

하지만, 이제 슬슬 스트레스가 쌓여 오기 시작했다. 폭주의 위험성이 있다는 이유로 주저하고만 있을 수는 없다. 라스 실드를 사용해서 불살라 버리는 방안을 고려한다.

"글래스, 제대로 싸울 생각이 없다면 내가 모조리 불살라 버릴 생각인데, 괜찮겠어?"

"나오후미 님?! 설마 그걸 쓸 생각이에요?"

"그래. 필로가 어떻게 될지 주의해 가면서 써야겠지만."

"필로도 열심히 할게~."

"그만두세요!"

내가 뭘 하려는 건지를 깨달았는지, 글래스가 저지한다.

"키즈나와 우리의 집을 날려 버리려는 거에요?!"

"그렇게라도 해야지 어쩌겠어. 어중간한 공격에는 끄떡도 안 하잖아."

라프타리아와 글래스, 그리고 필로의 공격을 모조리 쳐내 버리는 녀석이잖아?

리시아가 함부로 다가갔다간 찔려 죽을 것 같고, 나라고 해도 견디는 게 고작일 느낌이 든다.

키즈나는 인간 상대로는 아무 도움도 안 되고.

뭐, 이렇게 소동이 커졌으니 성에서 지원군이 오겠지만.

현재는 전쟁을 준비하는 중이기도 하니, 실은 이런 상황에서 쳐들어온다는 것 자체가 어리석은 짓이다.

어찌 됐건, 이 바보를 해치우려면 강력한 공격을 내쏠 필요가 있으리라.

아니면…….

"라프타리아, 환영검은 못 써?"

"쓸 수는 있지만, 아마 들킬 거예요."

현재, 라프타리아는 원래 세계에 있을 때의 필로와 비슷한 전투력을 갖고 있다.

최근에는 스킬만 연사할 뿐, 필살기를 쓰는 모습은 볼 수 없었다.

쓸 수 없게 된 건가?

"음양검이나 팔극진천명검(八極陣天命劍)은 못 쓰는 거야?"

"쓸 수 없는 건 아니에요."

"좋아, 내가 시간을 벌게. 요전에 했던 것처럼 저 녀석을 베어 버려."

"하아……. 알았어요."

라프타리아는 도를 뉘여서 들고, 날에 손가락을 얹어서 힘을 모은다.

"음! 빈틈 발견!"

그때 요모기가 돌진해 온다.

"그건 빈틈이라고 하는 게 아냐. 큰 기술을 쓰려고 준비하는 거지. 기술이 발동할 때까지 내가 지켜주는 거다."

"그럼 네놈을 짓이겨 버리면 이길 수 있겠군!"

"흥! 너 같은 잔챙이가 과연 그럴 수 있을까?"

얕잡아 보듯 도발하는 말투로 말한다. 그러자 요모기는 얼굴이 새빨개져서 검에 한층 더 강한 힘을 불어넣었다.

"뭐가 어째?!"

좋아, 바로 그거야. 이 녀석의 관심을 내게로 끌면 상황을 유리하게 끌어갈 수 있다.

라프타리아의 필살기뿐만이 아니라, 필로와 글래스, 키즈나가 안전하게 공격할 수 있으니까.

무엇보다, 나 이외의 다른 녀석들이 이렇게 성가신 녀석의 공격을 받도록 할 수는 없다.

좀 더 이 녀석을 격노시켜서, 분노를 나에게만 향하게 만드는 거다.

그러자면…… 좋아, 아이디어가 떠올랐다.

나는 보란 듯이 비열한 웃음을 지으며 요모기를 쳐다본다.

"뭐가 우습다는 거냐!"

"아니? 쿄의 얼굴을 떠올리니까 웃음이 치밀어서 말이지."

"뭐야?"

"그 입만 산 음침한 놈은 건강하게 잘 지내? 아니, 건강할 리가 없겠지. 너 같은 녀석을 보내 온 걸 보면, 내가 무서워서 무서워서 견딜 수가 없는 거겠지. '그 녀석이 무서웡,

살려줘엉.' 이라면서 말야. 하하하."

"이 자시이이이이이이이이익!"

걸려들었다! 요모기가 아까보다 더 격렬한 분노가 묻어나는 안광을 뿜으며 나를 쏘아본다.

이제 이 녀석 머릿속에는 나를 공격해야겠다는 생각만 가득하겠지.

"우와……. 나오후미는 정말 그런 쪽에 일가견이 있다니까……."

"하지만 키즈나, 좋은 기회인 건 사실이에요."

"응, 나도 알아."

그만 숙덕거리고 빨리 공격이나 해!

그렇게 고함칠 틈도 없이 돌진해 온 요모기의 검을 받아내고, 칼날과 검을 맞부딪친 채로 힘싸움을 벌이며, 상대의 힘을 근근히 견뎌낸다.

그러고 보니 이런 상황에서 방패를 변화시켜 본 적은 없었군. 한번 시험해 볼까.

카운터 효과가 없는 백호 클론 방패에서…… 다른 방패, 마상(魔象) 방패라는, 요전의 파도 때 키즈나가 싸웠다는 보스에게서 나온 방패로 바꾼다.

물론 강화를 마친 상태다. 강화 재료는 글래스 쪽에서 구해다 주니까 참 편하다.

마상 방패 C

능력 미해방……장비 보너스, 「방어력 30」「기승 시 어둠 내성 향상」「인력거 기능 향상 4」「업었을 때 능력 상승(중)」

전용효과 「마상의 상아(회심)」

원리는 필로리얼 시리즈에도 있었던 기승 능력 보정(약)이었지만, 중복 때문에 방어력으로 변경된 모양이다.

다른 기능은 관심 없다. 누가 인력거를 끈다는 거냐! 언급할 가치도 없다!

누군가를 등에 업으면 업힌 녀석의 능력이 상승하는 기능인 것 같지만, 죽어도 안 할 거다.

내게 라프타리아를 등에 업고 싸우기라도 하라는 거냐!

그런 잡다한 생각은 그만두고, 전투 중에 방패를 변화시킨다.

찍 하고 방패가 변화해서 요모기의 검을 막아내고, 카운터 효과인 마상의 상아(회심)이 작동한다.

"뭐야?!"

방패에 장식되어 있던 마상의 상아 부분에 빛이 깃들고, 요모기를 향해 검은빛을 내쏜다.

"으윽……. 하지만, 어림없다!"

코앞에서 날아든 카운터이니 완전히 피하는 건 불가능하다.

검과 방패를 맞대고 힘싸움을 벌이는 중이었던 탓에, 빛의 탄환이 연신 날아가서, 퍽 하는 시원시원한 소리와 함께 요모기에게 적중했다.

"으윽……."

요모기는 나를 힘껏 떠밀려 하다가 실패하고, 펄쩍 뛰어 뒤로 물러선다.

빛의 탄환에 얻어맞은 어깨를 손으로 누르고 있다. 좋지 않은 부위에 적중한 건가?

"튼튼한 녀석이 성가시기 짝이 없는 공격까지 하는군. 내게 부상을 입히다니."

보아하니 마상의 상아(회심)은, 때때로 정확하게 적중하는 빛의 탄환을 날리는 효과가 있는 모양이군.

"아~, 주인님, 필로, 좀 더 기운을 낼 수 있을 것 같아~."

"라프~!"

라프짱과 허밍 팔콘 형태로 변신한 필로가 하필 다른 곳도 아닌 내 어깨에 올라타서 주문을 외우기 시작했다.

"필로 시작할게~. 라프짱도 나랑 같이 하자~."

"라프~!"

영창이 빠르다. 무슨 일이지?

그렇게 생각할 틈도 없이, 두 마리가 힘을 합쳐서 마법을 자아낸다.

"합창마법――『풍차』!"

필로와 라프짱이 동시에 마법을 내쏘자, 주위의 빛이 명멸을 되풀이하고, 순간적으로 어둠이 주위를 지배한다. 눈이 따끔따끔하잖아.

응? 어둠 속에서 바람으로 만들어진 수리검 같은, 빛나는 무언가가 사방으로부터 요모기에게 덮쳐든다.

"재미있군. 이런 공격이 있는 건가!"

어째 싸움을 즐기고 있는 것 같지 않아, 이 녀석?

"글래스, 너도 구경만 하지 말고 싸워!"

"저도 알아요!"

방패를 휘두르며, 글래스가 다시 어둠을 타고 윤무 공식 · 화풍을 내쏘아서 요모기를 몰아붙인다.

"이걸로 나를 궁지에 내몰 수 있을 것 같으냐!"

요모기는 다시 검으로 지면을 찍는다. 또 그 공격으로 요격할 셈인가?

그렇게 생각했지만, 아무래도 그건 아닌 것 같다.

칼자루 부분에 있는 눈알 같은 장식이 동공을 벌려서 광선을 내쏜다.

피해가 발생하지 않도록 내가 앞으로 나서서 막아낸다.

"거기냐!"

"아뇨……. 준비는 이미 끝났어요!"

라프타리아가 어둠 속에 숨어서 도를 가로로 기울인 채 수평 방향으로 휘둘렀다.

뭔가 엄청나게 멋져 보이는데. 배후로부터 요모기를 베어 든다.

"팔극진천명검!"

'팟' 하고 수평 방향으로 라프타리아의 필살기가 발사되었다. 음양 문양을 바탕으로 한 복잡한 문장(紋章) 같은 것이 떠올라서 두 개로 쪼개진다.

호오…… 예전에는 애매모호한 형태라서 잘 안 보였었는데, 그런 게 떠올라 있었던 건가.

아마 권속기에게 선택받은 덕분에 또렷한 형태를 띠게 된 것 같군.

"우왓!"

칫! 빗나갔나?

그렇게 생각했지만, 요모기는 공격을 검으로 막아낸 것이었던 듯, 불꽃이 튄다.

"크……. 나는 아직 포기 못 해! 여기서 포기했다가는 쿄를 볼 낯이 없어."

"그딴 녀석을 볼 낯이 있든 말든 무슨 상관이야?"

"쿄를 욕하는 건 용서 못 해!"

"나오후미 님!"

요모기는 처음에는 라프타리아에게 달려드는 것처럼 보였지만, 내 발언에 격분했는지, 내게 칼끝을 돌린다. 당연히 방패로 막아냈는데…… 그 순간, 나는 위화감을 느꼈다.

"어이, 네 검……."

검의 칼자루에 있는 보석…… 눈알 부분의 동공이 크게 벌려진 채, 불길하기 그지없는 기운을 풍기고 있다. 세공사의 감이라고 할 정도는 아니지만, 뭔가 불길한 예감이 들었다.

지금 당장 이 녀석의 무기를 버리게 만들지 않으면 위험할 것 같은 느낌이 든다.

"네 무기, 폭주하고 있어. 지금 당장 버려!"

"무슨 소리냐! 쿄가 만든 발명품이 폭주 따위를 할 리가 없어!"

하지만, 아까부터 묘하게…… 나만 느껴지는 건지도 모르지만, 뭔가 심장의 고동 같은 것이 방패를 통해 느껴지고 있다.

그것이 점점 속도를 더해가고 있는 것이다.

……당장에라도 폭발할 가능성이 있음을 알리듯이.

"잔말 말고 그 검을 놔!"

상대가 걱정돼서 이러는 게 아니다. 이런 곳에서 폭주해서 폭발하기라도 하면 내가 곤란해지기 때문이다.

"적을 앞에 두고 무기를 놓는 바보가 어디 있다는 거냐!"

칫……. 고집이 센 녀석이군.

녀석을 해치우라고 라프타리아에게 명령하려고 눈길을 돌린, 바로 그때.

요모기의 손에 부적이 명중했다.

순간, 나와 요모기가 동시에 부적으로 눈길을 돌렸다가, 다시 부적을 던진 것으로 추정되는 인물을 쳐다본다.

"마, 맞았어요!"

좋아! 리시아, 잘했어! 역시 넌 던지는 것에 소질이 있는 거 아냐?

"앗, 뜨거!"

화르륵 하고 요모기의 손에 달라붙은 부적이 불타오르자, 요모기는 검을 손에서 놓았다.

요모기는 앗 하고 소리를 냈지만 이미 늦었다. 일단 검을 걷어차서 거리를 벌려야——.

그렇게 검을 걷어차려고 한 순간, 검에서 덩굴 같은 게 뻗어져 나와서 요모기의 손에 엉겨 붙는다.

"뭐, 뭐야?!"

사태가 이 지경이 되자, 요모기도 자신이 사용하던 무기의 이질성을 깨달은 모양이다.

"으…… 끄으으으으으으."

징그럽게 요모기의 손에 뒤엉킨 덩굴이 요모기로부터 뭔가를 빨아들인다.

저건…… 피인가? 피와 더불어 마력 등 이런저런 것들을 빨아들이면서 독이라도 주입하고 있는 모양이다.

"하아…… 하아……."

요모기가 충혈된 눈으로 검을 드높이 치켜들어서 내게 겨눈다.

"모, 몸이…… 제멋대로!"

나는 재빨리 방패로 막아냈지만, 너무나도 강력한 힘으로 얻어맞아서 후방으로 나가떨어진다.

다행히 고꾸라지는 건 면했지만, 자칫 잘못하면 벽에 내팽개쳐질 뻔했다.

요모기가 가진 검에 깃든 빛이 점점 더 강해져 간다.

"빨리 손을 떼!"

요모기도 이상을 감지하고 검을 쥔 손을 다른 쪽 손으로 풀어내려 했지만, 감겨 있는 덩굴이 그것을 용납하지 않고, 한층 더 세게 옥죈다.

"크으윽……."

위험한데. 뭔가 폭발이라도 할 것 같은 분위기다.

이 자리에 있는 녀석들을 보호하기 위해서, 나는 앞으로 나서서 방어 자세를 취한다.

적의 목숨에 대해서도 고려하지 않는 건 아니지만, 구하기는 힘들 것 같다.

그렇다면 지금 생각해야 할 것은, 어떻게 아군의 피해를 최소화할 수 있느냐 하는 점이겠지.

"의이배침."

키즈나가 당장에라도 폭발할 듯 형형한 빛을 뿜어내는 검에 루어를 맞힌다.

"포기하지 마!"

그리고 무기를 참치용 회칼로 변화시키고 상대의 품속으로 파고들어서, 힘을 주었다.

"혈화선(血花線)!"

키즈나의 결정기인, 마물과 싸울 때에 한해 상대를 산산조각 내 버리는 스킬을…… 수상쩍은 검을 향해 내쏘았다.

하지만, 상당히 넝마가 되기는 했을지언정, 검을 부러뜨리기에는 약간 모자라다. 엄청나게 단단한 녀석이군.

요모기는 조금의 부상도 없는 상태.

하지만 요모기의 손에 휘감겨 있는 덩굴 같은 무언가는 찢어발겨져 있었다.

쨍그랑 하고 검이 요모기의 손에서 떨어졌다.

"좋아! 잘했어!"

나는 재빨리 검을 움켜쥔다.

그러자 새로운 목표물을 발견했다는 듯, 나를 향해 덩굴을 뻗어 온다.

흥, 내가 누군 줄 알고 그딴 짓을 하는 거냐.

네놈처럼 이상한 검형(劍型) 괴물의 공격 따위에 당할 줄 알고?!

"으랏차아아아아아아아아!"

있는 힘껏 기세를 붙여서, 구멍이 난 집 밖으로 검을……

투척했다.

"제게 맡기세요!"

글래스가 다시 윤무 공식 · 화풍을 내쏘아서, 괴상한 검에게 추가 공격을 날린다.

밖으로 날아간 검은 글래스의 원거리 공격을 받고 점점 더 드높이 떠올랐다.

용케도 저런 걸 맞히네. 유도 기능이라도 있는 건가?

이윽고…… 공중에서 검이 폭발했다.

"저런 게 눈앞에서 폭발했다면 어떻게 됐으려나."

"큭……. 설마 쿄의 발명이 이렇게 될 줄이야……."

가슴에 중상을 입은 요모기가 한쪽 손으로 가슴을 움켜잡고 고통에 신음한다.

"그럼…… 무기도 잃었는데, 넌 이제 어떻게 할 거지? 게다가 저 무기에게 마력이나 이런저런 것들을 빼앗겨서 서 있기도 힘든 지경인 것 같은데?"

설마 이대로 도망칠 수 있을 거라고 생각하는 건 아니겠지?

"애석하게도 우리에게는 수렵구…… 도망치는 상대를 사냥하는 것에 대해서는 맞설 자가 없는 성무기 소지자가 있어. 도망치려거든 어디 도망쳐 보시지. 자, 사냥 시간이다."

"나오후미가 그렇게 얘기하면 내 무기가 사악한 도구로만 보이니, 참 신기하단 말야."

"키즈나, 신경 쓰지 마세요! 이 사람은 그런 식으로 남을 속이는 게 취미니까요."

글래스가 시끄럽게 구는군. 뭐…… 그 얘기가 사실인 것 같은 느낌도 들지 않는 건 아니지만.

"아…… 뭐, 이 일은 나오후미 님에게 맡기도록 해요."

"라프."

"커다란 햇님이네. 아, 빛이 주인님한테로 모여들고 있어."

폭발한 빛이, 마치 눈처럼 나를 향해 모여들듯 쏟아져 내린다.

이건 어떻게 된 거지?

"자, 어쩔 거지?"

어찌 됐건, 야습을 시도한 녀석에게는 죗값을 치르게 해 줘야 한다. 생포하고 고문이라도 해서 정보를 토해내게 만들어야겠지. 뭐, 이 녀석이라면 순순히 불 것 같지만.

"큭……. 죽여라!"

항복한 듯 양손을 들고 무지~하게 상투적인 대사를 내뱉는다.

"좋아, 그럼 개기름이 좔좔 흐르는 아저씨를 데려다가 이 녀석을 범하게 하자. 라프타리아, 근처에 오크…… 돼지 아인(亞人)과 비슷한 마물 없어?"

"어떤 고문이든, 나는 견뎌낼 거다!"

요모기가 울분에 차서 대꾸한다.

"크크크, 사지 멀쩡하게 돌아갈 생각은 접어 두는 게 좋을걸."

"어디서 그런 발상이 튀어나오는 거예요?!"

"나오후미, 뭔가 오타쿠 지식에서 주워들은 걸 참고하고 있는 거지? 주로 18금 방면 쪽을."

키즈나가 뜨악한 눈으로 나를 쳐다본다. 이 정도는 상투적인 대사 수준 아냐?

오히려 에클레르가 얘기하면 딱 어울릴 것 같은 대사다. 녀석의 지위에서 적에게 붙잡혔을 때 하는 대사라고.

"어쨌거나, 요모기라고 했던가? 너를 포박하도록 하지."

이렇게 해서 우리는 쿄가 보낸 자객으로 보이는 여자, 요모기를 생포하는 것에 성공했다.

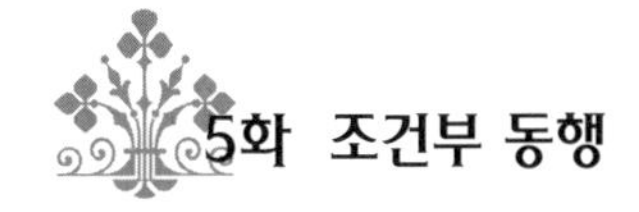

5화 조건부 동행

"일단 성으로 연행할까?"

"감옥 말이지? 자경단 대기소 같은 곳도 있을 것 같은데."

이 녀석이라면 스테이터스만 가지고도 감옥 쇠창살을 박

살 낼 것 같은데.

나를 소환했던 세계였다면 레벨을 리셋해 버리겠지만, 이 세계에는 그런 건 없다는 모양이다.

"성으로 데려간 후에는 고문해서 정보를 캐내야 해."

"왜 그렇게까지 집요하게 못을 박는 건지는 모르겠지만, 그래야겠지."

"이유는 전쟁에 이기기 위해서지. 쿄의 발명품이라는 물건을 가져온 녀석이라고. 상대가 어느 정도 위협적인지 알기에 절호의 기회잖아."

"네놈들에게 부느니 차라리 혀를 깨물고 자해하고 말겠다!"

요모기가 있는 힘껏 혀를 깨물었다.

"쯔바이트 힐."

그래서 재빨리 얼굴에 손을 대고 회복마법을 건다.

"크윽…… 자해를 방해하는 거냐?! 이 자식이!"

"일단 입에 천을 쑤셔 박아 둬야겠군."

"우욱──."

자해 방지를 위해, 요모기의 입속에 넝마쪼가리를 쑤셔 넣는다.

아…… 이거 걸레였는데. 이런 끔찍한 고문을 하다니. 저지르고 난 후에 후회했다.

요모기가 고통스럽게 신음하고 있다.

"회복마법은 이럴 때 참 편리하네."

키즈나는 내가 걸레를 요모기에게 쑤셔 넣은 걸 모르고 있는 모양이다.

라프타리아와 글래스는 눈치챈 듯, 언제 얘기할지 타이밍을 재고 있다.

"그러게 말야."

그때 긴박한 분위기의 병사가 나타났다.

"키즈나 님, 글래스 님! 이세계의 용사님 일행 여러분! 라르크 님이 지원을 요청하고 계십니다!"

"무슨 일인데 그래?"

"적국의 첨병이 성을 습격했습니다. 그자들의 힘은 완전 괴물 수준이라, 라르크 님 혼자서는 대처하기 버거운 상황입니다!"

연속으로 습격이라……. 쿄가 보낸 자객이라고 봐도 되겠군.

녀석의 목적은…… 우리를 처치하는 것이리라.

그렇다면 단순히 질 나쁜 장난이라고 보기는 힘들겠고, 본격적인 공격이라고 봐야 하겠지.

내가 요모기 쪽에 눈길을 돌렸더니…… 왜 네가 놀란 표정을 짓고 있는 거야?

보아하니 앞만 보고 달리는 바보 녀석 같으니, 녀석은 모르고 있었던 건가?

뭐, 이 녀석에게 작전을 가르쳐주면 술술 다 불어 버릴 거라는 걸 꿰뚫어 본 거겠지.

야쿠자들이 일회용 소모품으로 쓰는 청부 살인 업자 같은 식인가?

"빨리 지원하러 가자!"

"그러지. 하지만…… 뭔가 좀 걸리는데."

내 말에 글래스가 고개를 끄덕인다.

"하긴 그러네요. 상대는 잔꾀를 즐겨 쓰는 자예요. 뭔가 꿍꿍이가 있다고 생각해 두는 게 좋을지도 모르겠어요."

생각해 보자. 우리를 상대하기에 가장 효과적인 공격 방법은 뭐지?

내가 쿄라면…… 쿄의 나라가 지배하에 두고 있는 국가의 기술을 생각해 봐야 한다.

녀석은 이런저런 발명을 해낼 뿐만 아니라, 영귀를 조종하는 데까지 성공했던 녀석이다. 내 예상을 훨씬 뛰어넘는 짓을 할 게 분명하다. 그러니까 이건 어디까지나 억측 차원이다.

그렇다 해도, 녀석은 우리를 곤경에 처하게 만들 게 분명한 것이다.

내가 아는 범위에서 쳐둘 수 있는 최소한의 방어선…… 지금까지 키즈나와 글래스가 있는 이 세계에서 보고 들은 것들…… 그리고 라프타리아와 재회할 때까지 겪었던 역경

들을 떠올려 보자.

보아하니 이 세계는 다양한 발명품들이 존재하는 세계인 것 같다.

"어차피 우리는 라르크한테 가긴 갈 거지?"

"응."

"그때 사용하는 건 내 포털 스킬이나 너희가 갖고 있는 귀로의 사본이겠지?"

"그렇겠지."

가능성이 있는 건……. 나는 포털 실드를 사용해서 라르크가 있는 성으로 이동을 시도했다.

하지만, 정체불명의 방해가 들어와서 실패했다.

"현재 포털은 방해를 받고 있어. 꽤 성가신 상황이 벌어졌다고 봐도 될 것 같은데."

"빨리 가 봐야 하는 거 아냐?"

조바심 내는 키즈나와 글래스를 다독이듯이, 양손을 펼쳐서 앞쪽으로 내민다.

"진정해. 이게 양동작전이 아니라고 장담할 수 있어?"

"하지만 느긋하게 앉아만 있을 시간은 없어요."

"키즈나, 글래스, 잘 생각해 봐. 쿄의 나라가 점령한 건 권속기를 보유하고 있던 나라잖아."

도의 권속기는 라프타리아가 손에 넣은 덕분에 국가의 위엄이 땅에 떨어졌지만, 거울의 권속기가 있던 나라도 쿄에게 함락당한 상태다. 다시 말해 기술을 흡수했을 거라는 얘기다.

"녀석들의 표적은 용각의 모래시계 아냐?"

"뭐?"

"키즈나도 알고 있잖아. 라프타리아에게 맥없이 당한 녀석이 재현한 기술 말야. 그걸 적군이 실행하면 어떻게 될 거 같아?"

그렇다. 어떤 원리로 가능해진 건지는 모르지만, 귀로의 용맥이라는 기술을 재현해서 우리에게 사용한다면 어떻게 될까?

용각의 모래시계는 보통 국가의 수도가 되는 곳에 설치되어 있다.

적국 한가운데로 무수한 병사들을 보낼 수 있다면, 무시무시한 병기가 탄생하는 셈이다.

이동에 의한 위험성도 없고 물량 공세를 펼치는 것도 가능해지니까 말이지.

물론, 레벨 개념이 있는 이세계의 전투에 대해서는 나도 썩 잘 아는 건 아니다.

하지만 그런 공격을 당하면, 아무리 키즈나 패거리가 강하다 해도 상당히 버거운 싸움이 될 건 분명하다.

아니, 어쩌면 지금까지 쿄가 속한 나라가 승리해 온 것도 이 전략 때문일 가능성도 없지는 않을 터다.

뭐, 발명의 전후관계가 반대이긴 하지만. 쿄가 예전부터 이미 이 기술을 손에 넣은 상태였다…… 그런 가능성을 누가 부정할 수 있겠는가?

“키즈나, 귀로의 용맥 사용 조건은 뭐지?”

“어떤 용각의 모래시계에 한 번 등록해 두면, 다른 모래시계를 이용해서 거기로 이동할 수 있어.”

“특별한 장비가 필요할 테고, 재현하려면 뭔가 힘이 필요할지도 모르겠군.”

“저희도 그 점을 염려해서, 엄중히 경비하고 있긴 합니다만…….”

뭐, 글래스 패거리도 그 점을 생각 못 했을 리는 없겠지.

이미 이 나라 용각의 모래시계는 폐쇄 상태로, 용사나 권속기 소지자 이외에는 접근을 금지해 두었다고 한다.

“경비를 돌파하고 등록하기라도 한다면 큰일이겠는데. 아니…… 이미 당한 상태가 아닐 거라고 장담할 수 있겠어?”

“정인이 이동 방해 장비를 설치해서, 특정한 자들을 제외한 귀로의 사본 사용을 저지해 두고 있습니다만…….”

아아, 귀로의 사본은 그런 식으로 방해하고 있는 거였군.

“어찌 됐건 성에 대한 공격은 미끼이고 용각의 모래시계 쪽이 진짜 표적일 수도 있어. 라르크가 성에서 고전하고 있다면, 용각의 모래시계에는 더 큰일이 일어난 상태일지도 몰라.”

“일단 내가 귀로의 사본으로 모래시계에 가서 주변을 확인한 후에 성으로 갈게."

"그게 좋겠군. 그런데, 이 녀석은 어쩌지?"

요모기를 쳐다보니, 요모기는 뭔가 심각한 표정으로 조용히 앉아있을 뿐이다.

"너도 올래? 잘하면 도망칠 수 있을지도 모르잖아?"

내가 도발하듯 말하자 격앙한 듯 몸을 앞으로 내밀며 날뛴다.

"뭔가 할 말이 있어 보이지만, 천을 빼 줬다가 또 혀를 깨물면 성가셔지니까."

"그렇다고 전이를 통해서 데려가려면 동료 편성에 집어넣어야 하잖아. 그건 너무 귀찮으니까, 병사에게 맡겨서 여기 버려 두는 게 나으려나?"

"그럴 것 같아."

도발하듯이 시험 삼아 편성 요청을 날려 본다.

어라? 수락했잖아?

누가 데려가 줄 줄 알고? 그 자리에서 바로 쫓아내 버린다.

그러자 다시 격앙됐는지, 버둥거리고 저항한다.

"뭐 하는 거야?"

"아니, 장난삼아서 편성 신청을 날려 봤더니, 자기도 데려가 줄 줄 알았는지 편성을 수락하기에, 그 자리에서 탈퇴시킨 것뿐이야."

"동행할 뜻이 있다면 데려가 줘도 되는 거 아냐?"

"무슨 소릴 하는 거야? 조금 전까지만 해도 우리한테 적의를 불태우던 녀석이라고. 그런 녀석을 어떻게 데려가라는 거야?"

"그야 그렇지만……."

"우움! 우움우움우움!"

"뭔가 말하려고 하는 거 같은데. 어쩌지?"

일단 한번 들어나 볼까. 계속 걸레를 입에 쑤셔넣어 두는 것도 좀 그렇고 말이지.

또 자해하거나 마법 주문을 영창하려고 들거든 찍어누르면 그만이다.

내가 걸레를 입에서 빼 주자, 요모기는 우웩 하고 혀를 내밀며 구역질을 한 후, 나를 홱 노려본다.

"뭐야, 할 말 있으면 지금 해 두는 게 좋을걸."

"무슨 일이 생긴 거냐?!"

"글쎄다. 쿄가 보낸 자객이 너 하나만은 아니었던 것 아냐?"

"그럴 리가 없어! 이건 나 혼자서 실행한 일이야."

"쿄의 신뢰를 못 받고 있었던 거겠지. 아니면 일방적으로 이용당하고 있었든가."

그 발명품이 무시무시한 폭주를 일으켰던 것만 봐도 그렇고 말이지.

자칫 잘못하면 요모기 자신도 폭발에 휘말려서 죽을 수도 있었다. 이 녀석이 쿄에게 어떤 위치였는지는 모르지만, 일방적으로 이용당하는 존재였다는 건 의심의 여지가 없으리라.

"확인하고 싶어!"

"너, 자기 처지를 이해하고 있는 거냐?"

야습했다가 반격당해서 패배하고 붙잡힌 녀석을, 사실 확인을 시킨답시고 데려가 주는 게 말이 되는 얘기냔 말이다.

그렇긴 하지만, 대책 없이 솔직한 바보니까. 성실해 보이기도 하고…….

"쿄가 그런 짓을 할 리가 없어! 살짝 뒤틀린 발상을 하기는 하지만, 많은 이들을 구해주는 착한 사람이란 말이다!"

"네가 생각하는 그 녀석은 대체 어떤 인물이야?"

까놓고 말하자면, 나에 대해 라프타리아가 가진 인상처럼 미화되어 있는 것 같은 느낌이다.

나는 라프타리아에게 있어 이상적인, 좋은 부모 노릇을 하고 싶다고 생각하고 있다.

하지만 쿄는 다르다. 녀석은 리시아에게 설교를 들었을 때 격분했었으니까.

아마, 이 녀석이 생각하는 것처럼 착한 녀석은 아니리라.

"어떻게 하시겠어요, 나오후미 님?"

"으음……."

"우리 지시를 따를 생각이 있다면 유예를 주는 것도 괜찮을지도 몰라."

"허튼 짓을 했다가는, 이번에는 생포하는 대신 죽여 버릴 건데, 그래도 괜찮겠어?"

"그래……. 나도 붙잡힌 몸으로 이런 터무니없는 부탁을 한 거니까. 어떤 결과를 맞게 되든, 이 몸으로 그 대가를 치르도록 하지."

이 녀석은 포로로 잡힌 주제에 뭘 이렇게 건방지게 구는 거야?

이 녀석을 위해서 뭔가 해 줄 의무 따위는 눈곱만큼도 없을 텐데…….

"이 녀석은 아마, 우리 짐작이 틀렸다면, 자기가 처형당하기 전에 쿄가 구하러 와줄 거라고 생각하고 있는 게 분명해."

"내 생각을 읽어내다니! 설마…… 독심술을 익힌 거냐?!"

이거 완전 단세포잖아. 만약에 정말 그런 걸 익혔다고 해도, 굳이 그걸 쓸 필요도 없다.

"그럼 거래를 하자. 우리는 너한테 진실을 확인할 시간을 줄게. 만약에 네가 믿고 싶지 않은 결과가 사실로 밝혀진다면, 그때는 네가 알고 있는 정보를 순순히 털어놓는 거야. 이 조건, 어때?"

"알았다. 나도 무사야. 약속은 반드시 지킨다."

고지식할 정도로 솔직한 놈이구만. 자기 처지를 전혀 이해하지도 못하고 있는 주제에, 이렇게 순순히 약속을 해도 되는 건가 몰라.

“키즈나, 글래스, 만약에 이 녀석이 허튼짓을 하거든 인정사정없이 해치워. 나는 그렇게 속 좋은 녀석이 아니니까.”

“나도 알아.”

“요모기라고 했던가? 자기가 믿고 싶지 않던 진실을 알게 된다고 해서 현실도피나 도망을 선택하지 마. 그러면 고문이라도 해서 정보를 캐낼 테니까.”

“내가 그런 짓을 할 것 같으냐?!”

그야 모르는 일이지. 고지식하면서도 소녀 감성이 들어간 녀석일지도 모르겠다.

선불리 날뛰면 성가시겠는데. 이 세계에도 노예문 같은 게 있으면 이럴 때 편리할 텐데.

“나오후미 님, 리시아 양을 흘깃거리면서 혀 차지 마세요.”

라프타리아에게 주의를 들었군.

어쩔 수 없잖아. 현재 노예문을 쓸 수 있는 건 리시아밖에 없으니까.

“보나 마나 노예문이 있으면 좋겠다고 생각하신 거겠죠.”

완전히 내 생각을 읽히고 있잖아. 뭐, 워낙 편리한 물건이니까.

“아, 전에 얘기했던 그거 말이지? 그럼…….”

그러면서, 키즈나가 반파된 집 창고에서 부적을 가져왔다.

"짜자안, 명령부(命令符). 쓸 일이 없을 줄 알았는데, 의외로 필요할 때가 다 있네."

"키즈나……. 설마 그걸?"

"지금 요모기 양의 약속 준수를 보장하는 건 꼭 필요한 일이니까 말야."

요모기는 키즈나가 가져온 부적을 보고 가만히 고개를 끄덕인다.

"알았다. 그걸로 약속을 받아들여 준다면 기꺼이 고난을 받아들이지."

뭐지? 편리해 보이는데.

어째 필로에게 붙어서 필로를 제압했던 사역부와 비슷해 보인다.

"그게 뭔데 그래?"

"말하자면 마법으로 상대에게 명령하는 부적이야. 좀 유치할지도 모르지만, 나오후미의 인식에 맞춰 비유하자면 강시 같은 거라고나 할까?"

아아……. 얼굴이나 모자에 부적이 붙어 있는 좀비 말이지?

"강력한 부적일 경우는, 부적을 붙이면 의식이 완전히 사라져서 부적을 붙인 사람 뜻대로 조종당하게 돼. 이걸 잘만 쓰면, 명령을 위반했을 때는 아예 움직이지 못하게 만들 수 도 있어."

"위험한 물건 같은데. 특히 상대가 우리한테 붙이면 완전 끝장나는 거 아냐?"

"애초에 저항이 불가능한 물건도 아니고, 성무기 소지자나 권속기 소지자에게는 안 통해. 당하는 사람이 술사보다 힘이 더 강할 경우에는 끄떡도 안 하고 말야."

흐음. 아무래도 노예문보다는 떨어지는 물건인 것 같군.

"상대가 저항하면 어쩌지?"

"부적을 찢어 버리기 전에 해치우는 수밖에 없겠지."

그렇군. 저항하는 동안에 숨통을 끊으면 문제 될 것 없다 이거지?

요모기는 노예의 처지로 곤두박질치지만, 자신에게 붙은 부적을 뗄 정도의 실력은 있다.

하지만 부적을 떼려고 애쓰는 사이에 제압하면 허튼짓은 못하게 만들 수 있다.

"그럼, 나한테서 떨어지면 벌칙이 가해지도록 조정해서 붙여 둘게."

그렇게 말하면서, 키즈나가 요모기의 이마에 부적을 붙인다.

이때, 키즈나가 부적에 상당한 마력을 불어넣는 걸 깨달았다.

빠직빠직 정전기를 일으키며, 요모기에게 붙은 부적이 늘어진다.

순간, 요모기의 발밑에 동양풍 마법진이 떠올랐다.

키즈나가 주문을 영창할 때, 글래스가 보조하는 모습이 보였다.

마지막으로 키즈나가 부적에 피를 발라서 글자를 새겨 넣는다. 요모기도 약간 괴로운 듯 신음하고 있다.

"이제 금칙사항을 설정하면…… 다 됐다. 뭐, 너무 눈에 띄니까, 이걸 붙이고 있는 동안에 공공설비 사용은 불가능에 가깝지만 말야."

"그거 꽤 쓸 만한 물건이군. 양산해서 병사들의 의식을 없애고 조종하는 것도 가능할 것 같고."

"어느 정도 내성은 있지만, 불에도 약하고 물에도 약해. 그렇게까지 편리한 물건은 아냐."

"이걸로 나의 동행을 허락해 준다면, 떼려고 애쓸 이유도 없어. 자, 나를 데려가 줘!"

뭐, 노예문만큼 신뢰할 수 있는 건지 어떤지는 모르겠지만, 다소나마 보험이 된다면야 나쁘지는 않겠지.

"좋아, 그럼 가자."

"응, 가자."

키즈나가 귀로의 사본을 영창한다.

우리는 키즈나가 사용한 귀로의 사본을 타고 용각의 모래시계에 도착했다.

주위에는 보초병들이 대기하고 있었고, 일단은…… 눈에 띄는 적의 습격은 없는 것 같다.

무슨 일이 있더라도 용각의 모래시계의 경비를 소홀히 하지 말라고 명령해 뒀으니까.

성에서 뭔가 사건이 벌어졌음에도 불구하고 명령을 지키고 있는 걸 보면, 꽤 유능한 자들이라고 봐도 무방하리라.

내 쪽 세계에서는, 이런 상황이 벌어지면 경비가 허술해지는 이미지가 있다. 뭔가 그 방면에 있어서는 상당히 허접한 느낌이고 말이지.

"보아하니…… 괜찮은 것 같네."

"어딘가에 첨병이 숨어서 타이밍을 재고 있을 가능성도 부정할 수 없어."

"좀 지나치게 신중한 거 아냐?"

"내가 쿄였다면 틀림없이 그렇게 할 거야. 누군가 여기서 대기하고 있어야 해."

"그럴 리가 없어! 쿄는 그런 비열한 짓은 절대 안 해!"

내 제안에 반발하는 요모기를 무시하고, 글래스와 키즈나는 팔짱을 낀 채 생각에 잠긴다.

"어디 보자, 신뢰할 수 있는 사람이라면…… 라프타리아, 네가 대기해 주겠어?"

"하지만……."

라프타리아라면 실력도 있고 신뢰도 할 수 있다. 약간 불안하긴 하지만, 맡겨 둬서 문제 될 건 없어 보인다.

"……제가 여기서 한동안 망을 보도록 하지요."

"글래스?!"

글래스가 내 제안을 수락해서 손을 들었고, 키즈나는 목소리가 뒤집어질 정도로 놀란다.

흐음, 글래스라면 신뢰할 수 있다. 지혜도 있고 무술에도 강하니, 상황에 따라 적절하게 사용할 수 있을 것이다.

그리고 굳이 비교하자면, 외부인인 우리보다는 이 나라를 지켜야 할 이유가 확고하니까.

"나오후미의 말은 일리가 있어요. 그렇게 큰 소동이 일어났고, 범상치 않은 기술을 습득한 쿄가 어떤 수단으로 공격할지를 고려하면, 여기를 지키는 것도 중요한 일이라고 생각해요."

"하지만……."

"만약에 제 힘이 필요해지거든 조명탄을 세 개 쏘도록 성 사람에게 지시해 두세요. 당장 달려갈 테니까요."

키즈나는 연기가 피어오르는 성을 보고 고개를 끄덕인다.

"알았어. 글래스, 여기는 네게 맡길게."

"크리스, 나 대신 키즈나에게 힘이 되어 줘야 해요."

"펭!"

솔직히 정말 도움이 되긴 하는 건지 의심스럽게 짝이 없는 크리스가 경례를 붙이고 키즈나의 발치에 가서 선다.

"자, 나오후미, 글래스를 여기에 남겨둘 테니까, 글래스 몫까지 싸워야 해."

"알았어. 좋아! 모두, 가자!"

"""네!"""

나는 라프짱과 필로를 어깨에 태우고 내달렸고, 다른 동료들도 나를 따른다.

리시아가 자빠지지 않을지 걱정됐지만, 그럭저럭 따라오는 것 같군.

우리는 연기가 피어오르는 성을 향해 달린다. 보아하니…… 성 밑 도시에는 그다지 피해가 없는 것 같다.

기껏해야 소란에 편승하려던 자들이 체포당한 정도가 고작인 모양이군.

도대체 상황이 어떻게 된 거지?

그렇게 생각하며 성문을 지나 들어가니, 거기서는 라르크와 테리스, 그리고 성의 병사들이, 다수의…… 뭐지? 인간형 괴물을 상대로 악전고투하고 있었다.

성내에서는 연기가 피어오르고, 여기저기서 전투가 벌어지고 있는 것 같다.

"으라아앗차!"

라르크가 테리스의 마법 지원을 받아 스킬을 내쏘고 있다.

하지만, 적은 재빠른 움직임으로 회피해 버린다.

권속기 소지자인 라르크 패거리보다도 빠르다는 건가?

그런 라르크의 빈틈을 찔러서 접근해 들어오려던 적을 향해, 내가 스킬을 영창한다.

"에어스트 실드!"

쩍 하고 적의…… 손톱 공격으로부터 라르크를 보호하듯이 방패를 생성한다.

그 덕분에 이번에는 적에게 빈틈이 생겨나고, 라르크가 그 틈을 노려 낫을 휘두른다.

하지만 적은 이것도 회피해 버렸다.

"꼬마! 그리고 키즈나 아가씨!"

"와 줘서 고마워요!"

라르크와 테리스의 표정이 밝아진다.

"유성방패!"

나는 유성방패를 전개하고, 라르크와 테리스를 보호하듯 앞으로 나선다.

그러자 적병이 발걸음을 뚝 멈추고, 우리를 응시하기 시작했다.

"이세계의 용사! 마침 잘 만났다!"

응? 뭐지? 증오에 찬 눈길로 우리를 쳐다보고 있잖아?

표적은 라르크 패거리와 우리인가?

상대를 찬찬히 관찰한다. 좀 어두워서 정확히 확인할 순 없었지만, 인간형 괴물…… 이 아니다.

뭐야?! 얼굴의 반은 수인(獸人)이고 나머지 부분은 인간, 몸통 쪽 역시 마찬가지다.

인간과 수인을 얼기설기 붙여 놓은 것 같은 모습을 하고 있다. 솔직히, 상당히 괴상하다.

선두에 있는 적에게는 하얀 호랑이 수인 같은 요소가 섞여 있었다. 한쪽으로 묶은 포니테일 스타일의 여자.

눈 한쪽은 날카롭게 치켜 올라가 있고, 나머지 한쪽은 야수 같은 눈을 하고 있다.

조끼 같은 걸 입고 있는데, 전투의 흔적인지 여기저기 찢어져 있다.

얼굴 생김은…… 인간인 부분만 따지자면 예쁘장한 편이라고 할 수 있지 않을까?

다른 녀석들 중에도 비슷한 녀석들이 많다.

다만…… 도대체 뭐야? 새 같은 깃털을 가진 녀석, 거북이 같은 등딱지를 짊어진 녀석도 있다. 하나같이 어중간하게 짐승으로 변하다 만 것 같은 모습이다. 손도 모두 동물 같다.

뭐랄까…… 내가 소환되었던 세계의 수인들과는 뭔가가 근원적으로 다른 것 같은 느낌이 든다.

그쪽의 수인들은 이렇게 부자연스러운 모습은 아닌 것이다.

인간인 부분의 얼굴…… 이 녀석들, 어디선가 본 적이 있었던 것 같은데…… 어디서 봤지?

"이럴 수가——."

라프타리아와 리시아, 그리고 키즈나가 말문이 턱 막힌 채 상대를 삿대질하고 있다.

"너희가 왜 이런 모습으로 변한 거야?!"

키즈나가 소리쳤지만, 으음……. 큰일이다. 난 도통 누군지 모르겠다.

"라프타리아."

나는 라프타리아에게 은근슬쩍 다가가서 귓가에 소곤거린다.

"저놈들, 누군데 그래?"

"기억 안 나세요?!"

"기억이 안 난다고?! 이 자식이 끝까지 우리를 농락하기냐?!"

라프타리아의 대답이 귀에 들어갔는지, 적이 격앙되어 있다.

그 직후, 들고 있던 무기…… *나기나타를 우리에게 고속으로 내지른다.

"읏차."

유성방패가 맥없이 깨져나가고, 파편이 공중에 뜬다.

---

* 나기나타(薙刀) : 긴 자루에 긴 칼날이 달려 있는, 언월도와 유사한 일본의 무기.

그리고 나는 유성방패를 관통해 들어온 나기나타를 방패로 막아내고, 자루를 잡아서 저지했다.

그러자 주위 녀석들이 한층 더 증오를 불태우며 돌격해 왔다.

"죽어라! 애들아! 이 녀석을 모조리 죽여 버려라아아아아아!"

"――예요. 저를 도둑 취급했던, 도의 권속기를 탐내던 사람과 같이 있던 사람들이라구요."

라프타리아가 가르쳐준 덕분에 간신히 알았다. 그 쓰레기 2호의 추종자들인가.

녀석들이 고함을 쳐대는 통에 또 이름을 제대로 못 들었잖아.

어째 쓰레기 2호의 이름은 귀에 들어오지를 않는단 말야. 인식하지 않는 건 아닌데도.

흩어졌던 유성방패의 파편이 쓰레기 2호의 추종자들을 향해 날아간다.

돌격해 왔던 녀석들은 피하지 못했지만, 그대로 몸으로 받아내며 내달리는 자, 갑옷을 출현시켜서 막아내는 자 등, 각양각색이다.

곧바로 전투가 재개되어 라르크가 낫을 휘두르고, 테리스가 마법을 내쏜다.

라프타리아는 발도술을 이용한 순간적인 공격으로 몇 명

을 베어낸다.

상대가 인간에 해당하는지 어떤지 알 수 없었으므로, 키즈나는 요모기와 함께 내 뒤에서 대기하고 있는 상태다.

필로와 리시아에게까지 불똥이 튀지 않도록 신경 써야겠군.

"간다! 크리스!"

키즈나가 크리스를 투척했다?!

크리스는 마치 필로의 스파이럴 스트라이크처럼 회전하면서 돌진해 간다.

스치기만 했는데도, 녀석들의 옷이며 갑옷이 찢어지고 피가 튀었다.

그렇군. 이 정도면 키즈나로서도 쉽게 할 수 있는 공격이겠지.

"라프?"

나는 라프짱과 시선을 마주한다. 초롱초롱 빛나는 라프짱의 눈.

해 주기를 원하는 건가? 애석하지만 라프짱은 그렇게까지는 강하지 않으니, 그냥 내 어깨 위에 앉혀 두자. 아니면 라프타리아의 등에 달라붙어 있게 해 두는 편이 좋겠군.

"주인님! 필로도 해 보고 싶어!"

지금의 필로는 근접전에서는 그다지 전력이 높지 않다. 솔직히 말하자면 후방지원을 맡아 줬으면 싶은데.

노래를 부르면 마법효과가 생기는 것 같으니까.

"참아."

"우——."

"그 대신, 라프짱이랑 같이 마법으로 지원을 부탁할게."

"네~에!"

필로와 라프짱을 어깨에 태운 나는 쓰레기 2호 추종자들의 공격을 막아내고, 때로는 피한다.

"실드 프리즌!"

방패 감옥에 적을 가둬서 시간을 벌고, 라프타리아와 칼날을 맞대고 힘싸움을 벌이는 리더 같은 여자를 쳐다본다.

"왜 당신들이 이런 모습이 된 거예요?! 도대체 무슨 일이 있었던 거죠?!"

"후후, 참 근사한 힘이지? 네놈들 때문에 우리의 소중한 분이 돌아가셔서 절망에 빠지고, 나라는 우방인 줄 알았던 나라에게 점령당하고 말았다. 이제 다 끝이라 생각했을 때, 책의 권속기 소지자인 쿄라는 자가 협력해 준 거다."

"뭐라구요?!"

"우리를 지배할 생각은 없다. 다만, 우리에게 복수의 기회를 주겠다——. 그런 제안을 받고, 우리는 네놈들을 죽이기 위한 일이라면 힘을 빌려주겠다고 약속했지."

"그, 그래서 이런 모습이——?"

"예전의 우리는 권속기 소지자나 성무기의 용사를 당해

낼 수 없었어. 그래서── 쿄는 그분께서 남긴 유산인 사신·사성수 복제기술을 응용해서, 우리에게 커다란 힘을 주셨다."

"설마…… 그 결과가 지금 너희의 모습이라는 거야?!"

키즈나가 아연실색해서 말했다.

그러자 여자들은 고개를 끄덕였다.

"그렇다. 쿄는 너희를 해치우고 나면 우리를 원래 모습으로 되돌려줄 거라고 했다. 네놈들만 해치우면 된다고, 조국이 점령당해서 갈 곳을 잃은 우리에게 길을 제시해 주었단 말이다!"

"""그러니까!"""

쓰레기 2호 추종자들은 힘을 끌어올려서, 각자가…… 인간의 것이라고는 믿기 힘든 공격을 내쏘았다.

"""죽어라!"""

호랑이 같은 녀석은 바람을 자아내서 무기에 깃들인 채 내지른다.

새 같은 녀석은 날개로부터 불길을 일으켜 날려 온다.

거북이 같은 녀석은 바위를 만들어내서 우리에게 퍼부었다.

용 같은 녀석은…… 없는 모양이다.

"에어스트 실드! 세컨드 실드! 드리트 실드!"

거기에 유성방패까지 전개시켜서 각 공격을 방어한다.

나는 의식을 집중해서, 라프타리아부터 차례대로 쯔바이트 아우라를 걸어 준다.

"쿄가…… 이런 비인도적인 짓을 할 리가 없어!"

그 와중에 요모기는 어쩔 줄 몰라 하며 커다란 목소리로 절규했다.

키즈나의 어깨를 붙잡고, 부상당하지 않은 손으로, 근처에 나뒹굴던 검을 움켜쥔다.

"수렵구 용사, 부탁이 있다. 내게…… 전투를 허락해 줘. 쿄가 이런 짓을 저지르고, 복수할 기회를 줬다느니 하는 헛소리를 퍼뜨리는 자를 저지해야 해."

"우리를 공격하려고 들면 벌을 줄 건데, 그래도 괜찮겠어?"

"물론이지!"

키즈나는 요모기의 말에 고개를 끄덕인다.

그리고 요모기가 뛰쳐나가서, 라프타리아와 싸우고 있던 상대에게 검을 휘둘렀다.

"방해하지 마!"

"힘으로만 밀어붙이는 공격……. 못 피할 정도는 아냐!"

요모기는 적의 공격을 종이 한 장 차이로 회피하고, 라프타리아와 함께 칼부림을 하며 고함친다.

"너희, 정말로 쿄가 그런 짓을 저질렀다는 거냐?!"

"우리는 거짓말은 안 해!"

어쩐지 황홀해 보이는 표정으로, 쓰레기 2호 추종자가 대꾸한다.

"그리고 네놈들을 죽이면 ——님을 확실하게 되살려줄 거라고 말씀하셨단 말이다! 우리는 분명히 봤어! 두 개로 쪼개진 ——님이 숨을 쉬는 모습을!"

"죽은 사람을 소생시킨다고?!"

"쿄가 그런 기술까지 쓸 수 있게 됐다는 거야?!"

어떤 의미에선 대단한데. 죽은 사람을 되살려내는 건 창작물의 세계에서도 금기로 여겨지는 경우가 많을 정도인데.

그런 게 나오는 건 기껏해야 옛날 RPG 정도일 텐데. 그나저나 그게 사실이라면 왜 쓰레기 2호를 자객으로 활용하지 않는 거지?

뭔가 속사정이 있을 게 분명하다.

"네놈들이 쿄라고 알고 있는 녀석은 내가 아는 쿄가 아냐!"

라프타리아가 곤혹스러워하는 가운데, 요모기는 그렇게 소리치며 쓰레기 2호 추종자들의 대표를 몰아붙인다.

"이 자식! 아직 안 끝났어! 우리는 아직 우리 힘을 다 발휘한 게 아냐!"

수상쩍은 아우라라고 해야 할까? 어쩐지 녀석들의 몸 중 짐승 부분이 빛을 뿜으며 울끈불끈 부풀어 간다. 솔직히, 상당히 괴상하다.

내 쪽도 쓰레기 2호 추종자들의 공격을 막아내는 데 고전하고 있다.

수가 너무 많다. 게다가 전원이 나름대로 강한 녀석들이다.

영귀의 핵이 있던, 그 방에서 벌였던 전투와 비슷한 양상이다.

영귀의 사역마(친위형)이 이 정도 강했었다.

"츠구미! 받아!"

그때 쓰레기 2호 추종자 하나가 새로 나타나서, 라프타리아와 요모기를 상대로 싸우고 있는 여자에게 창을 던져준다. 그 창을 본 우리는 말문이 턱 막혀 버렸다.

"저건?!"

그렇다……. 요모기가 조금 전까지 쓰던 무기와 거의 같은 분위기를 깃들인 창이, 쓰레기 2호 추종자 대표의 손에 들려 있었기 때문이었다.

6화 개조된 자들

"하아아아앗!"

츠구미라는 이름을 가진 쓰레기 2호 추종자 대표는, 창을 드높이 치켜들고 붕붕 회전시켰다.

단지 그것뿐이었는데도 강력한 충격파가 일어나서, 라프타리아와 요모기가 나가떨어진다.

"으윽……."

"크……."

두 사람은 가까스로 낙법을 취했지만, 여기저기 출혈이 생겨나 있다.

위험한데. 재빨리 앞으로 나서서 보호하려 했지만 한발 늦었다.

아까 요모기가 보인 움직임을 생각해 보면, 저 무기를 들고 있는 것만으로도 능력이 강화된다고 봐도 무방할 것이다.

지금의 요모기는, 이렇게 말하긴 좀 그렇지만, 애매하다.

속도에서나 힘에서나, 라프타리아보다 뒤떨어진다. 능력으로 따지자면 에클레르와 동등한 정도이려나.

아니, 에클레르보다는 강한 것 같군.

도의 권속기 소지자로 선정되기 전의 라프타리아 정도라고 표현하는 게 가장 가까울지도 모르겠다.

말하자면…… 능력치는 꽤 높다. 권속기 소지자도 사성용사와 마찬가지로 동료의 능력치를 향상시켜 주는 효과가 있다는 모양이니, 쿄의 동료로서 능력 상승 효과를 얻은 것이리라.

하지만, 강하기는 강해도, 결정타가 부족하다.

필로가 결정타 역할을 담당하던 시절의 라프타리아처럼 말이지.

그렇게 은근하게 강한 요모기와, 권속기를 손에 넣은 후로 글래스보다 약간 낮은 정도까지 성장한 라프타리아가 피하지도 못하고 나가떨어진 걸 보면, 상대가 엄청난 능력을 갖고 있다고 판단해도 무방하리라.

게다가 가볍게 휩쓴 것뿐인데도 이 정도 위력이라니. 이 상황에서 스킬인지 기술인지 모를 아까 그 공격을 얻어맞는다면 그냥 좀 아픈 정도로 넘어갈 순 없을 것이다. 이런 경우, 내가 막아내고 어떻게든 제압하는 게 상책이다.

하지만, 그보다 더 큰 문제가 눈앞에 나뒹굴고 있다.

"이럴 수가……. 쿄가 저 무기를 줬다니……."

요모기의 안색이 창백하게 질려 있다.

쿄의 본성을 깨닫고 만 건지, 아니면 여전히 희망의 끈을 붙잡으려는 건지는 모르겠지만, 지금은 평정심을 잃은 녀석을 지켜줄 수 있는 상황이 아니다.

"좀 진정하세요."

라프타리아가 소리치자, 요모기는 퍼뜩 정신을 차린 듯 고개를 가로젓는다.

"그 무기를 어디서 구한 거냐?!"

"그런 뻔한 질문을……. 네놈들 성무기의 용사와 권속기 소지자들을 해치우기 위한 비장의 카드로 쓰라면서 쿄가 준 무기다."

요모기는 휙휙 고개를 가로젓는다.

"거짓말 마! 아니, 만약에 그게 사실이라고 해도 그 무기는 너무 위험한 물건이야. 쿄는 그 위험성을 모른 채 너희한테 준 거야!"

"꼬마, 저 무기가 뭔지 알아?"

쓰레기 2호 추종자와 싸우면서, 라르크가 내게 묻는다.

솔직히 혼전 상태에서 얘기나 하고 있을 여유는 없지만, 저 무기가 요모기가 사용하던 것과 같은 거라면, 전투 중에 폭주해서 무시무시한 사태가 벌어진다.

최대한 자극하지 않으면서 처분해야만 한다.

"아마 영귀에게서 채취한 에너지로 만들어진, 마물 같은 무기일 거야. 소지자에게 경이적인 힘을 안겨주지만, 어느 정도 시간이 지나면 폭주해서 폭발하게 돼."

시제품이라서 폭주하는 것인가, 아니면 처음부터 폭주하도록 만들어 있는 것인가……. 어느 쪽이건 영귀의 사역마(의태형)을 무기화한 물건이라는 건 틀림없을 것이다.

"아직 늦지 않았어. 나도 아까 그 무기가 폭주하는 바람에 목숨을 잃을 뻔했어. 빨리 손에서 놔!"

하지만, 츠구미는 요모기의 말에 공격으로 대답했다.

나는 반사적으로 유성방패를 재전개하고, 뒤이어 에어스

트 실드를 써서 방어력을 강화한다.

"하앗!"

"크윽……."

일격에 유성방패와 에어스트 실드가 깨져 나가고, 방패에서 불꽃이 튀고, 방어를 돌파해서 내 갑옷에까지 미세한 상처를 낸다. 공격력만 따지자면 괴물 수준이라고 해도 될 정도다.

솔직히, 무지하게 성가신 적이다.

"하앗!"

"교의 정당성을 증명하기 위해서라도, 그 무기를 써서는 안 돼. 내가 믿는 교는 그런 걸 반기지 않을 거다!"

나를 공격하느라 생긴 빈틈을 노리고 라프타리아와 요모기가 달려든다.

하지만 츠구미는 괴물 같은 반사신경으로 라프타리아와 요모기의 공격을 아슬아슬하게 피해 낸다.

"헛소리 마! 네놈들은 이 자리에서 죽는 거다!"

큭…….

"세컨드 실드!"

나는 세컨드 실드를 전개하고, 창끝을 종이 한 장 차이로 회피하고, 츠구미의 창자루를 옆구리에 끼워서 억누른다.

모토야스와의 전투가 도움이 됐다.

뭐, 단순한 이미지 연습이었던 부분도 있지만, 어쨌든 뜻대로 잘 풀렸다.

창의 단점은 상대가 접근했을 경우에 사용하기 힘들다는 점이다. 창대로 후려치는 것밖에 할 수 없으니까.

이 정도라면…… 가까스로나마 제압할 수 있다.

"어림없다!"

크윽…… 창대 공격이지만 난폭하게 휘두르니 내게도 충격이 들어온다.

상당히 아프다.

"테리스!"

마법으로 스스로를 보호할 여유가 없다. 이럴 땐 마법 담당인 테리스에게 기대는 수밖에.

『여러 보석들의 힘이여. 내 요청에 답하여, 나타날지어다. 내 이름은 테리스 알렉산드라이트. 동료들이여. 저자에게 튼튼한 수호의 힘을 주어라!』

"휘석! 응수(凝守)!"

테리스의 지원마법을 받은 내 방어력이 껑충 뛰어오른다.

좋아, 고통이 거의 사라졌다. 보아하니 테리스가 영창한 마법은 능력치에 비례해서 적용되는 타입인 모양이다.

원래 능력이 높은 항목이라면 능력 상승 폭도 더 크다.

"아까보다 더 단단해졌잖아! 이 자식, 이세계의 용사 놈! 쿄의 얘기로는 방어밖에 못한다고 했는데 이렇게 훼방을 놓다니!"

정보 전달도 한 상태인가. 지난번처럼 내게 반격 능력이 있을 거라고 지레짐작해 줬으면 좋았을 텐데.

내가 덤벼드는 시늉을 하면 무기를 버리고 도망쳐 주는 정도라면 좋았을 텐데 말이지.

"주인님!"

"라프~!"

필로와 라프짱이 츠구미에게 달려들었다.

"어이! 너희!"

"크, 성가신 것들!"

츠구미는 창을 쥔 손의 반대편 손…… 짐승의 발톱 같은 손톱이 달린 손을 휘둘러서, 필로와 라프짱을 찢어발기려 한다.

"위험해!"

"라프!"

공격이 닿기 직전, 퐁 하는 소리를 내며 라프짱과 필로가 연기가 되어 사라졌다.

어떻게 된 거야?

"큰일 날 뻔했네~."

약간 떨어진 곳에, 필로가 라프짱을 끌어안고 활공하고 있다.

"라프프!"

보아하니 라프짱의 환각마법으로 요령껏 회피한 모양이군.

"조심해. 지금의 너희 실력으로는 위험하니까."

"괜찮아 주인님~, 잘만 보면 피할 수 있어~."

필로는 하이퀵을 쓸 수 있으니까. 원래는 마력을 충전할 필요가 있지만, 지금은 피트리아에게서 배운 절약 모드로 싸우고 있는 건지도 모른다.

그렇다 해도 상대가 너무 강하다. 필로와 라프짱의 지금 실력으로는 위험하다.

"충전~."

어째선지 이 두 마리가 내 어깨에 앉는다.

"주인님 어깨에 앉아있으면 한동안 강해지거든."

아아, 업었을 때 능력 상승(중) 덕분인가?

지금까지의 상황을 보아 무시할 수 없는 능력인 것 같군.

"츠구미!"

쓰레기 2호를 추종하던 여자들이 공격 목표를 대표와 싸우고 있는 나로 변경했다.

"어딜! 꼬마에게 공격이 집중되게 놔둘 순 없지."

"맞아. 그렇게 되도록 놔둘 수는 없어!"

"네, 나오후미 씨를 상실하는 건 커다란 가능성의 손실. 앞으로도 더 많은 보석 가공을 부탁드려야 하니까요."

"넌 무슨 소리를 하는 거야?"

뭐랄까…… 테리스가 엄청나게 위험한 영역에 들어가 있는 것 같다는 생각이 가시지 않는다.

라르크, 고삐를 단단히 쥐고 있으라고.

아니, 지금은 그러고 있을 상황이 아니잖아.

“후에에에에에!”

이때 리시아가 마구잡이로 부적을 던져댄다.

“뭐지——?!”

“우?!”

이 부적은 동료들에게는 맞지 않고, 쓰레기 2호의 추종자들 중에 방어가 허술한 녀석에게 명중해서 약간 놀라게 만들었다.

뭔가 은근히 도움이 되잖아.

약해 보여서 다들 무시하지만, 무시했다가는 뜻하지 않은 상황에서 복병이 될 것 같다.

어쨌거나, 지금은 츠구미의 창을 억누르고 있지만 언제 돌파될지 모르는 상황이다. 최근 들어서는 강력한 방어력으로 상대를 찍어 누르는 전법을 취하고 있지만, 아무래도 통할 것 같은 생각이 들지 않는다.

아니, 카르밀라 섬 때부터 계속된 전투 중에는 찍어 누르는 데 성공한 적이 적었……던가?

지금까지 다양한 접전을 경험해 왔는데, 이번 같은 경우에 해당하는 건…… 그렇게 생각했을 때 츠구미가 창을 움켜쥔 손에 힘을 준다. 그러자 창의 날끝이 번쩍번쩍 빛을 뿜기 시작했다.

차오르는 그 빛에, 나는 뒤로부터 야금야금 조금씩 타들어가는 것 같은 감각을 느낀다.

이 상황, 겪어 본 적이 있어!

교황이다. 교황이 용사 무기의 복제품을 사용했을 때와 비슷한 것이다.

크……. 어쩔 수 없지!

"필로! 만약에 무슨 일이 생기더라도 버텨내!"

"응!"

"라프~!"

내가 뭘 하려는 건지 알아챈 필로가 라프짱을 붙잡고 날갯짓해서 도망친다.

"나오후미 님!"

"꼬마가 그걸 할 생각인가! 모두 거리를 벌려!"

"어? 어?"

키즈나가 라르크의 손에 끌려간다.

"나오후미 님!"

"걱정할 거 없어! 라프타리아, 너는 요모기와 필로를 지키는 일에 힘써 줘!"

최근에는 쓰지 않았었지만, 이 녀석의 필살 공격을 견뎌낼 수 있는 수단은 내겐 이것밖에 없다.

영귀의 마음 방패로 변화시키는 데 필요한 조건이 불충분……. 아니, 아마 이 세계에서도 쓸 수는 있겠지만, 그렇다 해도 라스 실드 쪽이 더 강할 것이다.

위험부담이 있다는 건 알고 있지만…… 이 녀석이 쓰려는 공격으로부터 동료들을 보호하기 위해서 필요한 수단을 취해야만 한다.

나는 방패에 손을 대고, 가능하면 쓰지 않으려 했던 금단의 수단으로 손을 더럽힌다.

라스 실드…… 또 너에게 의존해야 할 때가 오고 말았군.

될 수 있으면 다시는 쓰지 않고 싶었는데 말이지!

"뭐, 뭐야?!"

"이세계의 용사가 뭘 하려고 하는 거지?!"

라프타리아의 손에 붙잡혀 멀찍이 끌려간 요모기가 라르크를 향해 묻는다.

"꼬마는 지금, 저 녀석들의 공격을 막아내기 위해서 대가가 필요한 무기를 쓰려는 거야."

"대가…… 그런 무기가 있는 건가?"

"쿄는 쓴 적 없어?"

설욕을 위해서 후방에 물러서 있는 키즈나와 라프타리아 등의 숨통을 끊으려는 자, 고립된 나를 향해 몰려드는 자 등, 쓰레기 2호 추종자들이 제각각 공격을 날린다.

"우오오오오오오오오옹오오오오!"

"받아라! 『꿰뚫는 것!』"

츠구미가 창 자루를 움켜쥐고, 창날 끝을 내지르며 내쏜 필살 스킬, 광선 같은 힘의 물결이 투사되고, 나는 그것을 막아낸다.

묵직한 일격이었지만, 가까스로 견뎌낼 수 있었다.

마치 수도꼭지를 손가락으로 어중간하게 막은 것처럼 빛이 흩뿌려졌다.

그 빛은 필살의 일격이어서, 성의 외벽을 뚫고 지면을 후벼 팔 정도였다.

하지만, 통과시킬 수는 없다.

"크윽……. 오오오오오오오오오오오!"

츠구미도 나를 없애 버리기 위해 힘을 점점 더 높여 나간다.

자극하지 말아야겠다고 생각했었지만, 지금 이 녀석에게 필요한 건, 무슨 짓을 하든 우리를 물리칠 수는 없다는 절망을 안겨주는 것. 우선은…… 그게 선결 과제다.

창이 달아오르고, 보석 같은 눈알이 뒤룩거리며 움직여댄다.

"모두! 이 녀석에게 공격을 집중해!"

"""오오!"""

"할 수 있으면…… 해 보시지!"

나를 공격하면 어떻게 되는지, 어디 한번 몸으로 겪어 보시지.

창날을 우격다짐으로 틀어서, 쓰레기 2호 추종자들에게

스치게 한다.

"꺄아아아아아아아아아!"

"우오오오——!"

이렇게만 해도 엄청난 대미지다.

다행히 녀석들은 육체 개조를 한 덕분인지, 화상을 입는 정도로 끝났다.

회복마법을 걸면 나을 수도 있을 것 같은 정도로군.

"끈질긴 녀석 같으니!"

"내가 잘난 건 방어밖에 없어서 말이지."

그런 식으로, 나는 힘싸움을 벌이듯 창과 방패를 맞댄 채 츠구미의 공격을 버텨냈다.

뭐, 스킬 쪽은 장시간 쓸 수 있는 공격이 아닌 듯, 곧바로 효과가 끊긴 모양이었지만 말이지.

푸슝 하고 공기 빠지는 소리를 내며, 츠구미가 가진 창날이 연기를 피워 올리고 있다.

"이제 그만 포기하시지!"

이쯤 해서 빼앗지 않으면 위험할 것 같다.

"거절한다!"

"그렇단 말이지……. 그럼, 대가를 치러라!"

나는 지금까지 이 녀석들 때문에 겪었던 고통을 떠올리기 위해, 감정을 고조시킨다.

"테리스! 방어마법을 전개해! 필로도 거들어. 그 자리에 있는 녀석들 중에서 방어에 참가할 수 있는 녀석들은 최대한 동료들을 보호해!"

"아, 알았어요!"

내 말에 응해서, 테리스를 비롯한 성 사람들이 마법으로 방벽을 만들어낸다.

어쩌면 주위를 모조리 불살라 버릴 정도의 위력이 나올지도 모른다.

그래 봤자, 온 힘을 다해도 글래스에게 큰 대미지를 입힌 정도가 고작이었으니까, 그렇게까지 조심할 필요는 없을지도 모르지만, 만전을 기해서 나쁠 건 없다. 방어를 위해 에어스트 실드 등도 전개했다.

"크윽……."

방패가 마음을 잠식해 온다.

모조리 죽여 버리라고, 지금껏 쌓인 울분을 풀라고 호소한다.

하지만 지금의 내게는 지켜야 할 자들이 있다.

라프타리아와 필로뿐만이 아니다.

교황을 물리친 후 이런저런 사건을 겪는 동안, 지켜야 할 대상이 늘어났다.

그에 호응하듯이, 이 방패를 사용하는 빈도는 줄어 갔다.

……영귀를 상대로 싸웠을 때, 오스트는 이 방패에서 분노의 감정을 뽑아내서 자신의 힘으로 쓰기도 하고, 방패의

힘에 보태 주기도 했었다.

그렇다……. 지금, 나의 분노는 방향성을 띠고 있다.

온 세계를 증오하는 게 아니라, 단 하나의 점에 집약된 증오…….

모두를 지키기 위해서, 증오를…… 제어해야 한다.

……원한, 울분, 혐오, 증오, 원망, 분개.

그런 감정들을 주위에 흩뿌리면 안 돼.

무엇보다 뒤로는 보내지 마라. 전방으로만 보내야 해.

"우오오오오오오오오오오!"

다크 커스 버닝S가 방패로부터 분출된다.

"뭐야, 방어밖에 못하는 거 아니었어?!"

"너는 날 제대로 보기는 한 거냐? 반격은…… 당연히 할 수 있단 말이다!"

방패에서 검은 불길이 생성되어, 전방을 부채꼴 형태로 불살랐다.

"으아아아아아아아아아아아아!"

""꺄아아아아아아아아아아아아아!""

이 정도면 사상 최고 출력이 아닐까 싶을 만큼 강력한 증오의 불길이 일대를 불살랐다.

"후우……."

"굉장해……. 이게 나오후미의 금단의 기술……."

"키즈나 아가씨가 쓰는 비장의 기술과는 다른 의미에서

성가신 공격 아냐? 글래스 아가씨가 혼유약으로 강화한 상태에서야 간신히 상대할 수 있을 정도였다고.”

“어이! 잡담 그만하고 싸우기나 해!”

약간이나마 분노가 누그러지는 느낌도 들었지만, 이 증오는 곧 다시 불타오를 것이다.

이건 그런 부류의 공격인 것이다.

견디고 있는 것만으로도 미쳐 버릴 것만 같은, 나 자신의 기억과 벌이는 싸움이다.

하지만 지금의 내게는 라프타리아와 필로, 그 외에도 지켜줘야 할 동료들이 여럿 있다.

……약간 낯간지럽지만, 나에게 소중한 것을 지키기 위해, 분노에 잡아먹힐 수는 없는 것이다.

“크윽……. 젠장, 나는 아직 포기할 수 없어!”

오오, 그렇게 강력한 반격을 받고도 아직 손에서 창을 놓지 않을 줄이야.

나는 그렇게 끈질긴 집념을 막아내야 하는 건가.

쓰레기 2호, 너는 구제불능의 쓰레기였지만, 이렇게 그리워하는 여자들이 있는 걸 보면 실은 좋은 점도 많은 녀석이었겠지. 자기 마음대로 세계를, 발명을 악용하지만 않았더라면…… 이 녀석들도 이런 꼴을 당하지 않았을 텐데.

그리고, 마지막에 글래스가 분명히 충고했었잖아.

움직이지 말라고.

그 충고를 무시한 탓에 죽은 주제에, 그 원한을 내게 떠넘기지 말란 말이다, 얼간이 자식!

아차, 라스 실드에 의식을 잠식당하고 있다.

조심하자……. 아직은 분노에 잡아먹혀서는 안 돼.

"좀 더! 나는 좀 더 강하게…… 이 녀석들을 죽여 버릴 힘을 쥐어짜야 해!"

증오의 불길에 불타서 쓰러졌던 자들이 벌떡 일어선다.

그리고, 마치 불에 탄 부분을 보완하듯이 짐승으로 이루어진 부분이 점점 더 침식해 나간다.

젠장……. 얼마나 더 불살라야 이 녀석들을 해치울 수 있는 거야?

"하아아아아아아앗!"

이런! 창이 요모기 때처럼 달아오르고, 덩굴을 뻗어서 츠구미의 몸에 엉겨 붙고 있잖아.

하지만 원래 그런 건지, 아니면 개조됐기 때문인지, 츠구미 자신은 의문을 느끼지 않는 모양이다.

어쩌지? 지난번에는 키즈나가 덩굴을 찢어발겨서 그럭저럭 넘어갔었는데…….

"혈화선!"

키즈나가 재빨리 내 쪽으로 달려와서, 츠구미의 팔에 엉겨 붙으려는 덩굴을 절단한다.

그러나 덩굴은 잘려 나가는 즉시 재생해서 츠구미의 팔에 엉겨 붙는다.

눈치채지 못하고 있는 건가?

크윽……. 방패에 가해지는 힘이 아까보다 더 강해졌잖아. 제압하고 있는 것도 한계가…… 머지않았어!

"이제 끝장을 내 주마!"

공격에 의한 경직도 아직 풀리지 않았으련만, 츠구미는…… 설마…… 창에서 별이 반짝이기 시작한다.

틀림없다. 이건 모토야스가 갖고 있던 무기의 복제품!

아마 아까 그 공격은 브류나크라는, 교황이 쓰려 했던 스킬이었고, 지금은 유성창을 쓰려 하고 있는 것이리라.

"하하하하하! 이번에야말로! 죽여 버리겠어!"

있는 힘을 다해서 내 손을 떼어낸 츠구미가 창에서 빛을 내쏘려 한, 바로 그때.

쩌억 하고 살점이 찢어지는 듯한 소리가 울려 퍼졌다.

"으꺄아아아아아아아아아아아아아아아?!"

그리고, 조금 전까지 웃음을 머금고 있던 츠구미가 고통에 몸부림치기 시작했다.

"츠구미?!"

"무, 무슨 일이야?!"

쓰레기 2호 추종자들이 아연실색해서 얼어붙고, 가까이에 있던 녀석이 몸부림치는 츠구미에게 달려간다.

"으윽…… 아아아아아아, 이, 아아아아아아아?!"

와들와들 경련하면서 흰자위를 까뒤집고 있잖아!

이건 창 때문인가?

그렇게 생각하는 순간, 라르크나 라프타리아 등에게 달려들고 있던 자들도 마치 약효가 떨어진 환자처럼 몸부림치기 시작했다.

"대, 대체 무슨 짓을 한 거야?!"

"우리 때문이라고 생각하는 거냐!"

저주의 불길이 회복 지연 효과를 일으킬 수는 있지만, 이런 증상은 일으키지 않는다.

고통에 몸부림치는 동료들의 모습은, 쓰레기 2호 추종자들도 차마 똑바로 쳐다볼 수 없을 지경이었다.

"이 육체개조의 대가라는 생각은 안 하는 거야?"

키즈나가 진지한 눈매로 말한다.

하지만, 지금은 그러고 있을 때가 아니잖아.

"키즈나, 지금은 이 녀석들보다 더 큰 문제가 있잖아!"

"……?! 맞아, 그랬었지!"

아직도 츠구미의 손에 엉겨 붙어서, 몸부림치는 츠구미로부터 힘을 빨아들이고 있는, 폭주한 창이다.

요모기에게 달라붙어 있던 때와 똑같은 상태…… 그야말로 폭주해서 폭발하기 직전의 상태인 창이 발치에 있다.

크…… 던져 버릴 여유가 있을까?

그보다 더 신경 쓰이는 것은 눈알 같은 보석 부분이다.

요모기 때보다 더 강렬하게, 형형한 빛을 내뿜고 있다.

이건…… 어쩌면 요모기의 무기가 폭주했을 때보다 더 광범위한 폭발을 일으키는 거 아냐?

"키즈나! 기다려!"

"왜 그래?"

"함부로 덩굴을 자르지 마. 어쩌면 그게 방아쇠가 될 수도 있어."

요모기 때는 딱히 경계하지 않았었지만, 지금까지 있었던 일들로 미루어 보면, 이제 슬슬 폭발해도 이상할 게 없다.

"어쩌면 소지자로부터 힘을 흡수하고 있는 동안은 아직 폭발 때까지 여유가 있는 건지도 몰라."

"하지만 이런 상태에 처한 애를 그냥 놔두면 어쩌자는 거야?"

하긴…… 고통에 몸부림치다가 경직되어 있는 걸 보면, 이미 한계를 넘었다는 뜻이리라.

냉혹하게 처리하자면, 이 녀석들을 모조리 안전한 장소로 이동시켜서 폭발시켜 버리면 그만이겠지만…….

키즈나나 라프타리아는 그 선택지를 취하는 걸 거부하겠지. 나도 가엾다는 생각은 들긴 하지만, 때로는 냉정하게 잘라 버려야 할 상황도 있는 법이다.

하지만, 지금은 이런 문답이나 주고받을 여유가 없다.

"""으으으…… 끄아아아아아!"""

약발이 다 떨어진 듯 버둥거리던 녀석의 몸이 불끈 부풀어 오르고, 야수 같은 포효를 내지르며 날뛰기 시작했다.

짐승처럼 네발로 서서, 원래 각자의 기반이 된 마물 같은 움직임으로 공격하기 시작한다.

"크……. 이 녀석들이! 뭐가 어떻게 된 거야?!"

곤혹스러운 표정의 라르크와 라프타리아, 요모기가, 날뛰어 대는 녀석들을 제압한다.

아까처럼 지성적인 움직임을 보이지 않아서 상대하기는 쉬웠지만, 움직임 자체는 더 빨라진 것 같다.

"후에에에에에!"

"라프~!"

라프짱이 꼬리를 부풀려서, 날뛰어 대는 녀석들에게 마법을 건다.

그러자 마법에 걸린 자들이 아무것도 없는 곳에서 제각각 날뛰기 시작했다.

아마도 환각에 걸려서 환상 속의 적과 싸우고 있는 것이리라.

이건 어디까지나 게임 속 지식을 토대로 한 판단이지만, 야생성이 강한 상대일수록 환각의 효과가 큰 경우가 많다.

뭐, 반대로 전혀 안 통하는 상대도 있기는 하지만.

"다들 그만해! 츠구미가 위험한 상태야! 지금은 복수보다 츠구미를 구하는 게 우선이야!"

추종자 녀석들이 수런거리지만, 이성을 잃은 자들은 그 말을 듣는 기색이 없다.

"너희도 조심해. 아마 조금만 더 있으면 너희도 같은 신세가 될걸. 최대한 힘을 사용하지 않도록 하는 게 좋을 거야."

추종자 녀석들은 내 말을 듣고 전의를 상실해서 얌전해진다.

"맞아. 날뛰고 있는 건 특히 더 호전적이었던 사람들뿐인 것 같으니까."

"……."

"끄아아아아아아…… 아아악."

마치 수분이 빨려나가는 것처럼 츠구미의 뺨이며 몸의 여기저기가 야위어 간다. 상태로 보아, 당장 미라 꼴이 된다 해도 이상할 게 없다.

아마 개조에 의한 이성 상실 및 폭주와 무기에 의한 힘 흡수가 몸속에서 충돌하는 바람에 이런 상태가 된 것이리라. 이 녀석의 목숨이 다하는 순간에 무기가 폭발한다고 봐도 무방할 것 같다.

"포털은 쓸 수 없어."

사실 포털에는 숨겨진 기능이 있다.

동료들에게만 한정된다는 게 단점이지만, 나 자신을 전송 대상에 넣지 않고, 위치를 기억해 둔 곳으로 전송할 수 있는 것이다. 잘만 사용하면 이 상황을 타개할 수 있을 거라 생각했지만, 동료에 포함되어 있어야만 한다는 전제가 있다.

그리고, 아마 육체 개조에 사용된 백호의 영향 때문에 포털 자체에도 방해가 걸려 있을 게 분명하다.

절망적인 상황이다.

그래도 수단이 전혀 없는 건 아니다.

"이 녀석에게 계속 회복마법을 걸어. 마력과 SP 회복도 잊지 말고!"

"뭐, 뭘 하려는 건데?!"

"이 녀석을 두고 사람이 없는 곳으로 도망칠 거야. 안 그러면 무기가 폭발해서 다 죽을걸."

"너무해! 츠구미는 어쩔 건데?"

"물론, 시간을 벌고 있는 사이에 계책을――."

그렇게 말하기 직전, 무기의 눈알 부분에서 불길한 웃음소리가 들려왔다.

"그렇게―― 하도록 내버려 둘――것 같아?"

치직 하고 이따금 음성이 끊어지지만, 이건 분명 쿄의 목소리였다.

굳이 물어볼 것도 없다. 정말로 시간이 없는 모양이군.

"보――――니, 실패――――같군――――. 너희를 없애 버리기에는 충분――――――황의――――――다. 이건――――――다!"

쨍 하는 소리와 함께, 요모기 때와 마찬가지로 무기 전체가 빛나기 시작한다.

"쿄! 이 자식! 이걸 노리고 한 짓이었나!"

요모기가 절규하지만, 쿄의 목소리는 이미 사라진 뒤였다. 통신을 끊어 버린 건가?

무기에서 뿜어져 나오는 빛이 요모기 때와는 차원이 다르다. 폭발이 가까운 게 틀림없다.

"핫!"

키즈나가 츠구미에게 엉겨 붙어 있던 덩굴을 잘라 버린다.

아니, 상황을 지켜보고 있을 시간이 없다.

나는 무기를 집어서 하늘로 던져 버리려다가, 무기가 폭발 직전이라는 것을 이해했다.

……너무 늦었다. 수류탄을 집어서 되던지려는 병사가 이런 심정일까.

어쩌지? 어쩌면 좋지?

시간의 흐름이 느릿하게 느껴진다.

이대로 가면, 모조리 죽는다.

보아하니…… 이 창 형태의 마물은 자폭하기 직전에 미리 죽는 것 같다.

요모기 때도 그랬었다. 막연한 생각이지만, 방패에 넣을 수 있을 것 같은 느낌이 들었다.

그때는 그런 생각을 하지 못해서 던지는 걸 우선시했지

만, 지금은 던지기에는 너무 늦은 것 같다.

그렇다면── 나는 우격다짐으로 창을 방패에 쑤셔 넣었다.

처음에는 약간의 저항이 느껴졌지만, 방패도 상황을 눈치챈 건지, 쑥 미끄러지는 것 같은 감촉과 함께 창이 방패로 들어간다.

"나오후미 님?!"

"어?"

"어차피 던지기에는 이미 늦었어. 모 아니면 도, 재료로 취급해서 방패에 넣는 거야!"

"너무 무모해요!"

"무모하든 어쩌든 할 수밖에 없잖아. 요전에 폭발했을 때 빛이 내 방패에 빨려 들어갔던 것처럼, 이번에도……."

그렇다. 이 무기는 아마 영귀의 에너지를 바탕으로 만들어져 있을 것이다.

폭발 때 발생한 빛이 내게 쏟아졌던 것은, 내가 가진 영귀의 심장 방패로 돌아오기 위해서였던 게 틀림없다.

시야에 창 아이콘이 떠올랐다. 방패 속에 이물질이 있다는 표시 같은 건가?

시야 속의 창이 형형한 붉은색으로 빛나고 있다.

방패 자체가 부서질지도 모른다. 만약에 그렇게 된다면, 내 운명도 장담할 수 없겠군.

그렇다 해도, 이 자리의 피해를 최소화하는 게 선결 과제다.

"실드 프리즌!"

"나오후미 님!"

"라프!"

"주인님!"

이쪽으로 달려오던 라프타리아와 동료들로부터 스스로를 격리하는 형태로 실드 프리즌을 사용하고, 만일에 있을 폭발의 충격을 억제하는 장벽을 전개시킨다.

"꼬마──."

"나오후미, 멈춰──."

"나오후미 씨──."

각각의 목소리를 확인하면서, 폭발로부터 모두를 보호하기 위해서 온몸으로 방패를 감쌌다.

가장 강한 라스 실드── 이 폭발하는 무기를 어떻게든 억눌러 줘!

시야 안에, 빨갛게 빛나는 섬뜩한 창 아이콘이 깜박이고 있다.

그리고 영귀의 심장 방패 아이콘이 출현해서, 어렴풋한 빛을 내며 창의 힘을 빨아들이고 있는 것처럼 보인다.

직후, 쾅 하고 창이 폭발한 건지, 마치 몸속에서 뭔가가 작렬한 것 같은 고통이 몰아친다.

"으윽――."

마치 내 안에 독극물이 들어있는 것 같은 불쾌한 감각이 야금야금 내게 침식해 들어와서, 지배해 간다.

이런, 이러다 죽을지도 모르겠다.

이번엔 정말로, 나답지 않게 다른 누군가를 지키려다가 죽는 상황이 될 것 같다.

그런 짓은 죽어도 하기 싫었는데!

실드 프리즌의 효과 시간은 그다지 길지 않다.

그런데 아무리 시간이 흘러도 사라질 기색이 없다.

이건…… 모종의 원인으로 실드 프리즌의 효과 시간이 길어진 것일까, 아니면 나 자신의 시간 감각이 느려져 있는 것일까.

후자 쪽이라면 1초가 1분보다 더 길게 느껴지는 상태잖아.

못해 먹겠네……. 이런 지옥 같은 시간을 얼마나 더 견뎌야 한다는 거야!

미쳐 버릴 것만 같다.

라스 실드를 사용할 때와는 다른 종류의 고통을 견뎌내면서, 나는 몸을 웅크린 채 버틴다.

이윽고…… 창은 어렴풋한 빛을 내면서…… 녹아서 사라져 갔다.

가까스로, 제압해 낸 건가?

"으……."

뭐지? 현기증이 나서 다리가 휘청거린다.

독이라도 마신 것 같은 위화감이다.

의식이 멀어져 간다…….

아직 안 돼, 아직…… 프리즌 밖에는 적이 있어. 나는 여기서 쓰러질 수는 없단 말이다.

그때…… 나는 환각을 보는 것 같은 느낌에 휩싸였다.

어렴풋이, 아지랑이같이, 오스트가 쓰러지려는 나를 부축해서 일으켜 세우려 하고 있는 환각.

말은 하지 않는다.

하지만, 눈빛만으로 내게 의지를 전하고 있다.

내 의지를 짐작해서, 힘을 부여해 주고 있는 것만 같다.

나는 쓰러지려는 몸을 가까스로 버텼다가, 있는 힘껏 일어선다.

정신을 차리고 보니 오스트는 사라져 있었다. 아니…….
처음부터 없었던 건지도 모른다.

하지만, 내게 힘이 되어 주기 위해서 저세상에서 온 건지도 모른다는, 평상시였다면 코웃음칠 법한 생각이 든다.

나는 오스트에게 부탁받은 일을 달성해야만 한다.

그러니까 이런 곳에서 쓰러질 수는 없다.

프리즌의 효과시간이 끝나자, 라프타리아를 비롯한 동료들이 눈물이 그렁그렁한 눈으로 내게 달려왔다.

"나오후미 님! 괜찮으세요?! 다치신 곳 없죠?"

"그래, 문제없어. 솔직히 좀 위험하기는 했지만."

죽을 것 같다는 생각도 여러 번 했었다. 하지만, 지금은 약간의 나른함만이 있을 뿐, 힘겹게나마 충분히 서 있을 수 있다.

"지금은 그게 중요한 게 아냐!"

내 말에, 라프타리아와 동료들이 곧바로 전투태세로 돌아간다.

"크아아아아아아아아아아아!"

주위를 살펴보니 폭주한 츠구미가 일어서서 날뛰려 하고 있었다. 이미 죽기 직전인데도 불구하고.

"이제 그만해! 우리는 그동안 속아 온 거야! 지금은 휴전할 때라구!"

츠구미의 동료들이 호소하지만, 조금도 반응하지 않은 채 날뛰고 있다.

눈에 들어오는 이들 모두를 죽여 버릴 기세다.

"부탁할게요. 염치없는 소리일지도 모르지만, 제발 도와주세요."

무슨 소릴 하는 거야, 라고 내가 말하기 전에, 키즈나가 앞으로 나서서 고개를 끄덕인다.

"알았어. 너희도 쿄에게 이용당한 가엾은 피해자니까. 그리고 우리에게는 너희의 소중한 사람을 죽인 책임이 있어."

"내가 보기엔 자업자득인 것 같은데."

내가 뇌까리자, 키즈나는 조용히 하라는 듯 손가락을 입에 가져간다.

눼에, 눼에, 입살맞은 녀석은 찌그러져 있겠습니다요.

"싸우는 동안에 눈치챘겠지만 말야, 나는 수렵구의 용사라서 인간은 공격하지 못해. 마찬가지로 라프타리아 양 같은 아인에게도 부상을 입힐 수 없어. 그런데 말야, 이유는 모르겠지만, 너희와는…… 싸울 수 있을 것 같은 느낌이 들어."

"호오……. 뭐, 개조인간 같은 녀석들이니까."

"그런 뜻이 아니라, 나오후미가 어떻게든 모두를 보호하려고 했을 때, 내 마음도 전율했어. 나오후미처럼 모두를 지키고 싶다, 모두를 구하고 싶다, 나도 뭔가 할 수 있는 일이 없을까? 라고 말이야. 그랬더니 말야, 목소리가 들려온 것 같았어. 해답은 내 안에 있다고."

키즈나는…… 본인의 말마따나 전율하는 표정을 짓고 있었다.

말 참 답답하게 하네. 결론이 뭔데? 느긋하게 얘기나 하고 있을 시간이 없을 텐데?

계책이 있다면 빨리 해, 라고 다그치고 싶은 기분이다.

키즈나는 무기를 참치용 회칼로 바꿔서, 폭주하는 츠구미를 향해 겨눈다.

"내 이름은 카자야마 키즈나, 사성, 수렵구의 용사라서 사람은 죽일 수 없어. 용사의 이름을 걸고…… 나는 기필코 너희를 구하겠어!"

그리고 재빨리 내달린다.

나는 의식을 집중해서, 키즈나의 싸움에 도움이 되도록 지원마법을 영창한다.

"쯔바이트 아우라!"

그리고 키즈나는 마구 날뛰어대는 츠구미에게 접근해서, 이렇게 소리쳤다.

"해체기 · 비늘 벗기기!"

챙강――그야말로, 순식간에 벌어진 일이었다.

수많은 칼부림들이 츠구미를 찢어발겼다.

뭐랄까…… 키즈나의 공격은 속도를 뽐내는 기술이 많다.

"카아악――."

츠구미는 키즈나의 칼부림에 경직된다.

"설마…… 저 칼질은…… 섣불리 움직였다가는 ――님처럼……."

자기들끼리만 속닥거리니까 알아들을 수가 없잖아.

그렇게 생각한 순간, 푸슉 하고, 츠구미의 몸 중 짐승으로 변했던 부분의 털이 떨어져 나갔다.

아니, 살점까지 베어진 건지, 피가 튄다.

"""꺄아아아아아아아아아아아아아아!"""

비명이 울려 퍼지는 가운데, 나는 츠구미의 시체를 확인하러 갔다.

응?

“어이, 걱정할 필요는 없는 것 같은데. 아무래도…… 이 녀석은 꽤 명줄이 질긴 것 같으니까.”

나는 죽은 줄 알았던 츠구미를 안아 올려서 여자들에게 보여준다.

얼굴 부분의 피부가 떨어져 나가는 등 큰 부상을 입었지만, 숨은 붙어 있는 모양이다.

“쯔바이트 힐.”

일단 얼굴 부분이라도 고쳐 주자.

회복마법을 걸어 주니 인간다운 얼굴로 돌아왔다. 짐승 부분만 사라진 느낌이다.

이쪽으로 달려온 여자들은 병세를 확인하고 안도의 한숨을 내쉬었다.

“하지만, 완치하려면 한참 더 걸릴 것 같군.”

아직 백호 같은 부분이 곳곳에 남아 있지만, 전처럼 묘한 분위기를 풍기거나 육체를 잠식하는 움직임은 없다.

치료에는 시간이 걸리겠지만 치명적인 문제는 없을 것 같군.

인간에게는 부상을 입힐 수 없는 수렵구 용사다운 실력이라고 해야 할까?

폭주하는 사성수 복제 부분만을 저며 내다니, 참 솜씨도 좋단 말이지.

게다가 비늘 벗기기…… 생선의 비늘을 벗기는 것 같은 행위잖아. 이건 수렵구가 아니라 해체무기 용사라고 해야 하는 거 아냐?

"자, 이봐……. 아직 더 싸울 마음이 남았나?"

폭주하지 않은 상태인 여자들은 저마다 서로를 마주 보고는…… 조용히 그 자리에 주저앉아서 이렇게 말했다.

"항복할게요. 저희는 이용당하고 있었던 것 같으니까요."

"날 원망하는 마음은 알겠지만, 믿을 사람을 믿었어야지."

뭐, 전 왕녀인 빗치에게 속아 넘어간 내가 할 소리는 아니지만.

"어쨌든 이제 너희는 목숨을 건지게 된 셈이야."

"……."

"내 입장에서는 너희를 여기서 처치해 두고 싶지만……."

여자들은 공포에 질린 얼굴로 바들바들 떨었다.

"여기 대장은 너희를 살려 두고 싶은 모양이군. 뜨내기인 내가 왈가왈부할 수는 없지."

지금 내 품에는 츠구미가 있으니까, 어차피 덤비고 싶어도 덤빌 수 없겠지만.

정말이지, 비열하게 구는 건 참 통쾌한 일이라니까.

"나오후미……."

"나오후미 님……."

내 말을 들은 키즈나와 라프타리아는 감동한 표정이다.

아니, 그런 건 진짜 필요 없다니까.

"라프~."

"필로 피곤해~."

"일단은 얘기나 좀 하자고. 우리는 싸울 상황이 아닌 것 같으니까."

라르크가 그렇게 상황을 매듭짓는다.

쓰레기 2호 추종자들도 전투를 계속할 생각은 사라졌는지, 완전히 백기를 든 모양이었다.

"키즈나, 다른 녀석들도 같은 요령으로 처리해 둬."

"당연하지!"

키즈나는 그렇게 말하고 여자들에게 다가갔다.

하아……. 전쟁을 앞두고 생각도 못 한 기습이 들어올 줄이야…….

"맞다! 그러고 보니 글래스 쪽은?!"

키즈나의 말에, 쓰레기 2호 추종자들이 헉 하는 소리를 토해낸다.

"저기, 쿄가 얘기한 작전에――."

이건 또 뭐야……. 설마 아직 안 끝난 거냐?

"저희가 성을 공격하는 사이에 용각의 모래시계로 가는 부대가……."

하아……. 이럴 줄 알았다니까. 역시 쿄다운 얄팍한 작전이라고 해야 할까. 우리가 당하면 곤란할 법한 곳을 찌르는 건 손쉽게 상상이 된단 말이지.

"나오후미가 얘기한 대로 됐네. 빨리 가자!"

"짜증 나는 일이지만 말야. 너희, 같은 패거리들을 설득할 수 있겠어?"

여자들은 꾸벅 고개를 끄덕인다.

"폭주한 상태라면 내가 글래스와 같이 막으면 돼!"

"어쨌거나, 녀석들을 막으러 가자!"

"그래! 성에 있는 녀석들은 부상자를 구조하고 피해를 정리해 두라고!"

라르크가 앞장서서 지휘한다.

"나도 가야겠어!"

"그래. 보아하니 여긴 네 나라인 것 같으니까. 계속 공격만 당하는 것도 지긋지긋해. 냉큼 끝내 버리자고!"

"네. 한시라도 빨리, 쿄에게 속은 사람들에게 진실을 가르쳐줘야 해요."

라프타리아가 도를 칼집에 집어넣으며 말한다.

"응! 귀로의 사본!"

키즈나를 필두로 해서, 우리는 용각의 모래시계로 돌아갔다.

순식간에 용각의 모래시계가 있는 건물 내부로 시야가 뒤바뀌고, 건물 밖의 소란스러운 소리가 들려온다.

"윤무 제0식 · 역식 설월화(逆式 雪月花)!"

글래스의 목소리와 함께 밖에 벚꽃잎이 흩날리고, 사람들이 쓸려 나가고 있다.

근처에서는 부상당한 병사들이 신음하고 있고, 전장이 펼쳐져 있다.

글래스가 영영제를 마시는 직장인처럼, 내가 준 혼유약 약병 모가지를 입에 물고 스킬을 연타하고 있다.

키즈나도 상당히 강하긴 하지만, 글래스 역시 그에 필적할 정도의 실력이니까.

라프타리아가 가진 도의 권속기의 강화 방법을 습득한 후에는 한층 더 능력이 증가했다고 그랬었고 말이지.

역시 글래스를 방어 담당으로 남겨 두길 잘했군.

적의 건물 내 침입을 한 발짝도 용납하지 않고 있다.

뭐, 애초에 적이 그렇게 많은 인원을 배분하지 않았던 것도 다행이었고 말이지.

쓰레기 2호 추종자들도 그렇게까지 많지는 않았었다는 건가…….

우리가 온 걸 보고 전의를 상실, 혹은 이미 폭주 상태라서 작전다운 작전이 불가능한 상태인 모양이다.

"모두 진정해! 이 수렵구 용사님이, 이성을 잃고 날뛰는 아이들을 구해주실 테니까, 싸움을 멈춰!"

"우리는…… 쿄에게 이용당하고 있는 거야!"

쓰레기 2호 추종자들 중에서 성에 있던 자들이 소리친다.

그러자, 습격자들 중에 이성이 남아 있던 추종자들이 돌아본다.

"그치만! 그러면 ——님은 어떻게 되는데?!"

폭주한 자들 때문에 또 이름이 안 들렸잖아.

내가 쓰레기 2호의 본명을 알게 될 날은 영영 안 오는 건가?

"너희도 알고 있잖아? 이렇게 이성을 잃고 날뛰는 애들이 있어. 성 쪽에서는 쿄가 츠구미에게 준 무기가 폭발할 뻔해서 모두가 죽을 위기에 처하기도 했어! 우리는 쿄의 손바닥 위에서 놀고 있었던 거라구!"

"그럴 수가……. 그치만……."

"포기할 생각 없는 녀석은 끝까지 싸워 봐. 라프타리아, 키즈나, 라르크, 글래스, 모두, 저게 녀석들의 방식이야. 지금 우리는 거기에 어울려 줄 여유가 없어. 생포든 뭐든 좋으니까…… 지금은 피해를 최소화하도록 노력해!"

"알았어. 대화를 할 땐 하더라도…… 너희를 저지하는 게 먼저야!"

키즈나가 내달려서, 폭주하는 여자들의 짐승화된 부분을 베어낸다.

불사신처럼 보였던 여자들이 그 일격에 쓰러지고, 의식이 남아 있는 자들은, 고통은 느낄지언정 침식이 멈춘다.

전투를 계속하고 있던 녀석들은 라프타리아와 라르크에게 격파당해서 잠잠해졌다.

숫자의 힘이란 참 대단하군. 나도 평소에도 이렇게 머릿수로 밀어붙일 수 있으면 좋을 텐데.

"그런데 너희, 용각의 모래시계에 뭘 하려던 꿍꿍이였지?"

내 물음에, 붙잡혀 있던 습격범 녀석들이 펜던트를 내보인다.

이건 모험가들이 사용하는, 드롭 아이템을 확인하는 보석이었던 것 같은데.

"여기에 이 나라 용각의 모래시계를 등록하면…… 우리가 이길 수 있다면서……."

"뭐, 그럴 줄 알았어. 귀로의 용맥을 재현한 거라고 했던가? 군대를 적국 한가운데에 무진장으로 들여보낼 수 있으니까."

일방적으로 물량전 공세를 벌이면 전쟁은 끝난 거나 다름없다.

아무리 글래스나 라르크, 라프타리아가 일기당천이라 해도 한계가 올 테니까.

"설마 했는데, 정말로 그랬을 줄이야……."

"그 녀석다운 전략이군. 게다가 실패할 경우까지 꼼꼼히 대비해 뒀어."

나와 키즈나 등을 노리고 요모기를 보내서 기습을 가하고, 성 쪽은 쓰레기 2호 추종자들을 대거 투입, 용각의 모래시계에도 자객들을 보내서 언제든지 쳐들어올 수 있도록 등록시킨 후에, 방벽을 파괴하거나 변조하려 했던 것이리라.

"어쨌든 너희, 지금은 키즈나 덕분에 증상이 억눌려 있지만, 언제 다시 폭주하게 될지 몰라. 우리를 증오하는 건 너희 마음이겠지만, 너희 대장이 어떤 경위로 죽은 건지를…… 똑바로 이해하는 게 좋을 거야."

나는 쓰레기 추종자들에게서 등을 돌리고 덧붙인다.

"약으로 고칠 수 있을지도 몰라. 성 쪽에서 마련해 줄지 어떨지 모르지만. 용사 보정을 통해서 고칠 수 있을지 시험해 보지."

"정말이지 나오후미는 솔직하지가 못하다니까."

"그게 나오후미 님의 매력이라구요!"

"라프~!"

"꼬마는 그 점이 제일 좋다니까."

"시끄러!"

이렇게 해서, 미칠 듯 소란스러웠던 야습 사건은 막을 내렸다.

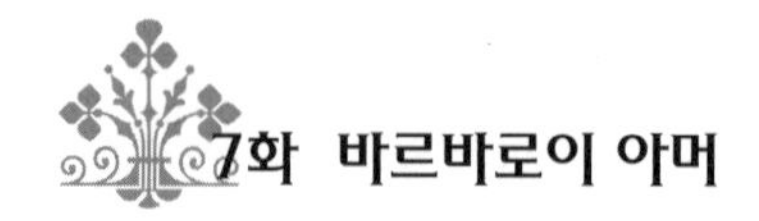

7화 바르바로이 아머

이튿날부터, 포획한 쓰레기 2호 추종자들에 대한 치료를 떠맡는 신세가 되었다.

"……."

츠구미는 역시 중상이다.

많은 것들을 그 무기에 흡수당해서, 서 있기도 버거운 상태였다. 키즈나가 가까스로 짐승 부분을 절단해 낸 절개 부위에 치료약을 바른 덕분에, 개조의 흉터는 그나마 회복되어 가고 있는 중이다.

영귀 사역마의 숙주가 된 상태에 가깝다고 해야 할까?

우리 덕분에 목숨을 건졌다는 점에 굴욕감을 느끼는지, 츠구미는 입을 꾹 다물고 있다.

"뭐, 꼭 네 입을 통해서 들어야 할 필요는 없어. 끝까지 자기가 믿는 이상을 쫓아 보라고."

"나오후미 님……."

증오를 살 각오 정도는 하고 있다.

"하지만, 잘 생각해 봐. 너희가 사랑하는 녀석이 저지른 짓을……. 그 녀석이 하는 말은 절대적으로 옳다는 세뇌라도 당한 거냐?"

단순히 마음에 들지 않는다는 이유만으로 라프타리아를 죽이려 했던 자들이다.

라프타리아 사건 때만 잠깐 정신이 이상해졌던 거라고 생각하기는 힘들다.

그리 많은 대화를 나눠 본 건 아니지만, 예전부터 뭔가 이상한 짓을 했을 게 틀림없다.

"시끄럽다!"

"정곡을 찔리니까 그렇게 나오기냐……."

내가 라프타리아를 남겨두고 죽는다면, 라프타리아도 이 녀석처럼 돼 버리려나?

"라프티리아, 혹시라도 나를 무조건적으로 믿지는 마. 나도 잘못된 선택을 할 때도 있고 폭주할 때도 있어. 그때 나를 제지하는 건, 아마 네가 해야 할 거야."

"……노력할게요."

하다못해 쓰레기 2호 추종자들 중에 누구 하나라도 주의를 줄 수 있는 녀석이 있었더라면, 녀석이 죽는 일은 없었을 거라고…… 믿고 싶다.

"우리에게는 다정했지만, 권력이나 힘에 대해서는 지나칠 정도로 집착했었던 것 같아. 확실히 그 점만은 부정할 여지가 없군."

"……."

확실히 이상한 녀석이었다.

이런 얘기를 하는 건 좀 그렇지만, 힘에 대한 요구라는 점으로 따지자면 세 용사들과 비슷한 분위기라 할 수 있을지도 모르겠다.

강한 상대를 보면 '저 녀석은 반칙을 쓴 거다' 라고 우겨댈 것 같은 녀석이었다.

자기 뜻대로 안 되는 일에 대한 투정도…….

온라인 게임을 하던 시절, 전 서버를 통틀어서도 소유자가 얼마 없는 강력한 무기를 소지한 내 동료를 질투해서 익명 사이트에서 의혹을 제기했던 유저와 분위기가…… 닮아 있다.

우연일지도 모르지만, 내 경험에 합치한다.

자신은 선택받은 존재라고 믿어 의심치 않으며, 남을 앞질러가는 일에만 힘을 쏟는다.

그 기분도 이해가 안 가는 건 아니다.

온라인 게임 유저들은 다소의 차이는 있을지언정, 누구나 그런 욕망을 갖고 있다.

자신이 주인공이 된 것 같은 기분으로 행동하는 것이다.

하지만, 그 녀석은…… 현대사회의 사람이 아니다.

그런데도 내가 느끼기에 그 녀석은 마치——.

"저기…… 왜 저를 죽이려고 한 건지, 좀 더 자세하게 얘기해 주실 수 있을까요?"

라프타리아가 묻는다. 하긴, 지나치리만치 집착했었으니까. 내 뇌리에 엉뚱한 의문이 스쳐 지나간다.

"권속기가 새로운 주인을 선정했을 때, 그 결과가 마음에 안 든다는 이유로 선정된 사람을 죽이는 일은, 전례가 없던 일이 아냐."

"그런 일이 있더라도 이상할 건 없겠지."

내가 바로 그 피해자니까.

메르로마르크라는 나라는, 방패 용사가 종교상의 적이라는 이유로 나를 제거하려 했었다.

"하지만, 자신이 선택받지 못했다는 이유만으로 상대를 처형한다는 얘기는 들어 본 적이 없었던 것도 사실이다."

확실히, 나도 의문을 느꼈었다.

권속기라는 건, 선택받은 자만이 뽑을 수 있는, 바위에 꽂힌 성검 같은 거라 할 수 있다.

엑스칼리버의 경우로 비유해 보자면, 원래 그 검을 뽑을 자격이 있는 건 아서 왕이 아니라 자기였다면서 도전하는 건 틀림없이 3류 쓰레기나 하는 짓이다.

소지자는 이미 선정된 상태인 것이다.

그런데도 자신이 선택받은 자라고 우기고, 권력을 동원해서 선정된 자를 죽이려 드는 건…… 보통은 있을 수 없는 일이다.

"이쪽도 교섭 창구는 마련해 두고 있었어. 우리도 전쟁을 하고 싶은 건 아냐. 정중하게 다뤄 달라고 글래스 일행이 부탁했을 텐데?"

"그랬지……. 하지만, 결국 그렇게 되지는 않았어. 이런 결과가 될 줄 알았더라면, 도의 권속기에게 선택받는 것에 집착하지 않았을 텐데."

좋아하는 사람이 죽게 된 원인이니까.

"왜 그렇게까지 집착했던 거지? 네가 대표라면 알고 있을 거 아냐?"

"나도 모른다. 나는 어린 시절부터 함께 지냈지만, 그 녀석의 머릿속을 도통 알 수 없을 때가 많았어."

흐음……. 들으면 들을수록 수수께끼가 많은 녀석이군, 쓰레기 2호는.

"여자들 뒤꽁무니만 따라다녔던 녀석이겠군. 네 동료들을 보면."

내가 그렇게 말하자, 어째선지 여자들이 연신 힘차게 고개를 끄덕인다.

"여자들이 얽힌 일에 사사건건 개입해서는 강압적인 수완으로 구해 주곤 했어! 나는 자제하라고 몇 번이고 주의를 줬는데 귀도 안 기울였어! 그리고 저쪽에서 일 벌이고 이쪽에서 일 벌이는 짓을 수도 없이 되풀이했어!"

아, 이거 완전히 스위치가 켜졌네. 아예 대놓고 나에게 푸념을 늘어놓고 있다.

여자를 밝히고, 그러면서도 획기적인 기술을 개발하는 마술사이며, 검술에도 일가견이 있다.

이거 완전 천재잖아.

그 정도면 충분하잖아. 권속기에게 선택받으면 파도 때 강제로 싸워야 하건만, 참 별난 녀석이다.

"그 녀석 때문에 내가 얼마나 애를 먹었는지!"

"푸념은 그쯤 해 둬."

이미 파국 직전의 관계였던 거 아냐?

"하지만…… 그래도 좋아했어. 그 녀석 같은 녀석은 세상에 그 녀석밖에 없어!"

쓰레기 2호 같은 녀석이 그렇게 흔해 빠졌다면, 상상만 해도 진절머리가 나는데 말이지.

그때 요모기가 키즈나 등과 함께 나타났다.

"오? 여긴 웬일이야? 쿄에게 멋대로 이용당한 자객 1."

요모기는 울컥한 표정으로 나를 흘겨본다.

"나는…… 쿄에게 진실을 물어봐야만 해. 그러기 위해 너희에게 협력하겠어."

"하긴, 약속이었으니까."

얘기가 삼천포로 샐 것 같으니, 주제도 모르고 건방지게 구는 건 넘어가 주기로 하자.

"그것도 있어. 하지만, 나는 쿄가 나를 이런 짓에 이용했다는 걸 믿고 싶지 않아……. 내가 알고 있는 쿄를 믿고 너희에게 정보를 제공하는 거야."

실제로는 어떤 인물인지 모른 채 이용당하는 전형적인 사례 같은 녀석이지만, 이상을 위해 우리에게 협조하겠다는 건가.

"듣자 하니, 쿄가 다른 세계에까지 가서 재해를 일으켰다고 하더군. 그 얘기가 사실이야?"

"그래. 안 그랬으면 우리가 여기 올 일도 없었을 테니까."

요모기의 무기와 츠구미의 무기 안에 있던 에너지를 방패로 변환하는 데 성공한 상태다.

아마, 영귀에게서 빼앗은 에너지이리라.

영귀의 마음 방패가 그 에너지를 받아내 주는 거라고 봐도 무방할 것이다.

"우리 세계에 존재하는 수호수를 점거해서, 대량의 희생자를 발생시켰어. 나는 그 쿄를 추적하기 위해서, 본래는 허용되지 않는 다른 이세계로의 도항 허가를 받았고."

"사실이에요. 그분은 우리 세계에서, 소리 높여 웃으면서 영귀를 조종해서 사람들을 유린했어요. 그걸 나무라는 글래스 양에게, 웃으면서 '어차피 멸망시킬 세계인데 뭐 어때.' 라는 소리까지 했어요."

"……."

요모기는 조용히 그 얘기를 듣고 있었다.

그리고 그때, 나는 요모기와 츠구미를 번갈아 쳐다본다.

이 두 사람, 성격도 그렇고, 어딘가 좀 닮은 것 같지 않아?

한 번 믿었던 남자를 절대적으로 믿는 두 사람. 그 응답.

“이봐, 요모기, 네가 아는 쿄는 어떤 녀석이지?”

“응? 내가 아는 쿄는 빼어난 지식을 갖고 있고, 스스로가 연구한 분야의 발명품을 이용해서, 나라 곳곳에서 발생한 곤란한 안건들을 해결했어. 마법 실력도 1급. 나도 쿄의 도움을 받았던 적이 있어서 믿게 된 거야. 그리고——.”

츠구미가 요모기의 말을 듣고 고개를 갸웃거린다.

그야 그럴 만도 하지.

츠구미가 얘기한 쓰레기 2호의 영광스러운 기억과 판박이니까.

“잘됐네. 비슷한 녀석이 이렇게 가까운 곳에 있다니.”

“아냐! 그 녀석과 쿄를 똑같이 취급하지 마! 너! 헛소리 작작 해!”

츠구미는 요모기의 멱살을 잡으려다가 주저앉는다.

미치겠네……. 아직 회복된 게 아니니까 날뛰지 좀 말라고.

“그나저나, 어째 좀 묘한데. 이렇게까지 비슷한 분위기를 갖고 있다니.”

키즈나가 글래스와 라르크에게 말한다.

"라르크, 너, 사람 보는 안목에는 자신이 있다느니 하는 소리를 한 적 있었지?"

카르밀라 섬에 갔을 때, 그런 얘기를 했었다.

이츠키의 동료 중 갑옷남 녀석이 언젠가 말썽을 일으킬 거라는 식의 얘기였다.

내가 방패 용사라는 걸 알아보는 데에는 한참 시간이 걸렸지만 말이지.

"그랬지. 그게 어쨌다는 거지?"

"이 녀석들이 얘기하는 녀석과 쿄를 보고 어떻게 생각했지?"

"오랜 세월 이런저런 사람들을 봐 왔는데, 녀석들은 같은 패거리, 같은 부류라는 느낌이었어."

"그랬군……."

라르크는 나와 얘기만 좀 해 보고도, 내가 빗치를 덮치지 않았다는 걸 꿰뚫어 보았다.

그런 라르크가 '같은 부류' 라고 하는 걸 보면 아마 틀림없을 것이다.

나는 이 두 사람에게 공통점이 많다고 느낀다.

"어쨌거나, 쿄가 정말로 죽은 사람을 되살려내는 발명을 해냈는지 어떤지를 확인하는 정도는 해 주겠지만…… 별로 믿을 만한 녀석이 아니라는 것쯤은, 이제 너희도 알고 있지 않아?"

"……."

동료 전원이 1회용으로 이용당하고 중환자가 된 상황이니, 이 녀석들도 부정은 못 하는군.

쿄가 이들을 버리는 패로 사용한 건 명백하니까.

"이 세계에는 좀비 같은 것도 있을 거 아냐? 사성수를 이용한 기술로 일시적으로 그렇게 보이도록 한 건지도 몰라."

"맞아. 한 번 죽은 사람은 다시는 돌아오지 않아. 강한 힘을 추구해서, 무모하고 이기적인 행동을 거듭한 벌을 받은 건지도 모르지."

체념에 가까운 표정이 엿보이는군.

복수의 대상이었던 자 덕분에 목숨을 건진 상황이니, 그런 심정을 느끼는 것도 무리는 아니겠지.

뭐, 그건 됐고, 지금은 이 녀석들에게서 정보를 캐내야 한다.

"요모기, 너는 어떤 경위로 우리한테 쳐들어왔지?"

"어느 날, 부상을 입고 돌아온 쿄가 격노하면서 부채의 권속기 패거리에게 당했다고 했어. 나는 쿄에게 부상을 입힌 자를 용서할 수가 없어서, 쿄가 개발 중이던 무기를 가져다가……."

"용케 그런 걸 가져왔군."

"쿄는 나한테 '함부로 가져가면 안 된다' 라고 하면서, 내 눈앞에서 무기를 꺼내는 모습을 여러 번 보여줬으니까……."

수완이 제법이군. 얼핏 보면 요모기가 제멋대로 행동한 것 같지만…… 요모기의 성격으로 미루어 보면, 쿄가 일부러 유도했다고 볼 수도 있을 것 같다.

쿄는 요모기를 쫓아오지 않았다.

만약에 내가 쿄고 라프타리아가 요모기였다면, 난 분명 저지했을 텐데.

아무리 라프타리아가 발이 빠르다 해도, 내가 직접 쫓아가서 말렸을 것이다.

그나저나…… 외교적인 경로를 통해서 요모기와 쓰레기 2호 추종자들을 포획했다는 얘기를 전했건만, 상대방 쪽에서는 침묵으로만 일관하고 있다. 마치 그런 사실은 존재하지도 않았다는 듯이.

"그러고 보니, 그때 돌아왔더니, 그 무기가 갑자기 완성되어 있었던 것 같았어. 그 전까지는 그런 무기는 없었는데."

"그게 언제쯤이었죠?"

"3주일 하고도 며칠 더 전이었어."

"우리가 이 세계에 온 시기와 부합하는군."

요모기, 너도 이제 어렴풋이 깨달은 거 아냐?

네가 믿고 있는 쿄가 어떤 인물이었는지를.

"어쨌거나, 나는 쿄에게 진실을 물어봐야만 해."

"만약에 우리가 한 얘기가 진실인 게 밝혀지면 너는 어쩔 거지?"

"그렇게 되면……."

요모기는 주먹을 그러쥔다.

"죗값을 치르게 해야지. 내가 아는 쿄는, 사람들이 기뻐하는 발명을 하는 사람이야. 그런 재해를 일으켰다면 결코 용서할 수 없어."

"그럼 이제 결론이 난 셈이군. 어차피 우리는 쿄에게 죗값을 치르게 하고, 영귀로부터 빼앗은 에너지를 회수해야 하니까."

생각해 보면 이런 곳에서 생각이나 하고 있을 여유는 없단 말이다.

이 세계에서 발명가로 불리는 인종들의 천박함이 엿보이는군.

"키즈나, 글래스, 라르크도 기억해 둬. 비슷한 타입의 발명가가 두 명이나 말썽을 일으켰어. 두 번 있던 일은 세 번째도 있다는 말이 있어. 그 둘 말고도 더 있을지도 몰라."

"하긴 그렇지. 경계해 두자. 이세계에 폐를 끼치는 사람이 더 나오도록 놔둘 순 없으니까."

"네, 행동에 충분히 주의를 기울이도록 해요."

"그래, 세계를 지키는 권속기가 위험을 경고했으니까. 녀석을 저지하는 게, 우리가 꼬마네 세계에 지은 죄를 갚는 길이야."

"그렇게 해요."

나는 라프타리아의 목소리에 고개를 끄덕이고, 이 자리에 있는 이들 모두가 싸움을 결의했다.

"그런데 요모기, 츠구미. 쿄가 어디 있는지 알아?"

내 물음에, 키즈나가 지도를 꺼내서 펼쳐 보인다.

그렇다. 전쟁을 벌인다고 해서 쿄가 전장에 나온다는 보장은 없다.

작전본부에 있을지도 모르고, 수도에 틀어박혀서 후방에서 지시만 하고 있을지도 모른다.

일일이 찾아다니다가는 끝이 없는 것이다.

그래서 알트를 비롯한 키즈나의 동료들이 잠입해 있지만, 그 소식은 전혀 파악하지 못하고 있는 상태다.

우리는 전쟁을 하기 위해서 싸우는 게 아닌 것이다.

"쿄의 연구소는……."

"여기다."

요모기가 지도상에서 쿄의 위치를 가리킨다.

그곳은 수도와 거리가 있는 지방이었다. 삼림지대로 보이지만 마을도 있군.

"쿄는 과거에 봉인된 저택에 연구소를 만들었어. 여기에는 사람들을 현혹하는 안개가 끼어 있는 숲이 있어. 그야말로 난공불락의 요새지. 선택받은 자가 아니면 여기까지 가는 것조차 불가능해."

제법 으리으리한 곳에 숨어있군.

그래도 위치만 알면 갈 방법이 없지는 않을 테니까.

어쨌든 이쪽에는 하늘로 이동한다는 방법이 있으니까.

"좋아! 그럼 출발에 대비해서 채비를 갖춰. 전쟁 쪽에도 힘을 기울이기는 해야겠지만."

"그러자. 이런 일은 이제 끝내 버려야만 해. 세계를 수호하는 임무를 가진 권속기 소지자를 벌하는 건 성무기와 권속기의 역할이야."

뭐, 이제 해야 할 일은 하나뿐이군.

어찌 됐건 전쟁이 벌어진다는 점은 달라진 게 없다.

다만, 물리쳐야 할 적인 쿄를 해치우면, 이런 꼭두각시 놀음 같은 짓도 손쉽게 끝날지도 모른다.

"아, 맞아, 로미나가 나오후미를 찾고 있었어. 여러모로 준비가 끝났다나 봐."

"호오……."

"아, 꼬마한테 줄 재료를 모아 뒀으니까 준비해 둬."

"라르크, 너도 준비 잘해."

"나야 당연히 준비는 다 갖춰 뒀지. 나를 뭐로 보고 그런 소리를 하는 거야?"

"도련님."

"제발 좀, 틈만 나면 그 이름으로 부르는 짓 좀 하지 마!"

그게 네 직무잖아.

"정말이지…… 나오후미 님과 같이 있으면 긴장감이 오래가질 않네요."

"나는 지극히 진지하게 하는 소리지만 말이지."

"가끔씩 엄청나게 어벙한 짓을 하시는데요?!"

으음? 내가 무슨 이상한 소리라도 한 적이 있었나?

우리는 라르크와 키즈나 일행을 두고 로미나의 공방으로 향했다.

"여, 어제는 고생이 많았겠던데."

"그러게 말야……. 자칫 잘못됐으면 대참사가 벌어질 뻔했어."

그 무기가 폭발하기라도 했다면 성은 흔적도 없이 사라져 버렸을지도 모른다.

내가 생각해도 용케 잘 제압했구나 싶을 정도로, 위험한 다리를 건너온 것이다.

"그래서? 준비는 어떻게 됐지?"

"그래, 그래. 이제야 다 완성됐거든."

그렇게 말하고, 로미나는 공방 안쪽에서 갑옷 한 벌을 가져왔다.

내가 예전에 장비하고 다녔던 야만인의 갑옷과 비슷한 모습이군.

다만 색조가 약간 다르고, 곳곳에 흑백의 털가죽 같은 소재가 덧대어져 있다. 어깨 부분은 거북이 등딱지인가? 목 주위의 소재는 약간 붉은…… 깃털 같은 걸 사용한 것 같다.

"꽤 비싸 보이는 갑옷이네."

"이제 희소하게 된 사성수 소재를 좀 사용했으니까. 이렇게만 해도 꽤 많이 강화되거든. 그리고 코어 역할을 하는 용제의 핵석 부분 말인데, 자, 한번 보라고."

로미나는 갑옷의 가슴 언저리에 있는 보석 부분을 가리킨다.

내가 장비하고 있던 핵석보다 더 크잖아?

그리고 음양 형태를 한 부분의 검은 쪽 비율이 늘어났다. 전체적으로 일본풍과 중국풍이 약간씩 뒤섞여 있는 느낌이다. 뭐랄까…… 삼국지를 무대로 한 게임 같은 곳에서 장군이 입는 갑옷 같다.

"나오후미가 예전에 가져온 야만인의 갑옷이라는, 기능 부전에 빠진 갑옷을 바탕으로 만들어 본 거야."

"호오…… 꽤 우수한 갑옷이 된 것 같군."

이거 놀라운데. 무기상 아저씨 이외에는 내 갑옷을 제대로 수리하거나 개수할 수 있는 사람이 없을 거라고 생각했었는데, 이렇게 근사한 물건을 만들어낼 줄이야.

"사성수의 소재를 가공하는 건 의외로 어려운 일이라서 말이지. 자칫 잘못하면 소재의 특성이 부정적인 방향으로 발동하니까."

"호오……."

로미나를 명인이라고 소개한 키즈나 패거리의 말마따나, 실력 하나는 확실한 모양이다.

"아까 하던 얘기로 돌아가자면, 미지의 소재나 기술로 만들어진 물건이라 나도 꽤 고전했어. 핵이 되는 용제의 핵석을 키즈나와 동료들이 입수해서 보존해 두었던 핵석과 합쳐서, 간섭 효과를 이끌어내는 식으로 간신히 완성했어."

"그래서 핵이 커졌다는 건가?"

"응. 상당히 희소한 재료로 만든 거니까 소중히 쓰라고."

"알았어."

하지만 쿄를 해치우고 나면 우리는 다시 원래 세계로 돌아가야 한다.

그때 또 세계를 건너간 영향 때문에 문자가 다 깨져 버리면 어쩌지?

"뭐, 잘만 되면 원래 세계로 돌아간 뒤에도 사용할 수 있을지도 모르니까 소중히 쓰라고. 소모품으로 버려진다면 내 명예에 먹칠하는 일이 되니까."

"그래, 그래. 그런데 이 갑옷의 이름은 뭐지?"

무기상 아저씨에게도 같은 질문을 했었다.

아직 명칭이 결정되지 않았는지, 안력 스킬을 썼는데도 이름이 표시되지 않는다.

아니, 내 안력 스킬로는 아직 완전히 식별할 수 없다고 하는 편이 옳으려나?

"키즈나가 얘기하기를, '원래 이름이 야만인의 갑옷이었다면, 바르바로이 아머라고 하면 되지 않을까?' 라더군."

"바르바로이는 야만인과는 좀 뜻이 다른 것 같은데……."

그건 완전히 오랑캐를 가리키는 말이잖아.

뭐, 어차피 비슷한 거긴 하지. 인간지상주의인 메르로마르크에 있어서 아인의 신인 방패 용사는, 어떤 의미에서는 야만인이고, 오랑캐의 신인 셈이다.

무기상 아저씨도 참 얄궂은 무기를 다 줬군.

어떤 의미에서는 내게 딱 맞는 장비였던 것이다.

바르바로이 아머+2(저주)

방어력 향상 / 충격 내성(대) / 참격 내성(대) / 불 내성(대) / 바람 내성(대) / 물 내성(대) / 땅 내성(대) / HP 회복(약) / 마력 회복(약) / SP 회복(약) / 마력 상승(중)

용제의 반역 / 사성수의 힘 / 마력 방어 가공 / 자동 수리 기능 / 성장하는 힘

부여효과가 엄청나잖아. 어둠 내성이 사라진 대신 각종 부여효과가 늘어났다.

어떤 효과인지 검증해 보기 전에는 짐작이 안 가는 것도 꽤 많다. 장비하면 어떻게 되려나?

다만, 이름 뒤에 있는 (저주)가 무지하게 거슬린다.

"사용자를 엄청나게 가리는 물건이니까 쓸 수 있을지 없을지는 아직 몰라. 문제가 생기면 아마 다시 만들어야 할 거야."

"별로 묻고 싶지는 않지만, 어떤 식의 문제가 생길 수 있다는 거야? 한 번 장착하면 벗을 수 없다거나 하는 거?"

"음……. 그게 아니라, 장비하면 착용자를 옥죄는 저주가 붙어 버렸거든. 벗으려고 하면 벗을 수는 있지만 말야. 시험 삼아서 부하한테 입혀 봤다가 아주 난리가 났었어."

"후에에……."

리시아가 겁에 질려 있다.

넌 진짜 겁쟁이군. 라프타리아는 눈이 초롱초롱해져 있는데.

아, 라프짱도 마찬가지다. 역시 같은 유전자를 가진 사이군.

"번쩍번쩍~."

필로도 마찬가지고. 이건 반짝이는 걸 발견했을 때 조류가 보이는 눈빛이군.

"그래도 한번 입어 보겠어?"

"뭐, 시험 삼아 입어 보지. 참고로 옥죈다는 게 어느 정도로 조이는 거지?"

"시험 삼아 입었던 부하의 갈비뼈가 산산조각이 날 정도."

"완전히 저주받은 불량 장비잖아!"

이건 완전 자유의지를 가진, 조여드는 갑옷이다. 시험해 보고 싶은 마음이 싹 가시는데.

"입지 말고 처분해 버릴까?"

하지만 이 효과가 아깝다. 어떻게든 저주를 제거할 수는 없으려나?

"걱정 마. 나오후미는 방어력이 높잖아? 나오후미라면 쓸 수 있을 거라고 믿고 처분을 보류해 뒀던 거니까, 한번 확인이라도 해 봐."

"인체실험에 협조할 생각은 없는데……."

"잘만 되면 다음 싸움에 도움이 될 텐데?"

음……. 듣고 보니 확실히 그렇기는 하군. 솔직히 지금 장비하고 있는 임시 장비로는 좀 불안하다고 생각하던 참이었다.

이런저런 공격에 번번이 깨져 나가는 유성방패나, 츠구미의 공격을 얻어맞는 바람에 약간 파손된 옆구리 부분 등, 생각해 보자면 수리하거나 개조가 필요한 상태였다.

어찌 됐건 이 갑옷은 내가 애용하던 야만인의 갑옷을 바탕으로 만든 거라는 모양이니 말이지.

그나저나……. 영 불안한데. 번쩍번쩍한 광택이 있긴 하지만, 내 눈에는 이따금 검은 아우라 같은 게 보이는 것 같은데.

뭐랄까…… 라스 실드를 사용할 때의 야만인의 갑옷 같은 변화라고나 할까?

"입어 봤다가 내가 중상을 입기라도 하면 어쩌려고 그래?"

"재빨리 치료하는 수밖에 없지. 솜씨 좋은 치료사를 소개해 주지."

"그 말을 들으니 더 불안해지기만 하지만……. 어쩔 수 없지."

호랑이를 잡으려면 호랑이굴에 들어가야 하는 법이니까.

나 자신의 방어력에 기대하기로 하고……. 만약에 별 탈 없이 장착한다고 해도, 당분간은 새로 등장한 방패의 해방 조건을 채우기 위해서 방패를 변경할 여유까지는 없을 것 같군.

"힘들 것 같으면 당장 벗으셔야 해요, 나오후미 님."

"알았어. 초롱초롱한 눈으로 쳐다보던 녀석이 그런 소리를 하면 어쩌자는 거야."

나는 갑옷을 들고 공방 안쪽 탈의실에 들어가서 착용해 본다.

응, 딱히 문제 될 건 없는 것 같은데…….

그렇게 생각했을 때, 시야 한구석에 '저주' 라는 문자가 생겨나 있는 것을 깨달았다.

라스 실드를 사용했을 때 나타나는 시계와는 다른 녀석이군.

하지만 딱히 문제는 없는 것 같다. 뭔가 꽉 조이는 것 같은 느낌이 들지 않는 건 아니지만, 벨트로 허리를 조를 때의 답답함 정도다.

일단 다 입고 나서 동료들 쪽으로 돌아간다.

“어땠어?”

“사이즈는 놀랄 만큼 딱 맞아. 다만 뭔가 꿈틀거리면서 조이는 것 같은 느낌이 들긴 해.”

착용감은, 솔직히 안심하기 힘든 느낌이다.

조금이라도 빈틈을 보이면 나를 옥죄어서 죽여 버릴 갑옷이라는 걸 실감할 수 있다.

“부하는 30초 만에 늑골이 부러졌는데, 이렇게 오래 입고 있어도 괜찮은 걸 보면 큰 문제는 없겠군.”

“실력이 좋다는 건 알겠는데, 저주받은 장비 같은 건 만들지 말라고.”

현재로써는 딱히 불편한 건 없다.

스테이터스를 살펴보니…… 방어력이 상당히 올라 있군.

퍼센트 단위로 방어력을 변동시키는 건가? 전에 입던 갑옷과는 비교도 할 수 없을 정도의 방어력이다.

방패와 연동된 방어력이라 봐도 무방하리라. 어중간한 방패 강화보다 배율이 좋은 것 같다.

“시간이 경과할수록 조이는 강도가 높아지는 건지 시험하고 싶으니까, 출발 때까지 가능한 한 장시간 입어 줘.”

"그래, 그래."

인체실험에 이용당하는 사람 입장도 좀 생각해 보란 말이다.

"이번엔 인형옷 차례군."

"그거 말인가……."

리시아가 애용하던 필로 인형옷이다.

어떤 식으로 개조하든 제대로 된 물건이 나올 것 같지가 않은데…….

그렇게 생각했는데, 로미나가 가져온 장비는 두 개였다.

왜 두 개지?

"하나는 흉갑으로 개조해 본 거야. 남은 건 재단하고 남은 자투리……라고나 할까?"

하나는 필로에서 가슴 쪽 부분을 잘라서 만든 것 같은 연분홍색 흉갑이다.

나머지 하나는 황금색을 기초로 한…… 상당히 우아하고 고급스러워 보이는 만듦새다.

"그 애의 양면성을 모티브로 삼아서 만들어 봤어. 원래 재료가 하도 이상한 거라서 바르바로이 아머를 만들 때보다 더 고생했다니까."

"호오……."

솔직히, 꽤 완성도가 높은 것 같다.

"이름은 어떻게 하지?"

"아직 안 정했어."

"그러고 보니 필로는 선녀라고 불리면서 구경거리 신세가 됐었지."

"그럼 선녀의 흉갑이라고 하면 되지 않을까?"

선녀의 흉갑

방어력 향상 / 민첩성 상승(대) / 충격 내성(소) / 바람 내성(대) / 어둠 내성(소) / HP 회복(약) / 마력 상승(중)

자동 수리기능 / 견인 기능 향상 / 적재량 향상 / 각성하는 힘

필로 인형옷에서 좋은 점들만 쏙쏙 빼다 만든 것 같은 흉갑이 완성됐군.

외견도 나쁘지 않다.

이 물건들을 보면 로미나는 키즈나의 말대로 상당한 실력의 장인일지도 모르겠다.

뭐, 나를 찌부러트려 버리려고 발악하는 바르바로이 아머는 무시해 두기로 하고.

"나머지는 뭐지?"

이번에는 뭔가 자투리 재료로 만든 것 같은, 필로 인형옷의 잔해를 펼쳐 본다.

……나는 로미나를 응시한다. 그러자 로미나는 슬쩍 시선을 외면했다.

거기에는 필로의 인형옷을 그대로 유용한 것으로 보이는

잠옷이 있었다. 머리 부분은 후드로 개조되어 있다.
나는 이것을 필로의 잠옷이라 명명하기로 한다.

필로의 잠옷
방어력 향상 / 민첩성 상승(대) / 충격 내성(소) / 바람 내성(대) / 어둠 내성(소) / HP 회복(약) / 마력 상승(중)
자동 수리 기능 / 견인 기능 향상 / 형상 변화 / 종족 변경 / 숨겨진 힘 / 숨겨진 무기

그뿐만이 아니다. 필로 인형옷에 있었던, 마물 착용 시의 문제까지 말끔히 해결되어 있다.
그리고 이 숨겨진 힘이라는 건 또 뭔데?
이것도 입으면 사이즈가 변경되는 건가?
"뭐랄까, 인형옷이 해괴하게 개조돼 있다는 것만은 잘 알겠네요."
"여러 대장장이들의 손에서 손으로 옮겨져 가면서 흉악해져 가는 장비…… 아니, 대장장이가 저지른 장난질의 결과라고 해야 할지도 모르겠군."
"메르짱한테 주면 기뻐하려나~?"
"뭐, 그 녀석이라면 기뻐하겠지."
필로의 친구니까.
"그럼, 문제는 이 두 개를 누가 착용하느냐 하는 거군."

나는 라프타리아와 리시아, 필로…… 그리고 라프짱을 차례차례 쳐다본다.

성으로 가져가서 글래스나 키즈나에게 입히는 것도 생각해 보긴 했지만 말이지.

라르크도 괜찮겠군. 이 잠옷은, 녀석에게 입혀서 벌레 씹은 표정을 짓게 만들어 주고 싶은 마음도 든다.

보석으로 유혹하면 테리스도 찬성하겠지.

"저는 흉갑을 갖고 싶어요."

"라프타리아, 넌 무녀복이 있잖아."

"무녀복도 훌륭한 장비이긴 하지만……."

이 흉갑을 착용한 라프타리아를 상상하고, 무녀복 차림인 지금의 라프타리아와 비교해 본다.

응, 외견에서 무녀복 쪽이 더 좋군.

라르크도 은근히 돈을 쓴 건지, 이 무녀복에는 꽤 다양한 효과도 붙어 있고 말이지.

약간 성능은 떨어지지만, 그렇다고 다른 걸로 바꿔야 할 정도는 아니다.

아니, 내 눈의 호강을 위해서라도 라프타리아는 무녀복을 입어야만 한다.

"비슷한 효과를 가진 라프타리아용 무녀복을 내일까지 만들어줄 수 없겠어?"

"나오후미 님, 집착이 지나치세요."

끙, 라프타리아에게 주의를 들었다. 하지만 어쩔 수 없잖아?

"라프타리아 양 건 라르크한테도 부탁을 받은 상태인데?"

바로 이거지, 하면서 로미나가 무녀복을 가져온다. 안감으로 백호의 가죽을 사용한 건가?

"예전에 만들었던 백호의 법의를 무녀복으로 가공해 본 거야."

오? 안력 스킬이 제대로 발동하지 않는다. 하지만, 이름만은 알 수 있다.

백호의 무녀복

색조는 거의 변화가 없군.

라르크, 전에도 느꼈었지만, 넌 일 하나는 진짜 잘한다니까.

"그럼 라프타리아의 장비도 있다는 거군."

"하아……. 나오후미 님이나 다른 분들이 왜 이 옷에 그렇게까지 집착하시는 건지는 모르겠지만, 어쨌든 알았어요."

"라프~!"

라프짱이 라프타리아가 입으려는 무녀복 소매로 쏙 들어

가서 얼굴을 내민다.

아아, 귀여워라.

“라프~.”

라프짱의 머리를 쓰다듬어준다.

“그럼 이 두 개는…….”

나와 라프타리아는 리시아와 필로에게로 눈길을 돌린다.

아니, 필로는 안 입잖아. 그럼 두 개가 온전히 다 남게 되는군.

“후에에에…….”

“왜 그래?”

라프타리아와 속닥거린다.

“리시아한테 ‘어느 쪽을 입을 거냐’ 고 물어보면 뭘 고를 것 같아?”

“잠옷 쪽 아닐까요? 얼굴이 안 보이는 점이 좋다고 얘기했었으니까요.”

하긴 그랬지. 나는 라프타리아의 의견에 고개를 끄덕인다.

“좋아, 그럼 리시아는——.”

“필로도 입어볼래~.”

분위기 파악도 못 하고 필로가 손을 든다.

“너, 갑옷 같은 거 싫어하잖아?”

“어~? 그치만 남아도는 거잖아~?”

뭐, 남아도는 건 사실이지. 라프짱이 이런 걸 입을 수는 없을 테니까.

아니, 라프짱에게 후드를 씌우면 어떨까?

엄청 잘 어울릴 것 같다. 아니면 차솥처럼 생긴 걸 씌워서 분부쿠 차가마 이야기 속에 나오는 너구리처럼 만들어 보는 것도 좋을 것 같다.

오오! 이미지로만 보면 엄청 잘 어울릴 것 같잖아.

같은 식신인 크리스는 산타 모자였다. 완전히 페클과 일치한다!

"나오후미 님, 뭔가 엉뚱한 생각 하시는 거 아니에요?"

"그런 거 아냐."

"무지하게 수상해요. 왜 시선을 라프짱 쪽으로 향하시는 건데요?"

헉! ……완전히 들켜 버렸잖아. 라프타리아는 눈치가 빨라서 탈이라니까.

"필로는 어느 쪽을 입어 보고 싶지?"

말머리를 돌리자. 안 그러면 라프타리아에게 의심을 살 테니까.

"이쪽~."

필로는 하필이면 잠옷 쪽을 가리켰다.

나는 리시아 쪽을 쳐다본다.

"괜찮겠어, 리시아?"

"후에에……."

"얼굴이 가려지는 쪽을 더 좋아한다고 했으니까. 필로가 탐내고 있지만, 참으라고 하지."

"뿌우~."

"후에에에에에에!"

"무슨 말다툼이야?"

그때, 로미나가 있는 카운터 쪽에서 알트가 다가왔다.

너 여기 있었냐. 한참 동안 얼굴 보기 힘들어서 잊고 있었는데.

"내가 보기에는 필로라는 애한테 더 잘 어울릴 것 같은데, 그 잠옷. 그리고 흉갑은 그쪽 애한테 입히는 게 더 자연스러워."

"흥, 아무래도 상인으로서 문제를 알아보는 능력은 낮은 것 같군."

"왜 그렇게 되는 건데?!"

아, 알트가 태클을 날린다.

"잘 들어. 리시아는 실은 낯가림이 심해서, 얼굴을 가릴 수 있는 인형옷을 애용하는 변태라고. 우리가 고민하고 있는 건, 그런 변태가 있는 상태에서 어느 쪽을 골라 줘야 하는가 하는 점이라 이거야."

겉모양만을 따지자면 확실히 필로가 잠옷, 리시아는 흉갑이 어울릴 것이다.

하지만 리시아의 문제점까지 염두에 두자면 리시아에게는 잠옷을, 필로는 잘 설득해서 흉갑을 입히는 게 제일이다.

"후에에에에에에?!"

그 괴상한 소리 좀 그만 질러대라니까!

"좀 참아 달라고 하면 안 돼?"

"그건 무리일걸. 리시아, 실은 부끄러워서 전투에 집중할 수 없었던 것…… 맞지?"

"어쩐지 나오후미 님이 억지로 리시아 양에게 잠옷을 입히려고 하는 것처럼 느껴지기 시작했어요."

"무슨 서운한 소리를. 나는 다 리시아를 생각해서 이러는 거라고."

"그런 소리를 하는 사이에, 필로라는 애가 벌써 잠옷을 입었는데?"

"뭐야?!"

"짜자~안!"

인간형으로 변신한 필로가 어쩐지 득의양양하게 잠옷을 입고 있다. 외견상 연령에 걸맞은 천진난만함이 강조된 분위기군.

"어쩐지 무지 기운이 나!"

가만히 스테이터스를 확인한다.

뭐야?! 예전의 필로에 비해 미덥지 못하던 지금까지의 스테이터스가 전체적으로 향상되어 있잖아……?!

도대체 어떻게 된 거야?

그렇게 생각하고, 인형옷의 효과를 되새긴다.

……혹시 종족 변경과 방패의 보정이 이 상황에서 효과를 발휘한 걸까?

생각해 보면 리시아가 입고 있을 때도 효과를 발휘했었다.

그 효과가 사라져 버린 건 이세계로 건너왔기 때문이었으니, 이제 이 인형옷의 효과가 부활한 거라고 생각하면 납득이 간다.

"그렇다면 그건 더더욱 리시아에게 더 어울리는 장비야. 필로는 벗어! 전력이 부실한 리시아에게는 그게 제격이야!"

"싫어~!"

크윽……. 필로 녀석, 허밍 팔콘으로 변신해 버렸잖아.

그러자 잠옷도 후드 같은 모습으로 변화해서, 필로의 움직임에는 전혀 지장이 없게 되었다.

"이 자식! 그런 효과가 있다면 라프짱에게 입히는 것도 고려해 봐야 해!"

"저, 저기! 저는 그냥 흉갑도 괜찮아요."

"나오후미 님, 좀 진정하세요!"

"그냥 대충 만든 잠옷을 두고 쟁탈전을 벌이는 상황이라니, 대장장이 입장에서는 어째 썩 기쁘지만은 않은데……."

"이건 이세계인의 마찰 같은 거 아냐? 키즈나 때도 있었던 일이잖아."

"키즈나는 대체적으로는 속이 넓은데 낚싯대에 대해서는 깐깐하게 굴었지."

우리가 말다툼을 벌이는 가운데, 로미나와 알트는 그렇게 감회에 젖어 있었다.

결국, 리시아는 흉갑을, 필로는 잠옷을 입게 되었다.

이 자식, 언젠가 라프짱을 위해서 그 잠옷을 빼앗고 말 테니까.

두고 보라고, 필로…….

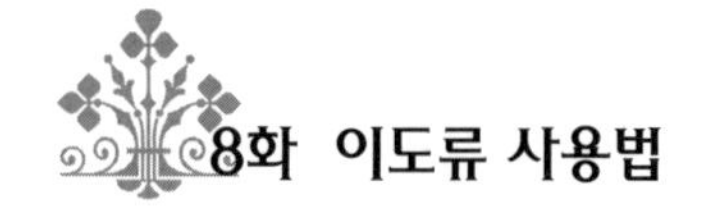

8화 이도류 사용법

내가 혀를 차며 필로를 쏘아보고 있으려니, 로미나가 알트와 함께 가게 안쪽에서 무기를 가져왔다.

"응? 아직 더 있어?"

"그래. 라르크의 부탁으로 이것저것 맡아 두고 있었거든."

"호오……."

"알트도 여러모로 애를 썼으니까 고맙게 생각하라고."

그들이 가져오는 무기들 중에 방패가 없는 점에 대해서 여러모로 따지고 싶은 기분인데…….

"뭘 가져오고 있는 거지?"

"나오후미와 라프타리아 양은 복제하면 그만이잖아?"

"그야 그렇지."

"그러니까, 조금만 더 기다려 봐."

그리고 그들이 가져온 것은 두 자루의 도였다. 상당히 화려한 장식이 들어간 칼집에 들어있다.

척 봐도 상당히 잘 드는 녀석이라는 걸 알 수 있다. 내가 가진 안력 스킬로는 이름밖에 알 수 없었다.

백호의 태도(太刀)

주작의 소태도(小太刀)

"이건……?"

"한 자루는 내가 만들어서 팔았던 걸 일시적으로 빌려온 거야. 사성수의 소재는 워낙 희귀해서 말이지. 만들 수 있는 무기가 한정돼 있는 가운데 힘들게 만든 거야."

뭐, 로미나는 글래스와 라르크, 키즈나를 담당하고 있으니까. 도를 만들 일은 별로 없겠지.

"꽤 고생해서 조달한 거라고."

알트가 가슴을 펴며 말했다.

로미나가 백호의 태도를 들고 칼집에서 도를 뽑는다.

슥 하는 소리와 함께, 도에서 뭔가가 튀어나와서 스쳐 지나간 것 같은 느낌이 들었다.

칼날은 하얗고 광택이 있으며, 휘어 있는 부분이 빛을 흡수, 증폭하는 것처럼 번쩍이고 있다.

멀리서 봐도 한눈에 알 수 있을 만큼 강렬한 빛을 머금고 있다고 표현하면…… 맞을 것 같다.

"꽤 명품처럼 보이는데, 어때?"

"그렇긴 하군."

무라마사니 마사무네니 하는, RPG 게임에 나오는 우수한 장비류에 못지않은 명품 아닐까?

사성수를 소재로 사용한 무기라…….

내 쪽 세계에서도 언젠가 사령(四靈)을 소재로 쓴 무기가 만들어지게 될까?

"꽤 특성이 강한 소재라서, 그 문제점을 해결하느라 허리가 휘는 줄 알았다고."

"어떤 특성이 있었는데?"

"백호는 가죽과 뼈를 사용했는데……. 아, 뼈는 파편이라도 금속에 녹이면 효과가 발생하지만 말야. 내구력 때문에 휘두르기만 해도 부상을 당하는 등, 문제가 꽤 많았어."

"호오……."

"그 문제를 해결해서 만들어낸 게 이 한 자루. 나머지는 일단 글래스와 그 동료들의 무기로 만들었지."

그럼 글래스가 쓰고 있는 무기도 사성수를 소재로 만든 건가?

분위기가 좀 다른 것 같던데……. 그렇게 생각하며 쳐다보고 있으려니,

"그래도 여전히 특성이 강하긴 해. 글래스의 역식 설월화는 백호의 소재로 만든 부채에서 나왔다고 그러더군."

어쩐지 강하더라 싶었다. 우리보다 더 좋은 무기를 쓰고 있었다는 거군.

"지금 쓰고 있는 건 아마…… 마룡의 부채인가 하는 거였을 거야. 모난 특성이 없어서 쓰기 편하다나 봐."

"그 소재는 없는 거야?"

"아쉽게도 말이지. 키즈나와 동료들이 처치한 용제에게서 얻은 소재였고, 이 나라 전체를 통틀어서도 일부 대장장이에게만 사용 허가가 내려졌으니까."

그렇게 말하면서, 로미나는 내 갑옷을 가리킨다.

"키즈나가 사용하고 있는 낚싯대는 한 등급 아래인 마룡을 통째로 소재로 쓴 걸 거야."

편리한 소재로군.

그 녀석들의 무기는 마치 맞추기라도 한 것처럼 하나같이 검정색이었는데, 거기에는 그런 이유가 있었던 건가.

"나오후미의 갑옷에도 들어가 있어. 아직 출현하지 않아

서 볼 수는 없는 상태지만, 청룡 부분이 마룡의 소재로 재현되어 있지. 용제의 핵도 그렇고."

"그럼 방패는 없는 거야?"

"시간이 있었더라면 만들었을 테지만 말야. 소재도 극히 일부밖에 못 구했고."

뭐, 솜씨 좋은 대장장이가 만든 갑옷과 방어구를 얻었으니 불평할 생각은 없다.

방패는…… 어떻게든 될 거라고 생각하는 수밖에 없겠지. 될 수 있으면 라스 실드에는 의지하지 않고 싶다.

"도라면 라프타리아겠군."

"네."

로미나가 백호의 태도를 칼집에 넣어 라프타리아에게 건넨다.

라프타리아의 손가락이 빠직하고 정전기에 놀란 듯이 경련했지만, 이내 도를 힘껏 움켜쥐고 로미나에게 반납한다. 그리고 곧바로, 소지하고 있던 도의 권속기를 백호의 태도로 변화시켰다.

이건 웨폰 카피로군.

마물의 소재와는 별개…… 가게에 진열되어 있는 시판 무기를 손에 쥐기만 해도 같은 무기를 사용할 수 있게 된다.

내 방패와 마찬가지로, 도의 권속기에게 선택받은 라프타리아가 사용할 수 있는 능력이다.

"이게 백호의 태도……. 굉장한 성능이에요. 제 지금 실력으로는 변화시키기도 버거울 만큼 날카로워요."

라프타리아는 도를 뽑기는 했지만, 그 손은 떨리고 있다.

엄청나게 무거운지, 이마에는 땀이 배어나와 있다.

"왜 그래?"

"변화 조건은 충족시킨 상태지만, 제대로 사용하는 데 필요한 힘이 부족해요."

아……. 별로 의식하지는 않았었지만, 내 방패에도 그런 게 존재한다.

변화 조건을 충족하는 것과 마음대로 사용할 수 있는 것 사이에는 차이가 있는 것이다. 평소에는 별로 신경도 쓰지 않는 요소지만.

전혀 쓰지 못하는 건 아니다. 하지만 성능을 이끌어내기에는 힘이 부족하다.

그렇게 생각하면, 글래스 패거리가 쓰지 않는 이유도 이해가 간다.

우수한 무기에는 그런 문제점도 있다는 거군.

"꾸준하게 능력을 끌어올려 나가는 수밖에 없겠지."

"네."

"그래서? 어떤 스킬이 내포돼 있는 거야?"

"으음……. 기능 말씀이죠? 이도류예요."

우와……. 이거 엄청나게 전형적인 게 들어있군.

라프타리아가 도에서 왼손을 떼자 공중에 또 한 자루의 검이 출현한다.

……아, 제대로 들지 못하고 양쪽 모두 칼끝을 모두 바닥에 짚고 있다.

스윽 소리를 내며 바닥이 쪼개져 버렸다.

“어이, 남의 공방 바닥을 베면 어떡해?”

“죄송해요. 너무 무거워서…….”

“어떻게 좀 해볼 수 없어? 아직 해방하지 않는 게 낫다면 다른 걸로 바꾼다든지.”

“으음…….”

그렇게 말하면서, 라프타리아는 도를 변화시킨다.

……오른손 쪽은 가벼워 보이는 도로 바뀌었지만, 왼손 쪽은 여전히 백호의 태도다.

어이, 그렇다면 이건 꽤 편리한 거 아냐?

“라프타리아, 왼손의 도를 칼집에 집어넣어.”

“알았어요.”

슥 하고 도를 칼집에 집어넣고, 오른손으로 나머지 한 자루의 도를 쥔다.

오오, 동시에 두 자루의 칼을 들지 않아도 되는 건가.

이건 도 두 자루를 장착하고 있기만 하면 해방에 필요한 시간을 단축할 수 있고, 한 자루는 칼집에 넣어서 하이퀵에 필요한 에너지를 충전할 수도 있다. 이 정도면 좋은 점투성

이인 상태 아냐?

고될지도 모르지만, 라프타리아의 능력 향상을 위해서라도 한번 해 볼 가치는 있을지도 모르겠다.

"이쪽 도는 어떻게 할까요……."

베이지 않도록 죽도로 바꿔 둔 채, 오른손의 칼을 어떻게 하면 좋을지 고민하고 있다.

"칼집을 하나 더 만들면 되겠지."

갑작스럽긴 해도, 만들 가치는 충분해 보인다.

"그럼, 다음은 주작의 소태도 쪽이군."

로미나는 아까 그랬듯이 라프타리아에게 도를 건넸다.

곧바로 웨폰 카피가 작동한다.

"이것 참…… 권속기는 진짜 편리하네. 무기를 들고 있기만 해도 복제할 수 있다니."

"그건 그래. 무기를 손에서 떼어 놓을 수만 있다면 무한증식도 가능할 텐데."

"아, 역시 그런 생각 했었구나?"

알트와 마주 보며 고개를 끄덕이고 있으려니, 로미나가 미간을 찌푸린다.

"그렇게 되면 대장장이 입장에서는 가게 문 닫을 일만 남게 되는데."

뭐, 그건 그렇지. 무한증식하는 약이나 액세서리 같은 게 있다면 나도 싫을 테니까.

응? 잘 생각해 보면, 증식시키면 가격은 내려가겠지만, 그만큼 많이 팔 수 있으니까 내 입장에선 문제 될 게 없잖아?

게다가 내가 주도해서 증식시킬 수만 있다면 조작하기도 쉽다.

“나는 별문제 없는데. 늘어나면 늘어난 만큼 팔 수 있으니까.”

“너라면 그렇게 얘기할 줄 알았어. 정말이지, 알트보다 더 장삿속이 지독하다는 말이 납득이 간다니까.”

“어떤 점에서 납득한 건지 모르겠는데.”

“저기……. 이쪽 도는 변화 조건도 충족하지 못했는데요.”

아, 뭐, 명품일 테니까.

“상관없지 않아? 지금은 쓰기 편한 도를 쓰면 돼.”

“하아……. 어느 쪽이건 레벨을 더 올려야겠네요.”

“아니, 아니, 우리는 목적만 달성하면 원래 세계로 돌아갈 거잖아? 이쪽 세계의 레벨은 거의 필요 없어.”

그야말로 불필요한 레벨업이다.

“그야 그렇지만, 돌아갈 때에 손에서 도가 떨어질 거라고 생각하세요?”

“…….”

솔직히, 상당히 불안하다.

원래 세계로 돌아갈 때도 손에서 떨어지지 않고, 이쪽 세계에서 파도가 일어났을 때 라프타리아가 눈앞에서 사라져 버릴 것 같아서 무섭다.

"저기, 나오후미 님?"

"걱정 마. 마지막에라도 손에서 떨어져 달라고 도에게 부탁하도록, 테리스나 글래스를 설득해 볼 테니까."

생각해 보면 내 방패 역시 저주받은 장비 같은 거다.

강해졌다고 기뻐만 하기보다는, 모든 게 끝난 후의 일에 대해 고민해 봐야 하리라.

"반짝반짝~."

필로는 여전히 반짝이는 걸 보고 눈이 초롱초롱해져 있군.

"빌린 물건이니까, 결전에 대비해서 리시아에게 들려준다거나 하는 건 힘들겠지?"

"미안. 그렇게까지 했다가는 아무래도 내 입장이 곤란해져서 말야."

알트가 그렇게 사과한다.

알 게 뭐냐는 식으로 떼어먹고 도망치는 것도 한 방법일지도 모른다.

세계가 위기에 처한 마당에 상대방의 사정 따위 알 바 아니니까.

하지만…… 라프타리아도 제대로 다루거나, 변화시키기도 힘들어하는 명품을 리시아가 사용할 수 있을 것 같지는 않다. 그리고 우리 중에 도를 다루는 동료는 없다.
"쓰는 사람은 이미 정해져 있으니까."
"뭐야, 있는 거야?"
"키즈나의 동료들 중에 말야. 전쟁 때 쓸 예정이야."
그럼 몰수할 수도 없겠군.
그런데, 그 녀석은 제대로 쓸 줄 아는 건가?
잘 모르겠다.
아…… 하지만 권속기에서 쓰는 강화 방법을 쓸 수 없으니, 그렇게까지 강해질 수는 없겠군.
"다음은 소재 차례군. 이리로 와 봐."
그 말에, 우리는 로미나 등과 키즈나 패거리가 모아다 준 재료를 받아서 무기에 집어넣었다.
오오, 그 공정을 거치니 '백호의 복제' 가 붙지 않은 방패들이 나타났군.
뭐, 일부 부위, 그것도 파편 같은 소재들이었으니, 백호 가죽 방패 같은 것들이었지만.
피나 살점이 없는 게 아쉽군.
참고로 스테이터스 하나는 확실히 우수했다.

백호 가죽 방패의 조건이 해방되었습니다!

백호 어금니 방패의 조건이 해방되었습니다!

백호 뼈 방패의 조건이 해방되었습니다!

etc……

백호 가죽 방패

능력 미해방……장비 보너스, 「기척 감지(중)」

전용효과 「민첩성 상승(강)」「충격 흡수(중)」「받아 넘기기(중)」「원호 무효」「풍압 발생」

백호 어금니 방패

능력 미해방……장비 보너스, 「SP 30」

전용효과 「민첩성 상승(강)」「받아 넘기기(중)」「원호 무효」「풍압 발생」「백호의 어금니」

원호 무효는 좀 뼈아프다. 내 역할을 포기하게 만드는 성가신 전용효과다.

풍압 발생은 뭔가 싫어서 변화시켜 봤더니, 내 주위에 바람의 막을 생성시키는 거였다.

그걸로 마법이나 공격을 튕겨내는 거라면 좋았겠지만, 단순히 선풍기에 가까운 바람을 일으키는 게 전부인 물건이다.

게다가 내 쪽으로는 바람도 안 오고 웅웅거리는 시끄러운 소리뿐이다.

능력 자체만 보자면, 소울 이터 실드보다 약간 높은 수준인 것 같다.

하지만! 원호 무효가 너무 뼈아프다.

다만, 사용해 본 결과 민첩성 상승이 무시할 수 없는 수준이고, 받아 넘기기를 잘만 활용하면 꽤 괜찮을 것 같다.

활용법에 따라서는 잘 살릴 수도 있을 것 같긴 하지만…… 확실히 특성이 너무 강하군.

어금니 방패는 반격 능력을 가진 방패다. 그나마 이쪽이 쓸모가 있을 것 같군.

하지만 양쪽 모두 원호 무효가 너무 치명적이다.

그 외에 주작과 현무 시리즈도 받았다.

그러나 지금의 나로서는 해방조건을 충족하지 못한 것이 많다.

역시 레벨 때문인가? 게임은 아니지만, 보스전에 대비해서 미리 레벨을 올려 둬야 하려나?

"이제 남은 건 소재뿐인데……."

로미나는 그렇게 말하고 검은 비늘과 뼈를 주었다.

그리고…… 예전에 본 적이 있는 핵석도 주었다.

시험 삼아 방패에 넣어 본다.

그러자 빠직하고 방패에서 불꽃이 튀었다.

뭐, 뭐지? 지금까지 이런 일은 없었는데?

잠겨 있습니다.

"뭔가 잠겨 있다는 메시지가 나오는데."

생각해 보면 그쪽 세계에서도 드래곤 계열의 방패는 나온 적이 없었다.

물론 처음에는 레벨이 부족했기 때문이었는지도 모르지만, 아무리 그래도 이상하다.

그런데, 잠겨 있다니 뭐가 어떻게 된 거지?

"어라? 안 나왔어?"

"그런 것 같아."

라프타리아도 받은 재료를 무기에 넣는다.

그러자 라프타리아 쪽은, 글래스 등이 사용하는 무기와 비슷한 검은 도로 변화했다.

"아…… 굉장해요. 정말 까다로운 특성이 없어서 쓰기가 편하네요. 게다가 필요 레벨도 낮아요."

왜지? 솔직히 부럽다.

무엇 때문이지? 무슨 이유 때문에 난 무기를 못 쓰는 거지?

짐작 가는 게 없……는 건 아니다.

방패는 이 세계의 성무기가 아니다. 그렇기에 입수할 수 있는 기술도 다르고, 출현하는 방패도 다르다.

그러니까, 출현하지 않는 무기가 있다고 해도 이상할 건 없다.

그래도…… 지금까지 다양한 무기가 등장했건만, 마룡,

드래곤 계열의 소재에서만 아무것도 안 나왔다는 건 이상하다. 나는 고개를 갸우뚱거린다.

순간, 갑옷과 방패가 고동친 것 같은 느낌이 들었다.

"뭐, 뭐지?"

방패가 꿈틀꿈틀 떨린다.

이윽고——

마룡 방패의 조건이 해방되었습니다!

딱 하나의 방패가 해방되었다.

마룡 방패

능력 미해방……장비 보너스, 스킬『어택 서포트』

전용효과 「용의 비늘(대)」「C폭탄」「전속성 내성(중)」「마력 소비 경감(약)」「SP 소비 경감(약)」

스테이터스도 상당히 우수하다.

까다로운 특성이 없다. 게다가 경감과 전속성 내성이 붙어 있다.

종합적으로 보아, 이거 하나면 충분하다고 여겨질 만한 수준을 충족하고 있다.

곤란한 상황에서의 최종병기라 할 수 있는 장비다.

게다가 필요 레벨도 낮다. 만능도 너무 만능이잖아, 이 방패.

"우움……."

"왜 그래, 필로?"

방패를 응시하고 있으려니, 필로가 끙끙거렸다. 라프짱은 그런 필로를 보고 고개를 갸우뚱거린다.

"잘은 모르겠지만, 뭔가 울컥울컥해."

"너무 많이 먹어서 체한 거겠지."

이 어택 서포트라는 건 뭐지?

"어택 서포트."

그렇게 뇌까리자, 내 손에 작은 가시가 출현했다.

일단 손에 쥐고 찬찬히 살펴본다.

화살촉처럼 뾰족한 V자 형태의 촉이 달려 있고…… 다트처럼 던질 수 있을 것 같다.

아, 사라졌잖아. 일정 시간 동안 정체불명의 가시를 만들어내는 스킬인가……?

쿨타임이 약간 길다. 30초는 필요한 모양이군.

어디에 쓰는 건지 잘 모르겠다. 나중에 시험해 봐야겠다.

"뭔가 키즈나 패거리가 쓰는 무기와도 통일성이 있군."

"그러게 말이에요."

"뭐, 여러모로 고마워."

덕분에 여러 가지 물건들을 얻었으니까.

"괜찮아, 괜찮아. 결국은 우리를 위해서 싸워 주는 거고, 키즈나를 찾아 준 것에 대한 감사의 의미도 있는 거니까."

로미나와 알트는 살가운 말투로 붙임성 좋게 말했다.

"나오후미가 찾아 주지 않았다면, 우리는 아직 키즈나를 찾아내지 못했을 거야. 그러니까 우리도 그에 걸맞은 보답을 하지 않으면 좀 미안하거든."

"아마 글래스나 라르크도 나오후미에 대해, 뭐라 형언할 수 없을 만큼 감사하는 마음을 갖고 있을 거야."

"뭐, 키즈나와 알게 된 건 단순히 우연이었지만."

내가 적의 책략 때문에 떨어진 곳에 운 좋게 키즈나가 있었던 것에 불과한데 이렇게까지 감사를 받으니 영 심란한 기분이다.

결과적으로 키즈나를 구출해서 데려오는 데 협력하는 모양새가 된 것뿐인데도.

"그래도 말야, 앞으로 고된 싸움이 기다리고 있을 거 아냐? 이쪽 일은 우리에게 맡기고, 이 세계에 온 목적을 완수하는 데 힘쓰도록 해."

"그래, 그건 군이 말할 것도 없어. 우리는 우리가 할 수 있는 일을 하는 것뿐이야."

그렇다. 쿄와 결전을 벌일 순간은 순간순간 다가오고 있다.

전쟁. 국가의 그늘 속에 숨어 있는 쿄를 찾아가서, 죗값을 치르게 해야 하는 것이다.

우리는 이런 식으로 준비를 갖추고, 길을 떠나게 되었다.

이튿날, 성으로 가니 키즈나 패거리와 에스노바르트, 요모기가 우리를 기다리고 있었다.

성에 남기로 했다는 츠구미도 목발을 짚은 채 대기하고 있다.

"그럼 출발해요."

"중간까지는 배의 권속기로 갈 거야?"

"아뇨, 정면으로 쳐들어갈 거예요."

"작전을 짜자. 일단 성무기, 권속기 소지자와의 전투를 예상하고 있어."

그 말을 듣고 요모기가 주먹을 움켜쥔다.

뭐, 정황증거로 보자면 틀림없이 쿄가 범인이겠지만, 그래도 믿고 싶다는 마음을 버리지 못하고 있는 모양이군.

"쿄와 조우한 후, 대화가 가능한 상황이라면 사정을 듣는다……. 뭐, 그렇게 순조롭게 풀리지는 않을 테지만. 그런 다음, 쿄를 물리치면 수호수의 에너지를 나오후미에게 반납하고, 전쟁을 속전속결로 끝내고, 이 싸움을 마치는 거야."

"단순하지만, 하긴 할 일은 그것밖에 없지."

그런데…… 좀 이상하다. 뭔가가 마음에 걸린다.

솔직히 말하면, 쿄는 생각하는 게 비열하고 함정 파기를 즐기는 타입이다.

나와 비슷한 건 아니지만, 녀석이라면 무슨 수를 쓸지를 생각해 보면 저절로 결론이 나오는 것이다.

나는 글래스 쪽으로 시선을 돌린다.

뭔가…… 쿄를 해치우기 위한 재료가 부족한 것 같은 느낌이 든다.

리시아가 검을 투척해서 꽂아 넣었는데도 죽지 않은, 괴물 같은 놈인 것이다.

만약 글래스나 라르크가 비장의 카드를 꺼낸다 해도, 이길 수 있다는 보장은 없다.

그리고 만약에 이긴다 해도…… 어째선지 해치울 수는 없을 것 같은 느낌이 든다.

어째선지 내 안에서는 쿄와 쓰레기 2호가 겹쳐져서 느껴진다.

이 두 사람은 공통점이 많고, 같은 부류로만 보인다.

쓰레기 2호는 어째서, 움직이면 죽는다는 경고를 무시한 채, 죽이라는 소리를 연호했던 걸까?

어째서…… 글래스 2호의 추종자들 중에는 글래스 같은 스피릿이 없었던 걸까?

응? 나, 방금 뭔가 깨달은 것 같은데?

……스피릿이 없었다?

왜 없지? 아니, 그때는 분명 있었다.

그런데 지금 이 자리에는 없는 건 왜지?

"키즈나, 이번 습격자들을 좀 확인해 봐도 될까?"

"응? 그래."

나는 쓰레기 2호 추종자였던 자들 쪽으로 시선을 돌린다.

"너희가 좋아하던 녀석의 연인 중에 스피릿…… 혼인(魂人)은 왜 이 중에 없는 거지?"

"갑자기 행방불명이 됐어. 찾아봤지만 나오지 않더군."

……뭘까. 퍼즐의 조각이 착 들어맞은 것 같은 착각이 느껴진다.

"글래스."

"왜 그러시죠?"

"스피릿이라는 건 혼…… 유령과는 다른 거지?"

"네, 비슷하면서도 다른 존재지요."

"키즈나, 유령은 이 세계에…… 있는 거 맞지?"

"그래. 유령선에서 싸운 적이 있다고 전에 얘기했었잖아?"

그 말인즉슨, 솔직히 수상한 요소가 있었던 혼이라는 개념은, 이 세계에는 분명히 존재한다는 것이다.

만약에 쓰레기 2호나 쿄가 내가 상상한 그대로의 인간이었다면 분명히 연구할 법한 분야다.

"하나 더 묻지. 글래스, 스피릿은 혼 같은 걸 볼 수 있어?"

"네, 보통 사람들보다 더 또렷하게 볼 수 있어요. 식신을 사용하면 나오후미도 볼 수 있을 거예요."

"뭔가 이상한 점이라도 있나요?"

글래스와 쓰레기 2호 추종자들이 하나같이 고개를 갸웃거린다.

"너희가 좋아했던 녀석이 죽은 후, 스피릿들은 그 혼을 쫓아가려 했겠지."

"……그래, 스피릿들 중에는 육체의 죽음을 이별이라고 생각하지 않는 자들도 있으니까."

엉뚱한 추측이라는 건 알고 있다.

하지만 하나는 우연이나마 맞았었던 것이다.

"참고로 쿄가 체포됐을 때, 어떤 죄상을 묻게 될지 물어봐도 될까? 이 세계의 독자적인 죄 같은 게 있을 거 아냐?"

"하긴 그러네요……. 죽어도 언데드가 돼서 부활하거나 고스트가 돼 버리면 곤란하니까……."

글래스는 내 의도가 뭔지를 깨달았고, 요모기와 츠구미도 알아챈 것 같았다.

"아마 너희 감이 맞았을지도 몰라. 동시에, 너희가 사랑했던 녀석은 쿄라는 남자의 손에 제거됐을 가능성도 높다는 걸 기억해 둬."

"우……."

글래스 2호 추종자들은 눈물을 지으며 고개를 돌린다.

"하지만 죽어도 괜찮게 준비하고 있는 게 어때서요? 조금

귀찮아질 뿐이잖아요."

"녀석은 언데드가 되는 게 아냐. 내 감이 정확하다면 말이지만……."

나는 쿄가 하고 있을 것으로 추측되는 연구에 관해 설명했다.

"과거에 비슷한 얘기를 들은 적이 있어요. 설마……."

"가능성이 없는 얘기는 아냐. 나도 그거랑 비슷한 액션 게임을 한 적이 있어. 확실히, 언제 죽을지도 모르는 상태이고, 예방책을 구축해 둘 수 있는 상태인데도 그 예방책을 쓰지 않는다는 건 좀 이상해."

"이거야 원……. 아무리 그래도 그건 너무 거창한 추측 아냐? 완전 옛날이야기 차원이잖아."

"권속기에게 선택받은 녀석이 할 소리는 아닐 텐데. 애초에, 이세계에는 옛날이야기에 필적하는 신비로운 것들이 넘쳐 난다고."

현대 일본이었다면 말도 안 되는 얘기였겠지만, 여기는 판타지 세계다.

글래스는 미심쩍게 여기고 있는 것 같지만, 틀림없다.

이제 녀석의 연구소에 쳐들어갔을 때 증거를 찾아내기만 하면 된다.

녀석을 둘러쌀 포위망을 이쪽에서도 준비하면 되는 것이다.

우리는 에스노바르트의 배에 올라타고, 이동을 개시했다.

중간까지 용각의 모래시계 간의 흐름을 타고 이동한다.

이따금 날아다니는 마물이나 적군의 비행사단과 전투가 벌어졌지만, 글래스와 라르크에게 준 액세서리 덕분에 여정 내내 낙승을 거둘 수 있었다.

지나치리만큼 순조로운 여행이었다.

그리고 그럭저럭 사흘째가 됐을 때.

"저게 쿄의 연구소가 있는 저택이다."

요모기가 가리킨다. 우리는 현재 안개 낀 대삼림 상공을 선회하고 있었다.

"어디 있는 건데? 안개에 가려 있는 것도 그렇고, 주위 일대는 완전 숲이잖아."

"밖에서 보면 알아볼 수 없어."

"안개가 짙어서 더 이상 가는 건 위험할 것 같네요."

에스노바르트가 말했다.

"들어간다고 해도 침입자를 쫓아내기 위해 만든 현혹의 안개가 도사리고 있어. 이 방울이 없으면 곧바로 밖으로 튕겨 나가게 될 거야."

요모기는 그렇게 말하며 우리에게 방울을 보여준다.

그런 편리한 도구가 있는 건가.

……하지만 소모품으로 버려진 녀석이 갖고 있는 도구가

과연 도움이 되긴 할까?

"이걸 갖고 안개 속으로 들어가면 곧바로 저택이 보일 거야."

"그럼, 일단 한번 가 볼까."

"알았어요."

에스노바르트는 짤막하게 대답하고, 요모기가 방울을 흔들어서 소리를 낸다.

우리는 그대로 안개 속으로 들어갔고, 배는 한동안 전방으로 나아간다.

"……?"

고개를 갸웃거리는 라프타리아를 무시한 채 나아가는 배 안, 요모기가 갖고 있는 방울은 줄곧 소리를 내고 있었다.

하지만── 안개가 걷히고 주위가 시야에 들어오게 되고 보니, 아무래도 처음에 진입했던 위치로 되돌아온 것처럼 보인다.

"이게 안개 속이냐?"

"아, 아냐! 이럴 리가 없어! 방법에 착오가 있었던 게 분명해. 한번 더 해 보자."

요모기의 말에, 에스노바르트는 배를 조작해서 다시 안개 속으로 들어간다.

그러나, 곧바로 다시 밖으로 쫓겨나고 말았다.

뭐, 하긴 그렇겠지. 나였더라도 쿄와 똑같이 행동했을 것이다.

“보아하니 이 방울은 도움이 안 되는 것 같군.”

“그럴 수가……. 쿄…….”

여기서 오도 가도 못 하는 신세가 된 건가. 이런 성가신 곳으로 도망치다니……. 확실히 여기라면 전쟁에서 패배하더라도 얼마든지 재기할 수 있을 것 같다. 최악의 경우, 어딘가 다른 나라에 알랑거려서 망명하는 수도 있고 말이지.

“혹시 이 안개를 걷어내 버릴 수 있는 방법 없을까?”

“있어.”

나는 바이오플랜트 씨앗을 키즈나에게 내보인다.

“나오후미, 설마…….”

키즈나가 파랗게 질려서 나를 삿대질했다.

“그래, 번식성 같은 걸 여러모로 흉악하게 바꿔서 숲에 뿌릴 거야. 아마 이 일대는 며칠 안에 바이오플랜트에 오염되겠지. 과연 그런 상황에서도 방어 장비가 제대로 작동할까?”

“대륙도 같이 오염될 것 같은데?”

그렇겠지. 하지만, 일단 그런 식으로 쿄를 도망치게 만든 후에 해치우면 된다.

새로운 공성법이다. 쿄를 해치운 후에, 전쟁에 활용하는 방법도 있겠군.

“대륙이 오염될 것 같으면, 대대적인 마법을 써서 불살라 버리는 수밖에. 제초제로 처분하는 수도 있고."

또한 바이오플랜트에는 핵이 되는 나무가 있는 것 같으니, 그 나무만 제압하면 큰 문제는 없을 것이다. 더불어 바이오플랜트에 약점 같은 걸 만들어놓으면 뒤처리는 말끔하다.

"아니……. 아무리 그래도 그 수단은 영 내키지 않는데."

"또 윤리관 타령이냐. 그럼 어쩔 거지? 설마 어딘가 있는 유적에 힌트가 있다는 식의 따분한 수수께끼 풀기 같은 건 아니겠지?"

"환경을 생각하라고!"

나와 키즈나가 입씨름을 벌이고 있으려니, 라프타리아와 라프짱이 손을 든다.

"저기…… 다시 한 번 도전해 봐도 될까요?"

"응? 뭐라도 있어?"

"네. 에스노바르트 씨, 제 지시대로 나아가 주세요."

"라프~."

"알았어요."

비행선은 다시 안개 속으로 돌입한다.

그렇게 조금 날아갔을 무렵…….

"오른쪽, 다음은 왼쪽, 에…… 그다음에는 그냥 똑바로 나아가 주세요."

에스노바르트는 라프타리아와 라프짱이 가리키는 방향으

로 배를 몰아 나갔다.

안개 속에 있는 시간이 꽤 긴데.

"오른쪽 대각선 방향, 그리고…… 뒤로 물려 주세요."

"물린다고?"

"알았어요."

그리고 라프타리아의 지시대로…… 비행선이 뒤쪽으로 물러난다.

그러자…… 뒤쪽부터 안개를 빠져나가서, 안개의 벽으로 둘러싸인 숲 속의, 우두커니 저택 한 채가 서 있는 곳으로 들어가는 데 성공했다.

"오오! 용케 알아냈네."

"어쩐지 환각마법에 가까운 안개라는 느낌이라서……. 미로처럼 복잡한 길을 지나 온 것뿐이에요."

아아, 미로였나. 막다른 길에 맞닥뜨리면 시작지점으로 돌아가게 되어 있는 것이었으리라.

라프타리아와 라프짱은 환각마법 사용자이기에, 현혹의 숲 같은 장치는 안 통하는 거였군.

"좋아! 라프타리아 덕분에 무사히 침입에 성공했어. 가자!"

"""오—!"""

우리의 함성 소리와 함께, 비행선은 저택 뜰에 착륙해서, 저택 안으로 쳐들어갔다.

9화 쿄의 연구소

“여기가 쿄의 연구소인가…….”

뭐랄까……. 고풍스러운 서양식 저택 같은 느낌이다. 여기는 일본풍 나라인데도.

아무래도 이 안에는 지하 공간이나 비밀 방 같은 성가신 장치가 있을 것 같은 느낌이 든다.

“이쪽이다.”

요모기가 안내하려 한다. 잘 알고 있는 곳일 테니까.

그건 그렇고…….

“여자 추종자들이 안 보이네. 있으면 잡아다가 여러모로 캐물을 텐데.”

“상대도 그 정도 전개는 짐작하고 있는 거 아냐?”

주위를 둘러보고, 나도 동의한다.

“아니면 추종자들은 출격한 상태거나, 피난시켜 둔 건지도 모르지.”

또 하나의 가능성에 대해서는 생각하지 않기로 하자.

아무리 쓰레기 같은 놈이라 해도, 자기 여자들까지 실험에 희생시키는 짓은…… 안 할 테니까.

"추종자들 중 혈기 왕성한 자들이 전장에 나가 있다는 건 부정하지 않아. 하지만, 원래 여기에 오는 추종자들은 극히 일부뿐이야."

"여기에 사는 거 아니었어?"

"쿄는 특별한 신뢰 관계를 가진 자들 이외에는 여기에 데려오지 않았어. 그 녀석은 남을 돕는 일은 하지만, 남들이 자신의 내면에 접하는 건 내켜 하지 않는 타입이었으니까."

겉과 속이 다른 인간의 전형이잖아.

표면상으로는 우등생처럼 굴지만, 뒤에서는 못된 짓에 손을 대고 있는 식으로.

"그러니까 여기를 알고 있는 건 쿄의 동료들 중에서도 극히 일부뿐이었어……. 원래는."

요모기는, 자기는 쿄에게 특별한 존재였다고 말하고 싶은 모양이군.

어쨌거나 결국 쿄의 추종자를 인질로 삼는 건 사실상 불가능하다는 건가.

혹은 추종자들이 있다 해도, 설득이 불가능한, 쿄와 같은 부류의 인물들일 것이다. 쿄에게 철두철미하게 세뇌되는 식으로 말이지.

요모기와 츠구미처럼.

"뭐, 그건 상관없어. 여기에 쿄가 있기만 하면 돼. 만약에 쿄가 없다면, 녀석이 연구하던 것들을 빌려다가 전쟁에 대비하는 거지. 여기는 파괴해 버리고."

도망쳤을 가능성도 있으니까 말이지.

"크윽……."

"잊지 마. 너는 적국에게 도움을 청했어. 이건 개인이 아닌 국가 단위의 싸움이야."

요모기가 굳게 주먹을 움켜쥔다.

"비겁하다!"

"너 말야…… 전쟁으로 상대방의 나라를 지배하려고 드는 건 비겁한 게 아니라고 생각하는 거냐?"

자기들의 논리가 옳으면 무슨 짓을 해도 된다는 식으로 생각하는 타입이군.

자기가 믿고 싶은 정의만 믿는다니, 그야말로 이츠키 같은 녀석이잖아.

"꼬마, 적당히 해 둬. 뭐가 진실인지는…… 여기를 조사해 보면 알 수 있을 테니까."

"하긴 그렇지."

그렇게 말한 직후, 짐승의 포효 소리가 주위에 울려 퍼졌다.

목소리가 난 쪽으로 시선을 돌리니, 쓰레기 2호가 연구하고 있었던 백호의 복제품이며 빨간 새인 주작, 뱀의 꼬리를 가진 거북이인 현무 같은 녀석이 나타난다.

"크아아아아아아아아아아아!"

그 이외에…… 척 보기에도 인체 개조를 당해서 폭주 상태가 된 개조인간도 있군.

더 이상 인간이라 하기도 힘들 정도까지 침식당해서, 자아를 상실한 듯 완전히 맛이 간 눈으로 이쪽을 노려보고, 입에서는 쉴 새 없이 침을 흘리고 있다.

"보아하니 쿄가 저지른 짓의 진실 같은 녀석이 나온 것 같군. 게다가 이미 늦어 버린 것 같은 녀석까지 있잖아. 키즈나…… 구할 수 있겠어?"

"할 수 있을지 어떨지는 모르겠지만, 해 보는 수밖에."

"쿄……. 넌, 정말로 그런 사악한 짓을 한 거냐?"

요모기가 키즈나에게 받은 도를 칼집에서 뽑아 움켜쥔다.

우리를 지원하는 식으로 움직일 생각이라고 했다.

"상황은 다들 파악했지? 간다!"

"크아아아아아아아아아아아!"

짐승의 포효 소리를 시작 신호로 삼아, 우리는 덮쳐드는 마물과 개조인간을 해치워 나갔다.

"큭…… 침식 상태가 너무 심해서, 성무기가 더 이상 인간으로 인식을 안 하잖아……."

키즈나가 개조인간을 구하려고 베었는데, 상대는 그대로 쓱싹 베어져 쓰러지고 말았다.

단순히 공격력만 따지자면, 이 중에서 가장 강한 건 키즈나다.

지금까지의 여정을 돌아보면 일목요연하게 알 수 있다.

글래스의 스킬인 역식 설월화를, 조금의 소비도 없이, 최소한의 쿨타임으로 언제든 상대에게 내쏠 수 있을 정도의 힘을 갖고 있다.

대인전이 불가능하다는 유일한 단점만 제외하면, 완전히 괴물 수준인 것이다.

키즈나에게 베인 개조인간은, 베이는 순간에 뭔가를 중얼거린 것처럼 보였다.

그걸 들은 키즈나와 글래스, 라프타리아의 눈에 촉촉하게 눈물이 고인다.

"왜들 그래?"

"절명하는 순간, 우리한테 고맙다고 인사를 하잖아."

"젠장! 기분 찜찜하게!"

라르크도 그 의미를 이해하고, 싸움을 주저하고 있다.

나는 공격을 막아내고 고개를 끄덕인다.

"죽기 싫으면 동정심은 버리는 게 좋을걸. 이 녀석들을 위해서라도, 지금 우리가 할 수 있는 일을 하는 수밖에 없어."

우리는 항상, 구할 수 있는 목숨과 구할 수 없는 목숨을 선택해야만 한다.

거만한 생각일지도 모르지만, 우리는 그들을 전부 구할 수 있을 만큼 강하지 않은 것이다.

"키즈나, 다른 녀석들도 다 알고 있지? 나를 소환한 세계에서도 영귀 사역마의 숙주가 돼서, 이미 치료하기 힘들 만큼 침식당한 녀석이나, 죽은 녀석도 있었어. 반은 영귀가 한 짓이지만, 나머지 반은……."

내 말에, 키즈나는 힘주어 고개를 끄덕였다.

"나는 지금까지 나오후미 쪽 얘기를 진지하게 받아들이지 않았었던 건가……."

"꼬마네 세계에서 발생한 피해도 막대했어. 확실히…… 우리는 각오가 부족했지."

"그래도 구하고 싶다면…… 최대한 전투불능 상태로 만들도록 애쓰는 수밖에."

하지만 개조인간은 재생력도 장난이 아니라서, 팔다리를 날려 버려도 한층 더 침식된 몸으로 덤벼든다.

그런 안이한 생각은 용납하지 않겠다는 듯이…….

"우……."

필로가 난처한 듯 끙끙거린다.

필로는 이런 건 싫어하니까.

그 기분은 이해하지만, 어쩔 수 없다.

"하앗!"

라프타리아는 지금까지 휘두르던 도를 칼집에 꽂고, 다른 칼집에 꽂고 있던 또 한 자루의 도를 뽑아서 발도술로 주위의 마물들과 개조인간들을 쓸어 버린다.

"맞아요! 우리는 이런 짓을 저지른 분을 용서할 수 없어요. 그러기 위해서라도, 조금씩이라도 앞으로 나아가요!"

라프타리아가 격문을 소리 높여 읽듯이 소리쳤다.

맞는 말이다. 머뭇거리고 있다가는 우리가 당한다.

그랬다가 아무도 쿄를 막을 수 없게 되면, 그야말로 헛수고만 하게 되는 셈이다.

"그래. 우리가 가는 길이 피투성이 길이라고 해도, 그 너머에 사람들의 행복이 있다면, 가는 수밖에 없지. 꼬마들한테 한 수 배우게 될 줄은 몰랐는데."

"착각하지 마. 나는 내 마음대로, 나한테 덮쳐오는 것들을 모조리 털어내 온 것뿐이라고."

그렇게 안 했더라면 이용만 당하다가 끝났을 것이다.

음모를 써서 나를 말살하려 했던 삼용교 놈들, 자기들의 세계를 위해서 나를 죽이러 왔던 라르크 패거리, 막대한 희생을 대가로 세계를 지키는 결계를 생성하는 역할을 맡고 있던 영귀.

그 모든 자들과 대치하며, 자신의 미래를 지키기 위해 앞으로 나아가 왔다.

후회가 없는 건 아니다.

하지만, 그래도 앞으로 나아가지 않으면, 지금까지 희생시켜 온 자들에게 실례가 된다.

"나는, 우리는 오스트의 희생 덕분에 여기에 와 있어. 아무리 싸우기 곤란한 상대라고 해도, 여기서 멈출 수는 없다고."

"꼬마다운 사고방식이군. 마음에 들어."

라르크는 힘차게 낫을 고쳐 쥔다.

"……맞아요. 저도 싫지는 않아요."

에스노바르트가 권속기를 중형 배로 바꾸고 말한다.

뭘 하려는 거지?

"저 자신의 힘은 보잘것없지만…… 그래도 조금이나마 도움이 된다면 지원할게요."

배에 실려 있던 대량의 대포가 일대의 적들을 조준했다.

"일제사격!"

그리고 요란한 굉음과 섬광 때문에, 순간적으로 앞이 보이지 않는다.

에스노바르트의 능력은 비교적 낮다고 들었었다.

그리고 적들은 에스노바르트의 공격에 끄떡도 하지 않는다.

확실히…… 이 결과가 에스노바르트의 능력 수준을 대변해 주고 있다.

마물과 폭주한 개조인형들이, 폭음과 눈부심으로 모기 수준의 고통을 준 상대를 목표물로 잡는다. 에스노바르트는 배의 고도를 높이고 우리를 향해 손을 흔든다.

"제가 주의를 끌 테니까, 여러분은 어서 가세요."

"하지만——."

키즈나 패거리가 걱정스러운 얼굴로 에스노바르트를 향해 손을 뻗지만, 물론 닿지 않는다.

복제 주작은 하늘을 날 수 있고, 복제 백호는 여러 발판을 이용해서 배에 달라붙으려 한다. 복제 현무는 원거리공격이 가능한 듯, 바위를 내쏘아 배를 격추하려 하고 있다.

이런 곳에 혼자 두면 그야말로 위험한 야생동물에게 사냥당하는 토끼 신세가 되고 만다고.

"괜찮아요. 저도 권속기 소유자예요! 조금이라도 여러분께 도움이 될 수 있도록 열심히 싸워 볼게요."

"에스노바르트!"

"펭!"

크리스가 복제 백호며 복제 주작을 발판 삼아서 에스노바르트 쪽으로 도약한다.

그리고 배의 뱃머리에 뛰어올랐다.

"크리스 씨."

"펭!"

그리고 키즈나 쪽을 향해 손을 흔든다. 마치 여기는 자기에게 맡기라는 듯이.

"나오후미 씨, 부탁해요. 키즈나 양과 다른 분들을 부탁드려요."

"……알았어."

"후에에에, 혼자 두고 가실 거예요?"

"그래. 키즈나, 빨리 가자."

"그치만!"

"여기서 우물쭈물하고 있으면 뭐가 더 나올지 알 수가 없어. 최악의 경우, 쿄가 도망쳐 버려도 괜찮은 거냐?"

에스노바르트의 결의를 헛되이 할 수는 없다.

뭐, 크리스가 있지 않은가. 최악의 사태는 회피할 수 있을 거라 믿는다.

"자, 이 틈에 간다! 에스노바르트의 결의를 헛되이 하지 마!"

내 말에, 모두 미련이 가득한 심정으로 저택 쪽으로 내달렸다.

뒤를 돌아보니, 에스노바르트가 숲 쪽으로 도망치면서 우리를 향해 손을 흔들고 있었다.

저택 안은 일단 생활의 흔적이 엿보이긴 했다.

얼마 전까지 사람이 살고 있었던 것 같은 분위기가 있다.

"극히 일부 녀석들만 여기에 있었다고 했지?"

내가 묻자 요모기가 고개를 끄덕인다.

"그래. 그리고 저택 안쪽으로 갈 수 있는 자는 더 한정돼 있었지."

"마술사나 연금술사 같은 녀석이었으니까. 독자적인 연구에 몰두했던 거겠지."

"그 인식이 맞을 거야. 그나저나 이세계의 용사가 쿄를 꽤 잘 이해하고 있군."

"어디까지나 상상일 뿐이야."

종종 나오거든. 게임이나 만화 같은 곳에. 미친 과학자 캐릭터 같은 게 말이지.

하지만, 그런 캐릭터라고 단정 짓기에는, 쿄의 인간성에 대해 모르는 게 너무 많다.

굳이 표현하자면…… 자기가 생각해 낸 근사한 아이디어를 실천하고 있을 뿐으로 보이는 것이다.

"끄응……. 문이 잠겨 있군."

"열쇠는?"

"이거야."

요모기가 열쇠를 꺼내서 열쇠 구멍에 끼워 넣는다.

……예상대로 안 열린다.

"너 정말 쿄의 동료였던 거 맞아?"

"마, 맞아! 이걸로 열 수 있었다고!"

아까부터 실패만 하잖아.

짐작이 가는군. 동료라고 생각했던 건 요모기뿐이었다, 같은 식의 전개가 상상된다.

"진정해. 이럴 때는 어떻게 해야 하는지 알고 있잖아? 키즈나, 라르크."

"좋아!"

라르크도 컨디션이 좋군. 내 의지를 완전히 파악하고 있다.

"열쇠 따기 말이지?"

키즈나도 알았다는 듯이 자신만만하게 대답했지만, 애석하게도 오답이다.

"키즈나, 너는 게임의 세계에나 가 있어. 다시는 안 돌아와도 돼."

"너무해!"

뽀각뽀각 손가락 관절을 꺾은 라르크가 낫으로 문을 찢어발겨서 열어젖힌다.

역시 라르크는 뭘 좀 안다니까.

"의외로 튼튼한 소재로 만들어져 있군."

"철수할 때 회수해서, 녹여다가 무기로 쓰지."

"꼬마, 나는 그런 생각으로 한 소리가 아니었다고."

"아아아……."

"어찌 이럴 수가……."

키즈나가 아연실색하고, 글래스가 황당해한다.

라프타리아는 그런 키즈나 패거리의 태도에 고개를 갸웃거리고 있군.

"잠겨 있는 문들은 전부, 나중에 회수할 수 있도록 깔끔하게 베어서 열까요?"

"라프타리아 양?!"

키즈나는 라프타리아의 반응을 뜻밖이라고 생각하는 모양이다.

라프타리아는 제법 현실적인 면이 있으니까.

"제가 뭔가 이상한 소리라도 했나요?"

"느긋하게 눌러앉아 있을 시간 없어. 냉큼냉큼 해치우는 수밖에 없잖아."

라르크도 상황을 이해한 것 같군.

그렇다. 지금 우리는 저택 탐색 같은 성가신 짓을 하고 있을 시간이 없는 것이다.

"수수께끼를 설정해 두는 건, 상대가 문을 열 수 있도록 하는 게 전제잖아? 나였다면 예비 열쇠 같은 걸 마련해 두는 짓은 안 할 거야."

침입이 가능하도록 수수께끼를 설정해 두고, 거기에 다시 자물쇠를 거는 녀석이 있다면, 그 녀석은 머리가 어떻게 된 놈이다.

그보다 우리는 냉큼 문을 깨부수고 범인인 쿄를 찾아서 벌을 줘야만 한다.

그것 때문에 에스노바르트와 크리스가 적을 유인해 주고 있는 것이다.

이 틈에 유인해 내면 된단 말이지.

"사실은 전원이 힘을 모아서 저택을 박살 내 버리는 방법도 있었어. 하지만 요모기는 아직 쿄를 믿고 싶은 마음이 있는 것 같아서, 이렇게 잠입하고 있는 거야. 이 정도는 좀 참아."

문을 깨부수는 걸 보고 아연실색하던 요모기가 울분에 차서 신음하고 대답한다.

"크……. 하지만, 쿄가 결백하다면 변상해야 해."

"그래, 그래."

한없이 진범에 가까운 용의자이기에 요모기도 세게 나오지는 못한다.

이 틈에 척척 해치우는 게 좋겠군.

"이런 건 자신 있다고."

"그렇겠지. 라르크는 깨부수는 게 주특기니까."

"꼬마, 내 주특기가 깨부수는 거라고 생각했다간 오산이라고."

"그럼 뭐가 주특기인데? 설마 작전이라고 할 생각은 아니겠지?"

"그것도 주특기라면 주특기이긴 하지만……."

라르크는 쯧쯧 하고 어째 귀에 거슬리는 도발을 했다.

"나는 모험을 사랑한단 말씀이지."

"아, 그러셔."

이건 뭐야. '실은 요리를 잘한다고' 같은 것처럼 전혀 감흥이 없잖아.

게다가 '주특기' 가 아니라 '사랑한다' 라고 대답했다. 도대체 뭔 소릴 하는 건지.

"유적 탐색은 우리의 꿈 아냐, 테리스?"

"그래! 그치만 지금은 보물찾기보다는, 새로운 보물을 만드는 걸 배우는 게 좋겠어!"

"……그래."

아, 어째 라르크가 부러움 가득한 시선으로 나를 쳐다본다.

"넌 높은 사람이니까 여자라면 얼마든지 골라 잡을 수 있잖아? 왜 그 녀석한테만 매달리는 건데?"

"이런저런 사정이 있다고! 캐묻지 마!"

라르크와 테리스의 관계는 영 이해가 안 된다.

뭐, 소중히 여기고 있다는 마음은 알겠지만 말이지.

이렇게 해서 우리는 잠겨 있는 문을 모조리 깨부수며 저택 안을 나아갔다.

도중에 사성수의 복제품들과 조우했지만, 그것들은 지금의 우리에게는 위협이 되지 않는다.

솔직히 말하면 상대가 역부족이다.

특히 키즈나를 상대로는 언급할 가치도 없을 정도다. 조우와 동시에 격파다.

참치용 회칼로 뼈까지 손쉽게 찢어발겨서 일도양단해 나간다.

"그나저나…… 마물들을 너무 많이 보내는 거 아냐?"

왜 이렇게 방마다 다 튀어나오는 거지? 무슨 액션 RPG도 아니고 말야.

"요모기, 쿄의 연구실은 어디지?"

"이쪽이야."

요모기가 가리키는 쪽으로 향한다.

이따금 바닥의 구멍이나 떨어지는 천장 같은 함정이 있었지만, 우리가 함정에 걸려든다 해도 빠져나가는 것쯤은 식은 죽 먹기다.

우선 내가 앞에 서서 화살 같은 함정을 유성방패로 튕겨내고, 바닥에 구멍이 있는 걸 발견한 순간에 에어스트 실드로 발판을 만든다.

철판이나 단두대 칼날이 떨어져도, 모조리 튕겨내면 그만이니 문제없다.

이건 무슨 함정의 집인가 싶을 정도로 다양한 함정이 설치돼 있었지만, 하필이면 상대가 우리라는 게 불운이군.

"계속 앞으로 가면 지하실이 있고, 쿄의 연구실은 그 너머에 있어. 다만, 지하는 지상보다 구획이 더 많고, 나도 모르는 방들이 잔뜩 있어."

"그렇단 말이지."

요모기의 안색이 좋지 않다.

자신이 친근하게 여기던 자가 사성수 복제품을 이용해서 날뛰고 있는 상황이니까.

게다가 인체개조를 했다는 증거도 수없이 나오고 있다.

이런 상황이라면 의심하지 않는 게 더 어렵겠지.

뭐, 소모품 취급을 당하고도 믿음을 버리지 않는 부분은 높이 평가해 줄 수 있겠지만.

믿어서는 안 될 상대를 믿는다는 점에서는 모토야스와 공통점이 있군.

"크……. 여기까지 온 거냐!"

그리고 지하 연구실에 들어갔을 때, 아직 자아가 남아 있는 개조인간과 조우했다.

요모기의 동료인가?

내가 시선을 보내자 요모기는 고개를 가로젓는다.

츠구미의 동료일까? 저런 녀석이 있었던가?

라프타리아와 글래스, 라르크 쪽에 시선을 돌리니 하나같이 고개를 갸웃거리기만 한다.

"잠깐! 우리는 싸우러 온 게 아냐. 너희는 이용당하고 있는 것에 불과해. 너희를 이용하고 있는 녀석을 물리치러 온 것뿐이야!"

"닥쳐! 여기서 너희를 저지하지 않으면, 알버트 님이 돌아가신단 말이다!"

누구? 아니, 진짜 누군지 모르겠는데.

이름도 들어 본 적이 없다. 정말로 모르겠다.

"이봐, 글래스. 이 녀석들 누구 얘길 하는 거야? 혹시 우리와 전혀 관계없는 녀석을 인질로 삼아서 이 녀석들을 여기 방어에 내몬 건가?"

까놓고 말하자면, 굳이 우리와 인연이 있는 녀석을 골라서 사용할 필요는 없으니까.

아예 자기 마음대로 부릴 수 있는 노예를 사역해서 경호시켜도 그만이다.

"알버트는 분명…… 거울의 권속기 소지자의 이름이었던 것 같네요."

아아, 그러고 보니 라프타리아가 쓰레기 2호로부터 도주극을 벌이는 와중에 쿄에게 당한 권속기 소지자 이름이 알버트였던 것 같다. 글래스 패거리와는 관계가 좋지 않은 녀석이라고 들었던 기억이 난다.

"알은 아직 살아있어! 그러니까 우리는 한 발짝도 물러설 수 없어!"

그런 소리를 하면서…… 개조인간들은 요모기가 갖고 있던 기생 기능을 가진 무기를 든 채로 덤벼들었다.

"우왓!"

유성방패에 퍽 하는 충격이 몰아쳤다.

오오…… 버텨냈다. 마룡 방패와 바르바로이 아머가 은근히 효과를 발휘하고 있군.

"그 무기는 위험해! 쓰면 안 돼!"

"폭발 기능을 탑재하고 있는 건지 어떤지 좀 의심스러운데……."

이런 곳에서 자폭하는 건가?

이런 곳에서 자폭을 한다면, 여기가 중요 시설이 아니라는 뜻이 된다.

애초에 거울의 권속기 소지자는 살해당했다고 들었는데, 사실은 살아있었던 건가?

……아직 확인해 볼 길이 없다.

"키즈나, 이 녀석들을 몰아붙여 줘. 폭발하는지 어떤지 확인하고 싶으니까."

"꼬마, 왜 그래?"

"폭발 규모를 봐야 하겠지만, 만약에 정말 저 무기에 자폭 기능이 있어서 대규모 폭발을 일으킨다면, 여기는 쿄에게 중요한 곳이 아니라는 얘기야."

"자기 영지에서 폭발하면 위험할 테니까."

"그래. 쿄가 내가 생각한 그대로의 성격을 가진 녀석이라면, 분명 자폭 기능은 탑재하지 않고 있을 거야."

나는 쿄가 수단 방법을 안 가리고 우리를 죽이려고만 드는 바보가 아니라, 잔꾀를 부리는 타입이라고 파악하고 있다. 지금까지의 일들을 겪는 동안 대충 파악은 끝난 상태다.

"무기 쪽은 어떡할 거야?"

"지금의 너희라면 깨 버릴 수 있지 않아?"

의식을 집중해서 차례대로 쯔바이트 아우라를 걸어 준다.

유성방패도 돌파하지 못하는 정도의 무기다. 조금씩 능력이 향상되는 중인 이 멤버라면 충분히 파괴할 수 있을 것이다.

"알았어. 해 볼게!"

키즈나가 혼유약으로 부스트를 건 글래스와 나란히 무기를 쥐고 돌진한다.

전투 시간은 얼마 되지 않았다.

키즈나가 개조인간들의 개조된 부위를 절개하고, 글래스가 무기를 파괴한다.

부채…… 쇠부채라는 부류의 무기는 내가 아는 역사상의 무기들 중에서도 무기 파괴에 사용되는 경우가 많다.

소드 브레이커 타입의 무기다.

요모기는 무술에 소양이 있어서 글래스의 무기 파괴를 쳐냈었지만, 여기 있는 녀석들은 거기에 대처할 수 있을 만큼의 실력을 갖고 있지 않은 모양이군.

그리고 키즈나는 대인전은 불가능하지만 상대의 무기 정도는 파괴할 수 있다.

상대방의 무기가 권속기나 성무기가 아닌 한 말이지.

하지만 그 무기도 엄청나게 튼튼한 듯, 키즈나도 애를 먹고 있는 것 같다.

"커헉?!"

"으윽?!"

개조인간 여자들의 능력이 순식간에 움푹 깎여나가고, 무기는 인정사정없이 쪼개진다.

쪼개진 무기가 징그럽게 꿈틀거리며 촉수 같은 걸 뻗어서 소지자에게 엉겨 붙으려 한다.

그리고 쪼개진 절반을 접합하려 했을 때――.

"그냥 놔둘 순 없지!"

"네!"

"미안하지만 그 무기는 쓰지 않았으면 좋겠어. 나오후미, 절대로 잡지 마!"

라르크와 라프타리아, 요모기가 추가 공격을 날려서, 무기를 내게로 던진다.

무기는 마치 나에게 다가오는 걸 거부하듯이 공중에서 버둥거리며 안개처럼 사라진다.

남은 건 미세한 영귀의 에너지였다.

원래부터 모종의 마물적 요소를 가진 부분에 영귀의 에너지를 부여해서 만든 무기인 것이다.

마물 부분은 키즈나와 라르크가 해치웠고, 무기는 남은 부분만으로 재생을 시도했지만 이것도 방해, 영귀의 심장 방패를 가진 나에게로 에너지 자체가 흡수된다. 이제는 먼지 한 톨 안 남기고 사라져 버리는 일만 남았으리라.

"오오, 나한테 던지면 말끔하게 사라지는 것 같은데."

"그, 그럴 수가!"

"우리는 아무 힘도 못 쓴다는 거야?!"

"포기 못 해!"

거울의 권속기 추종자로 보이는 여자들이 끈질기게 덤벼

든다.

“소용없어~.”

“네, 당신들이 나쁜 건 아니라는 건 알아요. 하지만 이제 그만 포기하세요!”

그때 필로와 테리스가 각각 마법을 사용해서 여자들을 날려 버린다.

“죄송해요. 당신들에게도 지키고 싶은 사람이 있겠지만, 우리는 그걸 넘어서야만 합니다. 윤무 공식 · 화풍.”

마지막으로 글래스가 재빨리 스킬을 내쏘아서 상대를 완전히 무력화시킨다.

“역시 그랬군. 아무래도 쿄는 아직 여기 있는 게 분명해.”

“네. 안 그랬다면 이미 자폭시켰겠죠.”

확신이 생겼다. 지금쯤, 울분에 차서 끙끙거리고 있지 않을까?

“이쪽에서 이런 포진으로 마음먹고 공격하는데, 거기에 대처할 수 있을 거라고 생각하는 것 자체가 대단한 배짱이라니까.”

강화를 마친 성무기 용사가 둘에, 권속기 소지자가 셋이나 되는 상황 아닌가?

밖에서는 에스노바르트가 견제 역할을 맡아 주고 있다.

총 여섯 명의 용사가 한데 모여서 토벌에 나선 것이다.

뭔가 믿는 구석이 없다면 이미 도망쳤거나, 자포자기해서 덤벼들었을 것이다.

하지만 현실은 함정을 설치하고 사성수 복제품들을 배치하고 개조인간에게 무기 시제품을 들려서 내보냈을 뿐이지 않은가? 혹시 뭔가 꿍꿍이가 있는 건가?

"아아! 저 너머 방에 가면 안 돼!"

거울의 권속기 소지자 추종자가 말한다.

상대가 싫어하는 일을 하는 것 자체에 의미가 있다고 말하고 싶었지만, 일단 참아 두자.

문을 열고, 다시 몇 개의 문을 뚫고, 우리는…… 쿄의 연구실을 눈앞에 두게 되었다.

"이, 이건 대체 뭐야?!"

"예측했던 결과로군. 글래스, 너도 그렇게 생각하지 않아?"

내 말에, 같이 있던 자들 대부분이 숨을 죽였다.

그렇다. 우리 앞에 있던 것은 바로, 복도 벽에 늘어선 투명한 탱크들이었다.

이 탱크 안에 들어있는 것은, 뭐, 내가 상상했던 그대로였다.

구체적으로는 인간……과는 다른 건가?

연금술사의 꿈, 호문쿨루스로군.

"호문쿨루스인가요?"

리시아가 겁에 질려서 묻는다. 아아, 이쪽 세계에도 있는 개념인가.

탱크 속에 떠 있는 것은 쓰레기 2호와 쏙 빼닮은 남자들.

그 외에도 몇 종류인가 더 있는 것 같았지만, 대략 비슷한 인물이군.

"응? 이건……."

세로 방향으로 쪼개진 쓰레기 2호가 탱크 안에 떠 있다.

이건 쓰레기 2호 본인 아냐?

"아……."

글래스가 눈을 부릅뜨고, 안쪽에 들어앉아 있는 큼직한 탱크를 가리킨다.

거기에는 거울을 품에 안은 장발의 미남이 떠 있었다.

머리색은 새까맣다. 일본인 같은 풍모에…… 나이는 20대 중반?

"저건…… 거울의 권속기 소지자예요!"

"보아하니 생포라도 당한 모양이군."

내가 그렇게 말하는 바로 그 순간…… 그 방에 있던 호문쿨루스&본인들이 눈을 뜨고 우리를 쳐다본다.

"의식까지 있는 건가? 얘기가 잘 통하면 다행이겠지만……."

뽀각 하고 탱크가 깨져 나가고 호문쿨루스들이 튀어나온다.

호문쿨루스라는 게 진짜로 있는 거였군.

뭐, 사성수 복제품들이 나오는 걸 봤을 때부터 존재 가능성은 짐작했었지만.

말은 안 통하는 건지, 세뇌를 당한 건지, 아니면——.

"크아아아아아아아아아아아아아아!"

끼기기, 하고 호문쿨루스들이 저마다 변신한다. 사성수로.

응, 완전히 개조인간의 상위 호환 같은 분위기를 갖고 있군.

그리고 쓰레기 2호와 거울의 권속기 소지자—— 알버트라고 했던가?

그 녀석들을 살펴보니, 변신은 하지 않는다. 다만, 싸울 마음은 있는 것 같군.

쓰레기 2호 본인은 좀비처럼 건들건들 걸으며 탁한 눈으로 이쪽을 쳐다보고 있다.

징그럽군.

"얘기 좀 할 수 있을까?"

"끄아, 끄……."

아무래도 말은 안 통하는 것 같군.

좀비 같은 목소리밖에 안 나오는 모양이다.

하지만 전투 의지 하나는 분명히 있는 듯, 거울을 번쩍이며 우리를 향해 전투태세를 취한다.

"이건——."

"뭐야?!"

키즈나와 라프타리아 등이 저마다가 소지한 무기를 쳐다본다.

"왜들 그래?"

"나오후미 님, 권속기에서 도움을 청하는 목소리가 들려와요. 저자는…… 이미 혼의 절반 이상이 사라진 채, 강제적으로 권속기와 이어져 있는 거예요."

솔직히 말하자면, 혼이 절반 이상 사라진 상태라는 무시무시한 사실보다, 권속기와 강제로 이어져 있다는 말의 의미가 더 신경 쓰인다.

"한마디로, 원래는 소지자의 사망과 동시에 떨어져야 할 권속기를 갖고 싸울 수 있다는 얘기지?"

키즈나가 보충한다. 나는 굳이 말 안 해도 아는 사실이지만, 다른 자들에게 확인시킨 것이리라.

"쿄의 종복으로서는 더할 나위 없이 훌륭한 패인 셈이지."

성가시게 됐군. 이제 쿄의 진영에도 권속기 소지자가 한 명 더 있다는 거잖아.

뭐, 강화 방법 공유를 안 했다면 큰 위협이 되지는——

"월……영!"

거울에서 커다란…… 보름달 같은 빛 포탄이 날아와서 내 유성방패를 단번에 깨 버렸다.

젠장, 보아하니 강화 방법 공유, 혹은 영귀의 에너지, 혹은 그에 준하는 뭔가를 이용해서 강화한 상태라고 봐도 좋을 것 같군.

"이런, 이런, 여기까지 올 줄이야. 좀 장난이 지나친 거 아냐?"

그때…… 사람 불쾌하게 만드는 목소리가 울려 퍼진다.

목소리가 나는 쪽을 살펴보니 알버트 뒤에 있는 바닥이 열리고, 거기에서 쿄가 빛으로 된 바닥을 발판 삼아 모습을 드러냈다.

게다가 주위에는 영귀의 사역마(친위형)을 거느리고 있다.

이 녀석은 정말이지, 머릿수를 확보한 채 기다리는 걸 좋아하는군.

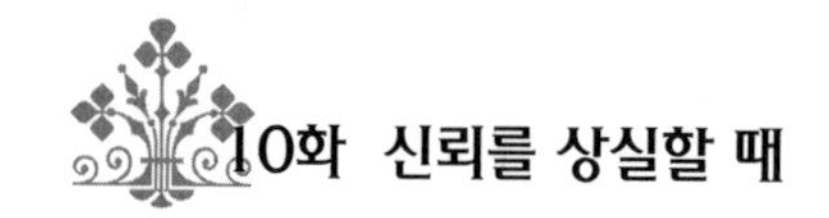

10화 신뢰를 상실할 때

"나 원 참, 남의 연구소까지 오다니……. 뱀처럼 끈질긴 녀석들이군."

"사돈 남 말 하고 있네."

"헛! 바보인 것도 모자라 끈덕지기까지 하다니, 진절머리

나는 놈!"

"그것도 내가 할 소리야."

진절머리가 나는 건 오히려 나라고. 이제 그만 네놈과의 악연을 끝내 버려야겠다!

"네놈은 자기가 얼마나 엄청난 짓을 저질렀는지 자각을 못 하고 있는 것 같군. 그 대가를 치를 때가 온 거다!"

"헛! 어차피 네 뒤에 있는 녀석들이 멸망시킬 세계였잖아. 쓸데없이 낭비되는 걸 활용해 주려고 한 거니까 고마운 줄이나 알라고."

"아니. 내가 돌아온 이상, 나오후미가 있던 세계를 멸망시키는 짓은 용납 안 할 거야. 네가 빼앗아갔던 걸 지금 당장 돌려줘."

키즈나가 한 발짝 앞으로 나서서 쿄에게 내뱉는다.

"이게 누구야. 오랫동안 행방불명 상태였던 사성용사님이 등장하셨잖아."

"응, 글래스와 라르크…… 아니, 이 세계의 사성용사나 권속기 소지자들이 파도에 대해 갖고 있는 공통된 인식에 따르면, 내가 죽으면 더 곤란해지잖아? 네가 세계를 위해서 싸우는 거라고 우기려면, 나를 다치게 하는 건 앞뒤가 안 맞는 거 아냐?"

글래스 등의 이론에 따르면, 사성용사를 잃어서는 안 된다.

물론, 죽지 않을 정도로 괴롭히는 거라면 얘기가 달라지겠지만 말이지.

"사성용사는 네놈 말고도 셋이나 더 있어. 하나쯤 죽는다고 해서 크게 문제 될 건 없다 이거야. 나도 세계를 위해서 지혜를 쥐어짰다고. 파도 따위는 주의하기만 하면 무서울 거 없어. 이론이 이제 업데이트됐다 이 말이야."

한 명이라도 죽으면 큰일이라고 들었는데, 이 녀석은 지금 무슨 소리를 하고 있는 거야?!

키즈나 세계의 사성용사도 마찬가지라고 했었다고. 혹시 의미를 제대로 이해하지 못하고 있는 건가?

"쿄!"

그때 요모기가 커다란 목소리로 앞에 나선다.

"다른 세계의 수호수를 조종해서 대재해를 일으켰다는 게 사실이야?!"

"앙?!"

쿄는 불쾌한 기색을 역력하게 드러내며 요모기를 쏘아본다.

"그것도 모자라서, 수호수의 에너지를 빼앗아 도망치고, 다른 권속기 소지자를 이 꼴로 만든 다음, 그 동료들을 개조한 거냐?!"

"거참 시끄럽네! 꺅꺅거리고 떠들지 좀 마!"

"쿄?!"

"나한테 명령하지 마! 예전부터 느꼈는데, 너 진짜 짜증나. 네가 내 부모라도 되냐? 옛날부터 알고 지낸 사이라고 해서, 무슨 내 조강지처라도 되는 것처럼 굴지 마!"

쿄는 봇물 터진 듯 요모기를 향해 쏘아붙인다.

그 말을 들은 요모기는 말문이 막힌 채 파랗게 질려 있다.

"더는 상대해 주기도 짜증 나서, 폭탄 달린 무기를 갖고 자객으로 보낸 거였는데, 감히 이 녀석들을 여기로 유도해 오다니, 창녀가 따로 없군!"

"그럴, 수가……. 그럼 거울의 권속기 소지자의 동료들이나 그 나라 기술자의 동료들을 개조한 건 선의가 아니라……."

"다른 남자 여자였던 중고품들을 소중히 여길 필요가 뭐가 있어? 뭐, 나를 잘 따르는 녀석들도 몇 명 있어서, 그 녀석들은 일단 보내 줬지만."

중고품……. 아주 못 하는 말이 없잖아.

다른 남자의 여자였던 녀석은 필요 없다는, 숫처녀만 밝히는 쓰레기잖아!

"그 표정을 보니까 조금이나마 마음이 풀리긴 하는군. 저 녀석들이 요모기 너를 죽여서, 내가 대신 원수를 갚은 걸로 해 줄 테니까 마음 놓으라고."

요모기가 부들부들 떤다.

믿었던 녀석의 본심을 듣고 절망이라도 한 건가?

"보아하니 내 안목이 형편없었던 모양이군. 이런 녀석에게 열을 올렸다니."

"앙?! 자기 마음에 안 드는 대답을 했으니까 죽이겠다고? 너 완전히 맛이 간 거 아냐? 내가 무슨 네 꼭두각시인 줄 아냐고!"

듣기만 해도 기분이 더러워지는 놈이다.

자기를 진심으로 걱정해 주고, 자기가 잘못했을 때 주의를 주는 여자를 보고 창녀라고?

요모기가 창녀라면, 네놈은 대책 없는 인간쓰레기겠지.

내 숙적인 빗치의 남성판 같은 천하의 개쌍놈이다.

오스트의 사명이 이런 녀석에게 짓밟힌 것이다. 격렬한 분노밖에 느껴지지 않는다.

척 하고 요모기가 쿄에게 도를 겨눈다.

"너 따위가 나를 이길 수 있을 것 같아? 천재인 나를?"

"이길 수 있을지 어떨지는 몰라. 키즈나의 말을 끝까지 믿지 않았던 것에 대한 죗값이야. 쿄……. 최소한, 내 손으로 너를 물리치고 말겠어!"

요모기는 키즈나 패거리에게 눈길을 돌렸다가, 다시 말한다.

"키즈나와 그 동료들……. 이세계의 사성용사 일행. 부디 쿄를 막는 걸 도와줘!"

"말 안 해도 그럴 거야. 우리는 그러기 위해서 여기 온 거니까."

"그래. 이제 문답이나 주고받는 것도 넌덜머리가 났다고. 자기가 저지른 짓을 후회하면서 죽는 게 이 녀석에게 제일 어울리는 죽음이야."

솔직히, 이 세상에는 대화하면 할수록 기분이 더러워지는 녀석이 있다.

어중간하게 대화가 성립한다는 점이 더 질이 나쁘다.

뭐랄까……. 왜 이 녀석은 이렇게 세 용사 놈들과 겹쳐 보이는 건가. 왜 나와 대립하는 녀석들은 왜 이렇게 서로 비슷한 구석이 많은지, 그야말로 수수께끼다.

하지만 이 녀석과 그런 얘기를 해 봤자 의미가 없다. 그렇다면 내가 할 일은 하나뿐이다.

죗값을 치르게 해 준다는, 단 하나!

"앙?! 뭐, 상관없어……. 어차피 네놈들은 여기서 끝장이니까."

쿄가 손을 들자, 알버트와 쓰레기 2호, 그리고 호문쿨루스들이 일제히 덮쳐들었다. 동시에 쿄가 내쏜 책의 권속기 책장들이 방 안에 나풀거린다.

"우선은 제일 뒤에 있는 저 녀석을 노려!"

쿄는 후방에서 주먹을 움켜쥐며 자신을 노려보고 있는 리시아를 가리켰다.

"정말 끝까지……. 알면 알수록, 저는 당신을 절대 용서할 수 없어요!"

오오? 리시아 녀석, 엔진이 켜진 건지, 이미 분노가 정점에 달한 것 같다.

역시 히어로 체질. 앞으로는 주인공이라고 불러 줘야겠다.

이 상태를 계속 유지해 나가도록 요령껏 조작할 수만 있다면 참 좋을 텐데 말이지.

지금의 리시아는 권속기 소지자는 아니지만, 다소나마 도움이 될 정도의 능력은 갖고 있다고 봐도 좋으리라.

"유성방패!"

"네놈은 그것밖에 없냐?"

내가 유성방패를 전개하자, 쿄는 도발적인 표정을 지으며 말한다.

"워낙 편리한 스킬이라서 말야."

"그런 어설픈 결계로 뭘 어쩌자는 거지?"

"이렇게 할 거야."

쓰레기 2호와 호문쿨루스, 그리고 알버트의 공격에 유성방패가 깨져 나가고, 파편이 허공에 흩날린다.

"라프타리아!"

"네!"

라프타리아가 도를 뽑는다.

"오호, 아무리 빠르다고 해도 여기까지 올 수 있겠어?"

"갈 필요가 없을 텐데?"

내 의지를 알아챈 라프타리아가, 하이퀵이 걸린 상태로 마법 영창에 들어갔다.

그렇다……. 재빨리 움직일 수 있다면, 상대방에게 칼부림을 하는 것 말고도 수단은 얼마든지 있다.

"드라이파 라이트!"

라프타리아는 공중에 떠 있는 파편을 향해 빛 마법을 내쏜다.

"라프~!"

오? 라프짱이 타이밍 좋게 마법을 사용했다.

허공에 튄 파편에 라프타리아의 마법이 난반사해서, 파편을 응시하고 있던 쓰레기 2호와 알버트, 호문쿨루스들의 눈을 멀게 만든다.

"흥. 이 정도는 별것도 아냐."

"과연 그럴까?"

상대가 방어에 들어가자, 유성방패의 파편이 주위에 흩날린다.

동료들은 그 미세한 틈을 놓치지 않는다.

전투란 시작이 중요한 거라고 누가 말했던가.

나와 라프타리아가 만들어낸 빈틈에 가장 빨리 반응한 건 키즈나와 글래스였다.

"의이배침!"

키즈나가 들어가는 대미지를 2배로 만들어 주는 스킬을

알버트에게 적중시키고, 마치 미리 짠 것처럼 글래스가 혼유약을 머금고 스킬 발사 태세를 취한다.

그렇다. 글래스가 내쏜 스킬 중에서도 상위에 해당하는 고화력 공격.

"윤무 무형(舞型) · 달 쪼개기!"

두 개로 쪼개진 부채를 각각 양손에 움켜쥐고, 보름달 같은 궤도를 그리며 힘차게 휘둘러 내린다.

"월……영!"

질 수 없다는 듯, 알버트도 달 같은 스킬을 쏴서 응전하지만, 글래스 쪽이 훨씬 더 빨랐다.

상대방이 내쏜 달 같은 빛의 포탄을 찢어발기고, 꿰뚫는다.

하지만…… 약간 힘이 부족해서, 알버트의 어깨를 찢어발기는 데 그쳤다.

"이런……. 아직 이 녀석에게 맡길 일이 남아 있으니까 말이지."

쿄가 가진 책의 책장이, 피가 흐르는 알버트의 어깨를 짓눌러서 억지로 접합한다. 그리고 녹색 빛을 내뿜으며 떨어진 부위를 붙인다.

아마 회복계 스킬이나 마법이겠지.

"꼬마나 아가씨한테 질 수는 없지! 테리스! 간다!"

"네!"

그 틈이 라르크가 낫을 에너지 형태로 바꾸어서, 더불어 테리스의 마법 지원을 작동시켜서 내쏜다.

"휘석! 폭뢰우."

테리스의 주특기인, 번개의 비를 쏟아붓는 마법이다.

응? 리시아도 갖고 있던 소태도를 들고 마법을 부여하고 있잖아?

"합성기! 뇌전대차륜(雷電大車輪)!"

"하아아아아앗!"

라르크의 목소리와 동시에, 리시아가 자세를 낮추고 소태도를 옆구리에 끼우다시피 했다가 수평 방향으로 휘둘렀다.

에너지화되어 한층 더 강화된 낫에서 내뿜어진 거대한 뇌전대차륜의 뒤를 좇듯이…… 아니, 뇌전대차륜이 흘린 뇌전을 흡수해 부풀어 오르면서, 쿄가 있는 쪽 호문쿨루스들을 쓸어 버린다.

우와, 팔다리가 날아갔잖아. 도대체 위력이 얼마나 강한 거냐.

"필로도 갈래~."

"기다려, 네 역할은 마법 지원이야. 그리고 허밍 페어리의 노래로 우리를 지원해. 뭔가…… 마법 영창을 빠르게 만들어 주는 노래 같은 거 없어?"

"에……. 알았어~. 노래할게."

필로는 허밍 팔콘 형태로 변해서 내 어깨에 올라타고 노래를 부르기 시작한다.

무시할 줄 알았는데, 쿄 녀석은 필로가 뭘 하는 건지를 알아채고 짜증 가득한 눈으로 나와 필로를 노려보고 있다.

나는 지원 마법인 쯔바이트 아우라를 계속 영창하는 중이다.

어쩐지 마법을 영창할 때의 과정이 가벼워진 것 같은 느낌이다.

게임으로 따지면 어떤 원리에 해당하는 건지는 모르겠지만, 뭔가 목의 컨디션이 좋을 때처럼 물 흐르듯 마법을 발동할 수 있었다.

"크아아아아아아아아아아!"

접근해 온 개조 호문쿨루스를 라프타리아가 베어내고, 키즈나와 글래스에게 빈틈이 생기면 요모기가 응전해서 빈틈을 메운다.

연계라는 건 이렇게 해서 성립하는 것이다.

"칫, 패거리를 짓지 않으면 아무것도 못 하는 주제에."

"패거리를 못 만드는 외톨이가 인형 놀이로 우리에게 싸움을 걸고 있는 것처럼 들리는군."

"약해 빠진 놈이 허세는."

"사돈 남 말 하고 있네. 억울하면 동료 여자라도 데려오시지."

완전히 어린애 싸움이군.

하지만 싸움이라는 건 원래 이렇게 되기 십상인 법.

목숨이 오가는 전투이니 어린애 싸움의 수준은 넘어선 셈이지만.

"자신의 본성을 들켜서 요모기처럼 자기한테 등을 돌릴까 봐 무서워서 못 데려온 거지?"

"시끄러워!"

뭐, 쿄의 여자들이 이 자리에 있으면 우리도 곤란할 거다.

그들은 요모기의 동료들이고, 키즈나 패거리는 최대한 희생자를 내지 않을 방침인 것이다.

그런 배려를 하며 싸우다가는, 그사이에 쿄가 도망치거나 연계공격을 하거나 해서, 우리가 대처할 수 있는 한계를 넘게 될지도 모른다.

뭐, 여자들이 우리에게 설득당해서 역으로 궁지에 내몰릴지도 모른다는 생각 때문에 안 데려온 것일 수도 있지만.

요모기의 실력으로 미루어 짐작해 보면, 그자들은 전력 외로 분류한 건가?

그 무기를 사용하면 다소나마 위협이 될 수도 있을 것 같긴 한데 말이지.

아니면 의외로 여자들을 다치게 할 수는 없다느니 하는, 모토야스 같은 페미니스트인지도 모르겠군.

다른 남자 것이었던 여자를 중고품 취급한다는 건, 자기 여자는 소중히 여긴다는 뜻이 될 수도 있을 테니까.

“자, 그럼 이제 영귀의 핵이 있던 방에서 싸웠을 때 썼던 공격을 여기서도 한 번 해 보자. 지금까지 습득한 것들도 이것저것 있으니까 응용도 가능할 테고. 어디 한번 잘 견뎌 보라고.”

“내가 고분고분 당할 리가 없잖아, 멍청아! 네놈들은 나한테 밀려서 궁지에 몰렸었던 걸 까맣게 잊고 있는 거냐!”

쿄는 책을 들고 마법을 영창하기 시작한다.

그러자 주위의 공중에 마법진이 나타났다.

묵직하게 짓누르는 것 같은 중압이 우리에게 덮쳐든다.

이건 영귀 안에서 싸웠을 때와 같은 방해 공격이다.

“네놈들이 가진 기술 중에 이것보다 강한 건 손에 꼽을 정도밖에 없잖아?”

하긴……. 솔직히 말해서, 이 세계에 온 후로 약간 약체화된 나로서는 견디는 것도 버거운 공격이다.

마룡 방패로는…… 솔직히 버텨낼 수 없다.

“또 이 공격인가요……. 그때는 세계를 건너간 탓에 제대로 싸울 수 없었지만, 여기는 저희의 실력을 제대로 발휘할 수 없는 영역이고, 세계라구요?”

“조금 묵직하긴 하지만, 못 움직일 정도는 아냐. 우리를 너무 얕본 거 아냐?”

글래스와 키즈나가 다가가서 공격한다.

물론, 키즈나의 공격은 지원공격 수준이지만.

방해하는 호문쿨루스에게 의이배침을 던지고, 글래스가 스킬로 일도양단했다.

오오, 확실히 그때와는 상황이 꽤 다르잖아.

지난번 싸움 때는 이세계로 건너오는 바람에 글래스 패거리가 약화돼 있었던 게 틀림없다.

그런 상황에서 유리하게 몰아붙였다고 해서 지금도 유리할 거라고 생각한다면 확실히 오산이다.

"——그것도 다 감안하고 있다 이거야."

뻥 치시네! 방금 그 놀란 표정을 내가 못 봤을 줄 알고?

주위의 마법진이 한층 더 빛난다.

응? 상당한 고출력이라는 게 느껴지는데.

뭐랄까……. 주위에 영귀의 에너지가 충만해 있다는 것이 전해져 왔다.

"으윽……."

유성방패는 사용하는 즉시 파괴돼서 파편이 쿄를 향해 날아갔지만, 쿄에게까지 도달하지 못하고 바닥에 떨어진다.

엄청난 중력장이잖아. 자칫 잘못하면 압살당하겠는데.

글래스와 키즈나도 버티지 못하고 무릎을 꿇고 있다.

"야아~, 역시 이 세계의 성무기와 권속기, 깜박 잊고 있었지 뭐야. 너희, 약한 건 지난번과 딱히 달라진 게 없어서 말야!"

이 자리에 있는 대부분의 아군들이 중력에 짓눌리지 않기 위해서 양손을 땅바닥에 짚고, 일어서려고 발버둥 치는 게 고작이다.

"으에~엑……."

필로조차도 내 어깨에서 떨어져서, 일어서려고 애쓰는 게 고작일 정도의 중력.

호문쿨루스 녀석들은 멀쩡하게 움직이고 있다. 중압을 걸 수 있는 대상을 지정할 수 있다는 점이 성가시기 짝이 없다.

"큭……. 무거워……."

쿄는 키즈나와 글래스 쪽에 의식을 집중하고 있다.

"의외로 맥없이 끝나 버릴 것 같은데. 이런 제일 약한 공격에 끝장나다니, 도대체 얼마나 약해 빠진 건지 짐작도 안 간다니까."

뭘 사용해야 할지는 모르겠지만, 마법을 사용한다면 지금이 기회다.

그리고 나는 스킬 정도는 마법 영창 중간에도 쓸 수 있다.

"에어스트, 실드! 세컨드 실드! 드리, 트, 실드!"

쓰레기 2호, 알버트, 호문쿨루스들의 맹공으로부터 받는 대미지를 조금이라도 줄여 주기 위해 방패를 출현시킨다.

물론, 이 공격성을 가진 중력 때문에 당장에라도 파괴당할 것 같지만, 유성방패보다는 방어력이 강한 만큼, 아직 깨지지 않고 버티고 있다.

"쓸데없는 발악을 하다니……."

“과연 그럴까? 체인지 실드!”

이미 방패가 공격당하고 있는 상황, 이제 해야 할 일은 하나다.

내가 변화시킨 방패는, 현재 장비하고 있는 방패이기도 한 마룡 방패.

전용효과 중에 C폭탄이라는 것이 있다.

C는 카운터의 약자로, 공격을 받았을 때 상대를 향해 마법 포탄을 발사하는 기능이다.

변화한 방패는 적의 공격 의사를 포착하고…… 주위를 향해서 마탄을 발사했다.

“?!”

물론, 마법 포탄에 중력 따위는 작용하지 않는다.

공격 의지를 가진 적을 향해 사방팔방으로……. 마탄은 온 방에 있는 마법진을 향해 날아갔다.

마법진이 지워지고 중력의 속박도 약해진다. 우리는 그 틈에 일어서서 태세를 재정비한다.

“호오……. 이런 난점이 있었군. 좋은 공부가 됐어. 앞으로는 충분히 주의를 기울이도록 하지.”

“너무 얕잡아 보지 않는 게 좋을걸. 체인 실드!”

세 개의 방패가 사슬로 이어지고, 빙글빙글 방 안을 선회한다.

그 안에 붙잡힌 호문쿨루스들과 쓰레기 2호가 속박된다.

"지금이다! 타이밍을 맞춰서 쏴!"
"네!"
라프타리아가 충전이 완료된 도를 칼집에서 뽑아서 하이퀵 상태로 스킬을 내쏜다.
"의이배침!"
키즈나가 그 호기를 놓치지 않고, 바로 다음 공격의 위력을 두 배로 만들어 주는 의이배침을 꽂아 넣는다.
"꼬마가 만든 기회다. 해치우자, 테리스!"
"네!"
라르크의 낫에 다시 벼락이 떨어진다.
"합성기! 뇌전대차륜!"
추가타를 날리기 위해 라르크가 테리스와 협력해서 합성스킬을 내쏘았다.
날아가는 수레바퀴를 라프타리아가 재빨리 쫓아가서, 명중하기 직전에 스킬명을 외친다.
"순도(瞬刀) · 하일문자(霞一文字)!"
쓰레기 2호를 일도양단했던, 라프타리아의 스킬 중 가장 위력이 높은 스킬이다.
라르크의 뇌전대차륜까지 도에 깃든 필살의…… 합성스킬이군.
"크아아아아아아아아아아——!"
후문쿨루스들과 쓰레기 2호가 단숨에 절단되고, 뇌전에

의해 감전된다.

단지 베기만 했다면 재생할 가능성이 있었겠지만, 이런 공격까지는 버텨내지 못하리라.

"아직 끝난 게 아니에요! 홍옥염(紅玉炎)!"

숨통을 끊겠다는 듯이, 테리스는 내가 준 액세서리로부터 마법을 내쏘아 시체를 소각한다.

"나오후미, 모두를 보호해 주세요!"

"좋아! 유성방패!"

내가 유성방패를 전개하는 동시에, 글래스가 부채를 들고 춤추기 시작한다.

키즈나와 손을 잡고 있잖아. 같이 춤추는 모양이다.

"윤무 제0형식 · 역식 설월화!"

바람과 함께 벚꽃잎이 흩날리고, 테리스가 내쏜 화염 마법이 미처 불태우지 못한 호문쿨루스들의 시체를 다시 한 번 썰어 버린다.

설월화는 범위 공격이다. 손을 잡고 있으면 아군에게 피해를 주지 않을 수 있는 걸까?

이만한 공격을 받으니 상대는 흔적도 없이 제거되어 버렸다.

"——헛, 생각보다는 제법 좀 하는데?"

잠깐 말문이 막혔었던 주제에 허세 부리기는.

이제 남은 건 쿄를 보호하는 영귀의 사역마(친위형)과, 알버트라는 거울의 권속기 소지자뿐인가.

알버트 쪽은 글래스가 견제하고 있는 덕분에 그럭저럭 대응할 수 있을 것 같군.

키즈나는 원래 대인공격이 불가능해서 지원에만 전념하고 있으니, 나머지 멤버들로 상대하는 수밖에 없겠군.

“네 실험체인 호문쿨루스 부대는 아무래도 소멸한 모양인데? 이제 어쩔 거지?”

“앙?! 실험체? 이건 내가 만든 게 아냐. 뭐, 내가 개조했다는 건 사실이지만 말이지. 녀석들을 만든 건, 방금 네놈들이 베어 버린 녀석이라고.”

아아, 역시 빈틈을 찔러서 가로챈 건가.

“그리고 이 녀석도 연구했었던 모양이더군. 하지만 내가 만든 게 워낙 끝내주는 거라서 말이지.”

“아, 그러셔.”

보고 싶은 생각 따위는 티끌만큼도 없는데.

그나저나…… 셋이서 동시에 호문쿨루스 연구라.

도대체 왜 하나같이 그딴 짓을 하는 건지, 원.

“뭐, 내 중력장을 파괴했다고 해서 득의양양해하고 있는 것 같은데, 물러도 너무 물러터진 생각이라 이거야!”

“쿄! 이제 그만 단념해!”

요모기가 쿄에게 도를 겨누고 선언한다.

“시끄러! 너는 그냥 닥치고 뒈져 버리기나 해! 조금만 더 있으면 연구도 완성된다고. 그리고 네놈들은 그 연구에 거치적거린단 말이다."

교는 책을 들어 올리고 앞으로 나선다.

영귀의 에너지를 손에 넣은 쿄를 상대로 싸워서 우리가 이길 수 있을 것인가…….

우리는 그때보다 약해졌지만, 그에 반비례해서 글래스 패거리는 그때보다 강력해졌다.

못 이길 리가 없다.

"단숨에 끝장내 주지. 내 스킬을 받아내 보시지!"

쿄가 가진 책에서 책장들이 팔랑팔랑 튀어나와서, 주위에 흩날리며 에너지로 변해 간다.

"네놈들, 동료의 협력 없이는 합성기도 못 쓰지? 꼴사나운 놈들."

아무래도 무슨 얘길 하든 제 자랑밖에 못 하는 모양이군, 이 녀석은.

제발 그딴 건 이제 그만 듣고 싶다.

쓰레기 2호도 자기 기술을 자랑했었지만, 이제 진저리가 난다고.

"좋아, 그럼 한번 가 보실까!"

쿄가…… 키즈나를 삿대질한다.

"화식(火式) · 마력 폭발!"

그렇게 말한 순간, 키즈나가 재빨리 방어 태세를 취했다.

직후, 그 행동이 정답이었다는 걸 이해할 수 있었다.

키즈나를 중심으로 불꽃이…… 키즈나 내부로부터 뿜어져 나온 것이다.

“끄아아아아아아아…… 크윽…… 마, 마력이?!”

키즈나는 무릎을 꿇고 양손을 쳐다보며 말했다.

그대로 쓰러지려는 것을 글래스가 부축해서 일으킨다.

“게다가 혼력(魂力)까지 빨려나갔어?!”

“하하하! 첫 타자로 성무기 용사님에게 쏴 봤는데, 제대로 먹힌 모양이군.”

내가 키즈나에게 회복마법을 걸어주려 한 순간, 쿄가 나를 삿대질한다.

“이런, 이런, 회복시키려고 해 봤자 헛수고라고. 부식(腐式) · 마력 폭발.”

“커헉…… 큭…….”

나를 중심으로 탁한 마력의 바람이 일어나고, 마력을 몽땅 빼앗겨 버렸다.

응……? 하지만 그 이상은 아무 일도 일어나지 않는다.

“칫, 공격마법 적성이 전혀 없는 타입이잖아. 뭐 이따위 성가신 놈이 다 있어?”

“호오…….”

나는 방패에서 마력수를 꺼내서 입에 머금고, 키즈나에게 쯔바이트 힐을 걸어서 부상을 치료해 준다.

키즈나 쪽도 내가 사전에 건네준 마력수를 복용해서 마력 회복을 도모한다.

"알 것 같군. 상대의 마력에 간섭해서 강제로 마법을 쓰게 하고, 폭주시켜서 대미지를 가하는 공격인 모양이지?"

성가신 공격이군. 마력이 높은 녀석일수록 더 큰 대미지를 받게 되는 거잖아.

문제점은 공격마법의 자질이 없는 녀석에게는 효과가 없다는 점이다.

나는 원래 마법도 회복과 지원마법밖에 못 쓴다.

그렇기에 나 자신에게는 대미지가 전혀 들어오지 않은 것이다.

"그럴 것 같지? 하지만 그게 전부가 아니라고. 자, 바보처럼 혼유약을 마신 스피릿이 어떤 꼴을 당하는지 구경이나 해 보시지!"

"글래스!"

키즈나가 글래스를 보호하듯 앞을 막아선다.

"키즈나! 꺄아아아아아아!"

키즈나의 온몸이 갈기갈기 베이고, 몸이 홱 젖혀진다.

그럼에도 완전히 보호하지는 못했는지, 글래스에게도 대미지가 들어가고 만 모양이다.

범위 효과까지 있는 거냐.

다행히 글래스는 치명상까지는 입지 않은 것 같지만……

이런 성가신 공격을 하다니.

쿨타임도 짧아서 연발이 가능하기에, 우리에게 큰 대미지를 입히고 있다.

어떤 의미에서는, 방어 비례 공격의 별종 같은 공격이다.

"그냥 맥없이 당할 수는 없지! 간다, 꼬마!"

"기다려, 라르크! 마력과 SP를 역이용한 걸 보면, 이 녀석은 그것들 말고도——."

쿄는 소리 높여 웃으며, 자신을 향해 달려드는 라르크를 손짓한다.

"역식폭발(力式爆發)!"

라르크를 중심으로, 마법으로 만들어진 빛의 칼날이 쉴 새 없이 선회한다.

그 칼날에 베인 라르크의 온몸에서 피가 뿜어져 나왔다.

"끄아아아아아아아아아아아아아!"

"라, 라르크!"

"어림없어! 내가 이 정도도 못 버텨낼 줄 알고? 으랏차아!"

라르크의 낫이, 쿄에게 닿는다!

하지만, 분명히 쿄에게 적중한 줄 알았던 낫의 날은, 모기의 입만큼도 박히지 않는다.

"참 잘했어요. 하지만 안 통한다고!"

종잇장이 라르크를 날려 버리고, 테리스가 가까스로 라르크를 받아낸다.

"이것 참, 영귀의 힘이라는 건 새로운 기술을 쓸 때도 이용할 수 있어서 참 편리하다니까. 네놈들은 네놈들 자신의 힘 때문에 당하는 거라고."

"큭……."

그냥 가리키기만 해도 효과가 작동하는 스킬인 것이다.

사용자의 소모가 어느 정도인지는 모르지만, 연사를 당한 입장에서는 못 해 먹을 노릇이다.

쿄를 해치우는 데 필요한 능력이, 도리어 우리에게 대미지를 주고 있다.

불행 중 다행인 건, 아무리 능력이 강하더라도 치명상을 입는 일은 없는…… 것 같다는 점이다.

위력 계산은 공격력과는 별개로 이루어지는 거라고 추측할 수 있다.

이 공격으로 즉사하는 건, 방어력을 소홀히 여긴, 공격에만 특화된 녀석이리라.

우리 중에 그런 극단적인 녀석은 없다.

극단적이라 할 수 있는 건, 기껏해야 나 하나 정도다.

다만, 이 공격을 받은 직후부터 한동안, 역이용당한 공격에 해당하는 부분이 무력화된다.

대미지+무력화라니, 성가시군.

내 경우는 이 공격 중에 방어를 했다가는 방어력이 종잇장이나 다름없이 곤두박질치겠군.

"그럼 어디, 실험은 이쯤 해 두기로 하고."

쿄가 가진 책의 책장들이 구깃구깃 뭉쳐져서 우리를 지명한다.

설마 다수의 공격을 동시에 내쏘는 건…….

"받아라!"

퍽 하고 복부에 충격이 몰아친다.

마치 뭔가가 내장을 헤집어 놓는 것 같은 고통이었다.

나도 모르게 신음이 새어 나올 것만 같다.

무너지려는 몸으로 가까스로 버텨 서서, 자신의 스테이터스를 확인한다.

그렇다……. 안 그래도 큰 대미지를 받은 상태건만, 방어력마저 저하되어 있다.

유성방패를 전개한 덕분에 대미지를 어느 정도 흡수해 낸 것이 불행 중 다행이었다.

대미지를 완화시키지 못했더라면 죽었을지도 모른다.

……아니, 내 방어력을 고려하면, 대미지를 완화시켰다 해도 죽는 게 정상이다.

그런데도 살아남았다는 건, 계산상의 공격 대미지에는 들어가지 않는, 내 능력 이외의 요소 덕분에 버텨낼 수 있었다는 것……인가?

이를테면 지원마법에 의한 능력부여나 장비품의 효과 같

은 것 말이다.

우리가 사용하는 공격이 아니라서 조건을 파악하기가 힘들군.

본래 목적은 약체화이고, 공격은 부산물 같은 건지도 모르겠다.

"아야, 아야!"

필로와 라프타리아도 대미지가 컸고, 필로는 아예 땅바닥에서 나뒹굴고 있다.

다행히, 라프짱은 내가 지켜 준 덕분에 무사한 것 같았지만.

이 자리에서 멀쩡하게 서 있는 자는…… 하나 있었다.

그렇다. 스테이터스적인 요소가 워낙 보잘것없기에, 쿄의 이번 공격에는 모기에 물린 만큼의 대미지도 받지 않은 존재.

상대의 능력이 높으면 높을수록 강력한 대미지가 들어가지만, 치명상까지는 입히지 못한다는 단점도 갖고 있는 이 공격의 가장 큰 약점.

그것은 능력치는 낮으면서도, 모종의 요소를 통해, 스테이터스에는 드러나지 않는 능력 향상을 이루어낸 존재.

"리……시아……."

아마도, 리시아는 이 공격을 받아도 아무런 대미지를 입지 않을 것이다.

이걸로 미루어 보아, 본인의 능력만을 기초로 위력이 결정되는 공격임을 추측할 수 있다.

지원마법이나 특수한 힘에 의한 능력치의 증감은 반영되지 않는 것이다.

만능처럼 보이는 공격이지만, 빈틈이 없는 건 아니다.

무기는…… 아직 미지수군. 라르크나 글래스가 쓰는 방어 비례나 방어 무시 공격과는 성질이 다르다. 글래스의 경우는 증가한 에너지에 의해 스테이터스가 상승한다. 그렇기에 글래스가 이 공격을 받으면 치명적인 피해를 입을 수 있다. 키즈나가 앞으로 나서서 막아 주길 잘했군.

그 리시아는 나나 라프타리아, 필로의 안부를 걱정하면서, 우리를 보호하듯 앞으로 나서서 쿄를 쏘아본다.

"이 자식…… 어떻게 그렇게 멀쩡하게 서 있는 거냐."

"당신의 공격 같은 건 맞아도 하나도 안 아파요."

"그렇다면 네놈은 잔챙이라는 뜻이라고. 웃기는 놈 같으니."

깔깔대며 웃어대는 쿄와, 숨통을 끊어 놓겠다는 듯 거울을 번뜩이는 알버트.

이 상황을 해결할 수 있는 건 오직 리시아뿐……이라고 할 수 있을까?

"상대방의 움직임을 막고 그렇게 야금야금 괴롭히는 게 그렇게도 즐거운가요?"

리시아는 태연하게 서서 쿄를 쏘아본다.

마치 중력을 느끼지 않는 것처럼, 리시아가 쿄를 향해 소태도를 겨누고 말했다.

"상대를 최대한 약화시킨 후에 숨통을 끊어 버리는 건 싸움의 철칙이잖아? 넌 그것도 모르냐?"

"그건 싸움이라고 할 수 없어요. 약자를 유린한다고 하는 거예요."

"헛, 재수 없는 자식. 이제 좀 뒈져!"

쿄는 자신이 가진 책의 책장을 불새 모양으로 만든다.

"손쉽게 상대의 목숨을 빼앗을 수 있을 거라는 생각은 접어 두는 게 좋을 거예요."

리시아는 닌자 뺨치는 움직임으로 소태도를 휘둘러, 날아오는 불새를 찢어발긴다.

단지 그것뿐이었건만, 불새는 맥없이 사라져 버렸다.

"넌 도대체 뭐 하는 놈인데? 저번부터 계속 훼방만 놓아대고!"

그렇다……. 리시아는 마치 이 순간을 위해 존재하는 것 같은 상황이다.

평소에는 기껏해야 보좌 정도의 역할에만 머물던 리시아가, 지금은 가장 잘 싸우고 있다.

"지긋지긋해! 짜증 나는 년 같으니! 요모기보다 더 지독한 년. 자기가 무슨 정의의 사도라도 되는 줄 알아?!"

쿄는 철없는 어린애처럼 소리친다.

알 게 뭐야! 작작 좀 하라고!

나도 몸을 일으켜서, 회복마법을 영창한다.

"저는 아직 미숙해요. 동료들의 짐이 되기만 할 뿐……. 하지만……."

리시아는 소태도에 손을 대고……. 저 자세는, 에클레르가 기술을 쓸 때 취하는 자세와 완전히 판박이다.

전수 받은 것……은 아닌 모양이군. 에클레르를 흉내 내서, 자신이 쓸 수 있는 가장 강력한 공격을 하려는 것이다.

"운명이라는 게 존재한다면, 제가 여기 있는 건 당신의 길을 가로막기 위해서예요!"

리시아는 내달리며 쿄를 향해 날카롭게 소태도를 내지른다.

나는 거의 척수반사에 가깝게 어떤 스킬을 사용해서 리시아를 지원한다.

그건 키즈나도 마찬가지여서, 나와 키즈나는 거의 동시에 스킬을 사용했다.

"어택 서포트!"

"의이배침!"

두 개의 스킬이 쿄를 향해 날아갔다.

그 스킬들은 리시아가 내지른 소태도가 명중하기 전에 도달하리라. 대미지를 두 배로 만들어 주는 키즈나의 스킬보다 내 스킬이 먼저 명중했으면 좋겠다. 안 그러면 리시아의 공격을 방해만 하는 꼴이 된다.

"큭……."

쿄가 재빨리 거울의 권속기 소지자인 알버트를 잡아당겨

서 자신과 리시아 사이에 집어넣는다.

퍽 하고 나의 어택 서포트가 명중하고, 뒤이어 의이배침이 적중.

그리고, 미처 멈추지 못한 리시아의 소태도가 알버트의 거울에 명중한다.

충격파가 울려 퍼진다.

권속기는 성무기와 마찬가지로 파괴가 불가능하다.

최악의 경우라도, 방패로서 활용한다면 상대방의 공격을 억누르는 효과는 있을 것이다.

하지만 공격의 위력이 너무 높으면 무기는 멀쩡해도 관통해서 육체에 대미지가 들어간다.

혼유약을 복용한 글래스의 필살 스킬, 달 쪼개기를 내가 버텼을 때처럼——.

"어, 어 · 어 · 어어어어억——."

리시아의 소태도가 거울에 맞고 튕겨나가서 알버트의 몸통을 날려 버렸다.

"아……."

완전히 얼굴에서 핏기가 가신 리시아가 가까스로 이성을 유지한 채 몇 발짝 뒤로 물러선다.

선혈이 용솟음쳐서, 리시아와 쿄 양쪽 모두에게 피가 튄다.

알버트는 완전히 흰자위를 까뒤집은 채 뒤로 나자빠졌다.

알버트의 시체에서 둥근 빛이 둥실 떠올라서, 휘청휘청

방 안을 선회한다. 그리고 뭔가가 떨어져 나간 것처럼 보인 후, 벽을 관통하고 날아가 버렸다.

저건…… 거울의 권속기일까……?

소지자의 사망을 확인하고 날아간 것……이라고 생각하고 싶다.

"말도 안 돼! 권속기 소지자가 이딴 녀석의 공격에 죽었다고?!"

쿄는 당황한 채 리시아를 노려보았다가, 나와 키즈나를 응시한다.

아마도, 내가 재빨리 내쏜 어택 서포트는…….

"보아하니 나오후미도 의이배침과 같은 스킬을 쓸 수 있는 모양이네."

"그런 것 같아. 게다가 효과가 중첩되기까지 한다니, 꽤 우수한 성능이군."

그렇다. 내가 내쏜 어택 서포트는 키즈나가 즐겨 쓰는 의이배침과 마찬가지로, 1회에 한해 위력을 2배로 만들어 주는 효과를 갖고 있는 모양이다.

게다가 효과가 중첩되기까지 한다면, 더더욱 우수하다고 할 수 있으리라.

그렇게 되면 두 배에 두 배를 곱해 네 배가 되는 셈이다.

그 정도면, 각성 부스트 상태인 리시아라면 찌르기만 해도 바람구멍을 낼 수 있지 않겠는가.

"리시아, 영귀의 사역마(친위형)들이 집적거리지만, 표적을 쿄로 압축해."

쿨타임이 풀리기를 기다려서, 나와 키즈나가 공격력 2배 증가 스킬을 쓸 자세를 취한다.

쿄는 도무지 믿지 못하겠다는 듯 말문이 막혀 있다가, 이윽고 울분에 차서 입술을 깨물고 충혈 된 눈으로 우리를 노려보았다.

완전히 격노한 눈매군.

크하, 네놈의 그 눈매가 보고 싶어서 미치는 줄 알았다니까! 이렇게 말해 줘야 하려나?

"웃기지 마! 아직 안 끝났어. 아직, 아직 나한테는 패가 남아 있어!"

쿄는 휙 하고 온 방 안에 책장을 날리면서 마법진을 다시 가동시켰고, 우리는 초중력에 노출됐다.

하지만 쿄도 숨결이 거칠어져 있다. 역시 무리하고 있는 모양이다.

지금은 일단 버텨 봐야 할 때군.

그때 나는, 주위에서 영귀의 에너지가 뿜어져 나오고 있는 걸 느꼈다.

뿜어져 나온 에너지가 방패에 모이고…… 시야에 방패 아이콘이 생겨난다.

"애석하지만, 그것도 뜻대로는 안 될 것 같은데."

나는 쿄에게 그렇게 말하고, 방패에 손을 얹고, 변화시킬 방패를 마음속에 떠올린다.

원래는 필요조건을 충족시키지 못한 상태였지만, 이런 적절한 타이밍에 사용이 가능하게 되다니, 완전히 노린 거라는 생각밖에 들지 않는다.

쿄의 시선이 내 방패에 쏟아진다.

그렇다. 예전에 싸웠을 때 녀석이 궁지로 내몰린 원인이 된 방패가 눈앞에 있으니까!

영귀의 마음 방패.

네놈이 조종하고 짓밟고 힘을 빼앗았던 영귀…… 오스트가 나에게 전수해 준 방패다.

어디 다시 한 번 확인해 보자고. 실력의 차이라는 걸 말이지!

영귀의 마음 방패(각성) 80/80 AT

능력 해방 완료……장비 보너스, 「용맥법(龍脈法)의 가호」

전용효과 『그래비티 필드』『C소울 리커버리』『C매직 스내치』『C그래비티 샷』「생명력 향상」「마법 방어(대)」「전기 내성」「SP 드레인 무효」「마법보조」「스펠 서포트」

특수 전용효과 「에너지 블러스트 20%」

숙련도 100

슥 하고, 아까부터 거슬리던 것이 빠져나간다.

"보아하니 쿄의 특정 스테이터스 무력화 스킬은 무기를 변화시키면 해제할 수 있는 모양이야."

"그랬구나, 그거 좋은 정보를 들었는데."

이건 새로운 발견이군. 키즈나가 고개를 끄덕이고 무기를 일시적으로 변화시킨다.

회복마법으로 대미지만 어떻게든 해결하면, 최악의 사태는 모면할 수 있다.

하지만 지금은 그게 중요한 게 아니다.

에너지 블러스트는…… 쓰기 힘들 것 같다. 20% 상태라니, 꽤 낮은 수치인데.

어떤 조건에서 충전되는 건지는 모르지만, 20%라면 만약에 쏜다고 해도 위력이 뻔하다.

하지만 그건 아무래도 좋다.

전용효과 중에 그래비티 필드라는 게 마음에 걸린다.

그걸 의식하자 내 시야에 중력이라는 항목이 나타났다.

현재의 중력은 상당히 무거운 수준이다.

시선을 이용해서 중력을 가볍게 만든다. 그러자 조금 전까지 제대로 움직이지 못했던 자들이 일어섰다.

"몸이 가벼워졌잖아?!"

"뭐야? 꼬마, 뭘 어떻게 한 거야?"

"아아, 보아하니 이 방패를 쓰면 중력을 조작할 수 있는 모양이야.”

“호……. 편리한 기능도 다 있네.”

그러게 말이다. 이러면 쿄가 사용하는 공격들 중에 영귀에게서 유래한 것들은 모조리 무력화시킬 수 있다.

“잘 봤지? 어디 한 번 열심히 중력장을 생성해 보라고.”

“이게 나를 뭐로 보고!”

내가 말하는 동시에 쿄가 분노를 터뜨렸다.

“잔챙이 주제에 몇 번씩이나 내 앞을 가로막지 마!”

“자기 마음대로 안 된다고 화를 내는 꼬맹이처럼 설치지 마.”

남을 자기 손바닥 위에서 가지고 놀면서, 자기 뜻대로 풀리지 않으면 화를 낸다.

완전히 꼬맹이의 행동 그 자체다. 이 녀석, 대체 몇 살이야?

쿄는 다시 우리를 향해 능력 비례 스킬을 쏘려 했지만, 발동하는 순간에 움직이기만 하면 끄떡도 없다.

에어스트 실드를 눈앞에 전개해서 무효화……. 가능한 것 같군.

쿄의 소중한 수하들도 이제 꽤 줄어든 것 같으니, 이쯤 되면 우리가 패배할 요소는 한없이 줄어든 셈이다.

좋아……. 제왕의 풍격이라고까지 할 건 아니지만, 조금 여유를 부려서 도발해 봐야겠다.

"그럼……. 이제 우리가 어떤 수를 써서 죗값을 치르게 해 줄지를 제대로 가르쳐주지."

나는 어택 서포트로 출현시킨 가시를 들고 쿄에게 겨눈다.

"나와 키즈나가 공격력 2배 증폭 스킬을 너한테 쓸 거다. 두 개가 명중한 걸 확인하기만 하면 그다음은 간단하다. 여기 있는 사람들 중 누구든 좋으니, 가장 강력한 공격을 네놈에게 꽂아 넣으면…… 펑! 하고 끝나는 거지. 글래스나 라르크의 비례 공격을 명중시키는 게 제일 이상적이겠군. 네놈이 썼던 것처럼."

아무리 마법을 이용해서 치료한다고 해도, 몸통을 절단하는 정도의 위력만 있으면 죽일 수 있을 것이다.

"우연이라고는 하지만, 이렇게까지 위력 향상을 도모할 수 있는 묘수는 없단 말이지."

"크윽…… 이 자식이!"

"쿄! 지금이라도 항복하면——."

요모기인가. 보나 마나 뭔가 뜨뜻미지근한 소리를 하려는 거겠지.

항복하면 목숨만은 살려주겠다거나 하는 식으로. 충분히 있을 수 있는 얘기다.

그딴 소리를 한다면 키즈나에게 명령해서 이 녀석을 전선 밖으로 쫓아내야겠다.

"편하게 죽게 해 줄게."

나는 자칫 그 자리에서 고꾸라질 뻔했다.

맺고 끊는 게 시원시원하다고 할까. 멧돼지 같은 성격이군.

글래스나 츠구미와 겹치는 성격이라고 생각했는데, 차이점은 충분히 있는 모양이다.

그나저나, 쿄의 필살기인 능력 비례 공격은 각성 상태인 리시아가 차단하는 바람에 뜻대로 되지 않는 상태군.

쿄는 책의 책장을 날려 대지만, 리시아는 뒤에도 눈이 달린 것처럼 모조리 격추하고 있다.

완전히 쿄에 특화된 능력이군.

운명 같은 게 정말 존재하는 거라고 생각할 수밖에 없을 만큼, 지나치게 완벽한 조합이다.

"빨빨거리고 무지하게 나대네. 날파리 같은 자식이!"

"그 날파리에게 맥없이 당하고 있는 주제에 입만 살았군."

내 말에 쿄가 발을 동동 구른다.

"망할 놈들! 뒈져! 나한테 거역하지 말란 말이다!"

영귀의 힘으로 강력해졌을 거라고 생각했는데, 그때 손에 넣었던 힘은 일시적인 거였나?

다만, 쿄에게는 아직 여력이 남아 있는 것처럼 느껴진다.

"아직 안 끝났어!"

직후, 쿄는 허리춤에서 수상한 분위기를 풍기는…… 책갈피를 끄집어낸다.

그걸 손에 집은 순간, 여유 만만한 웃음을 머금고 있다.

“이 자식들, 액세서리로 좀 강해졌다고 기고만장하게 굴지 말라고. 강해진다는 건 말이다! 이런 걸 두고 하는 말이라 이거야!”

책의 권속기에 책갈피를 끼운다.

그러자, 아까보다 한층 더 강한 무게감이 우리를 엄습했다.

크윽…… 영귀의 마음 방패로 어떻게든 중력 조작을…….

“어림없다!”

책의 책장이 팔랑팔랑 내 방패에 달라붙는다.

그랬을 뿐인데, 내 시야에 나타나 있는 중력조작 항목에 X 마크가 생겨난다.

잠겨 버렸어?!

게다가 영귀의 마음 방패에서 조금씩 에너지가 빨려나가는 게 느껴지기까지 한다.

제기랄……. 이러면 다른 방패로 바꿀 수밖에 없게 되잖아.

“이거나 먹어라!”

“후에! 아직 안 끝났어요!”

이 중력 속에서는 제아무리 리시아라도 움직임이 둔해져

서, 쿄가 공격을 회피하며 날린 책장을 얻어맞고 나가떨어진다.

“젠장, 또 얍삽한 비장의 카드를 갖고 있었던 거냐.”

이 녀석은 괴상한 예방책을 얼마나 갖고 있는 건지, 원.

“자, 자! 나한테 공격력 2배 증폭 스킬을 맞히는 거 아니었어? 난 여기 있다고.”

어택 서포트를 날리고 싶은 마음은 굴뚝같지만, 손을 들 수가 없다.

“뭐, 이 세계의 성무기 용사님과 권속기 소지자는 훼방꾼밖에 안 되는군. 괜히 얽혔더니 생각보다 저항이 심해서 귀찮아 죽겠다니까.”

여유 넘치는 웃음을 지으며, 쿄는 다시 안주머니에서 책갈피를 꺼내서 책에 끼웠다.

“내가 이럴 줄 알고, 네놈들 나라 용각의 모래시계에다 장치를 해 뒀다 이 말씀이지.”

“무, 무슨 짓을 하려는 거냐?!”

설마 용각의 모래시계에 이미 뭔가를 심어 뒀다는 건가?

그럴 여유는 없었을 텐데.

“그래. 귀로의 용맥 방벽 파괴는 실패한 것 같지만, 이쪽은 건물 밖에서도 효과를 발휘하거든. 내가 무슨 수로 그쪽 상황을 지켜봤을 것 같아?”

모래시계를 경유해서 보고 있었다는 건가?

이 녀석은 도대체 얼마나 되는 기술들을 숨기고 있는 거냐.

"이걸 사용하면, 네놈들도 조금이나마 강해진다는 게 문제지만, 이렇게 안 하면 네놈한테서 힘을 빼앗을 수 없을 것 같으니까 할 수 없지!"

무슨 소릴 지껄이는 거야? 뭔가 꿍꿍이가 있는 건가?

쿄의 후방에서, 액체로 가득 찬 탱크가 떠오른다.

뭐야, 저건?

쿄는 중얼중얼 뭔가…… 스킬 영창을 시작한다.

뭘까. 엄청나게 불길한 분위기가 감돈다.

영창 자체는 비교적 짤막했다.

쿄가 탱크를 어루만지자, 내부에 있는 액체가 마치 그에게 빨려 들어가는 것처럼 줄어들었다.

마력수? 아니면…… 혼유약인가?

발동시키려면 상당한 역량을 소모해야 하는 걸까?

『다른 세계, 다른 이치, 다른 방벽을 깨부수고, 그 현상을 일으켜라!』

"재앙의 파도 · 디멘션 웨이브!"

쩌적!

쿄가 영창하는 동시에, 듣고 싶지 않았던 기분 나쁜 소리가 울려 퍼진다.

"뭐야, 파도를 일으키는 스킬?! 대체 무슨 짓을——."

"이럴 수가——."

"말도 안 돼! 대체 무슨 생각으로——."

"쿄! 너 이 자식, 파도를——."

경악에 찬 말들을 채 마치기도 전에, 키즈나 패거리의 모습이 눈앞에서 홀연 사라져 버렸다.

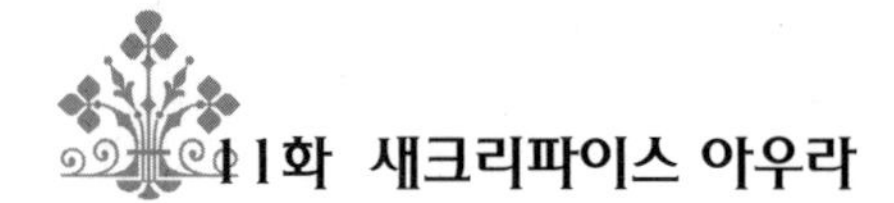

11화 새크리파이스 아우라

남은 건 나와 라프타리아, 필로, 리시아, 라프짱뿐이다.

요모기는 키즈나의 동료가 되어 행동했기에 파도에 소환되었다.

젠장……. 우리와 키즈나 일행을 갈라놓는 게 쿄의 목적이었던 건가!

내 뇌리에 소리가 울려 퍼진 걸 보면, 파도는 이 세계와 나를 소환한 세계 사이에서 일어났다고 봐도 좋을 것이다.

"네놈의 방패에 책을 부딪쳐서 소환을 저지해 준 걸 고맙게 생각하라고. 응? 도의 권속기는 그대로 있잖아? 뭐, 얼빠진 이세계인을 소지자로 선택했으니까 그럴 만도 하겠지."

전송 능력을 저지하는 것까지 가능하다니, 뭐 이런 게 다

있담.

뭐, 같이 파티를 구축하고 있던 필로, 라프타리아, 리시아, 라프짱이 있으니까 그럭저럭 나쁘지는 않은 상태다.

지금쯤 키즈나 패거리는 파도가 일어난 지역으로 강제 소환돼 있을 것이다.

"어쨌건, 얼빠진 방패 용사만 남았으니 만만세이지만 말이야!"

여유 만만한 척 지껄이고 있지만, 중력의 과부하가 다소 가벼워져 있다.

시야에 나타난 스테이터스 항목을 찬찬히 확인했다.

레벨 70+75?

그러고 보니, 두 세계의 레벨을 합계해서 따지게 된다고, 라르크가 내게 설명해 줬었다.

쿄가 만들어낸 중력장 속에서도 우리가 서 있을 수 있는 건 그 덕분일 것이다.

하지만, 그건 쿄 역시 마찬가지다.

그리고 쿄는 능력 비례 공격을 갖고 있다.

치명상까지 가할 위력은 없다는 단점이 있지만, 그래도 충분히 위협적이다.

게다가 키즈나 패거리가 없다.

이런 상황에서 싸워야 하다니……. 싸우는 수밖에 없긴 하지만, 꽤 버겁겠는데.

방패는 두 세계의 방패들을 모두 사용할 수 있다.

하지만…… 지금 내가 사용하고 있는 영귀의 마음 방패는, 쿄가 내쏜 책장이 달라붙어서 변화를 방해하고 있다. 쿄의 목적으로 미루어 보아 표적은 나. 아마 내가…… 영귀의 에너지를 여러모로 활용하는 걸 막으려는 의도일 것이다.

내가 패배하게 되면, 쿄는 영귀의 에너지를 100퍼센트 사용할 수 있게 될 터.

쿄는 영귀의 힘을 마음대로 운용하기 위해 인위적으로 파도를 일으켰다.

어쩌지? 이 상황에서 내가 할 수 있는 일은 뭐지?

포털은 이 건물 자체에 배치된 사성수 복제품 때문에 사용 불가.

이 멤버들만 가지고 쿄를 격파해야만 한다.

"핫! 하하하하! 역시 정이 든 모양이군!"

영귀의 힘이 주위로 쏟아져 나와서, 쿄를 향해 결집해 간다.

"자! 한번 받아 보시지!"

영귀의 사역마(친위형)이 앞을 막아서고, 우리를 죽이려는 듯 제각각…… 3용사의 성무기와 유사한 무기를 들고 덤벼든다.

영귀의 핵이 있는 방에서 싸웠을 때와 비슷한 상황이다.

다만, 그때보다 아군의 수가 훨씬 적다.

"라프타리아, 할 수 있겠어?"

"네."

"필로는 어쩐지 기운이 나!"

묻지도 않았는데 필로가 일어서서, 인간형으로 변신하고 임전태세를 취한다.

응? 잠옷의 발 부분에 카르마 도그 클로가 나와 있잖아.

비밀 무기 같은 건가?

어쨌든 이쪽도 조금이나마 싸워 볼 만한 상황이…… 된 건가.

방패에 달라붙어 있는 책장이 불길하게 나로부터 뭔가를 빨아들이고 있다.

크…… 뭐지? 영귀의 마음 방패를 유지할 수가 없다.

"오? 이제 눈치챘나 보군. 그래. 네놈이 쓰는 그 성가신 방패의 힘을 빨아들이고 있는 거다. 완전히 다 흡수하려면 네놈을 죽여야 하는 것 같지만 말이지! 강국이 지키고 있어서 빼앗기가 곤란했던 상황에서, 파도를 일으켜서 방어를 무너뜨린 거다."

다시 말해 쿄는 내게 빼앗긴 힘과, 영귀의 마음 방패에 있던 힘을 탐냈던 것이다.

그걸 빼앗기 위해 필요한 건 파도를 일으키는 것……. 생각해 보면 성무기는 파도로부터 세계를 방어한다는 목적을 갖고 있는 무기니까, 특정한 조건하에서는 그 방어에 빠져 나갈 구멍이 생길 수 있다…….

그 틈을 분석해서 찔렀다는 건가.

유력한 가능성은, 영귀의 힘이 원래 세계로 돌아가려고 방패에서 빠져나가려 한다거나 하는 상황 같은 것이겠군…….

이런 비기 같은 걸 잘도 생각해 내는군.

내가 기억하는 한, 현재까지 강화를 완료한 방패 중에서 가장 강한 건 마룡 방패다. 세계와 세계를 건넌다 해도 이 점은 확실할 것이다.

지금의 나는 이걸로 싸우는 수밖에 없다.

"불행 중 다행이군요……. 우리가 당신보다 못할 거라고 생각하면 오산이에요!"

라프타리아가 도를 백호의 태도로 바꾼다.

그렇다. 원래 세계와 이어져 있는 지금이라면, 전에는 스테이터스에 문제가 있어서 휘두르기 곤란했던 무기도 사용할 수 있는 것이다.

어떤 효과가 있는 건지는 알 수 없지만, 백호의 태도가 마룡을 소재로 한 무기보다 우수할 거라는 건 의심의 여지가 없다.

성가신 특성이 있다 해도, 라프타리아라면 제대로 쓸 수 있을 터!

"필로도 열심히 싸울 거야!"

필로는 마력을 모으는 동작을 취하면서 노력한다.

원래 세계와 이어져 있는 지금, 필로는 필로리알로서의 힘을 발휘하고 있다.

공격과 지원을 완벽하게 겸비한 존재라고 할 수 있는 것이다.

키즈나 패거리가 없고, 쿄의 전력을 약화시키는 영귀의 힘은 쓸 수 없지만, 우리가 궁지에 몰린 거라고는 할 수 없다.

"네놈들, 중요한 걸 잊고 있는 거 아냐?"

쿄가 우리를 가리킨다.

아마 능력 비례 공격을 써서 대미지를 늘릴 꿍꿍이겠지.

쿄 자체도 강해져 있는 상태이니, 녀석이 성가신 공격을 할 거라는 건 쉽게 예측할 수 있다.

방어력이 저하된 순간에 필살 스킬이라도 얻어맞으면 나로서는 버텨내기 힘들다.

그때, 쿄가 리시아에게로 시선을 향한다.

"뭐, 얼빠진 방패 용사를 죽이는 건 뒤로 미뤄 두고, 정의의 용사인 척 나대는 짜증 나는 년, 너부터 해치워 주마!"

쿄는 리시아를 향해 손가락을 겨누었다……. 하지만, 삿대질을 해서 스킬을 내쏘기도 전에, 리시아는 재빨리…… 마치 하이퀵이라도 걸린 것 같은 움직임으로 공중제비를 돌아서 영귀의 사역마(친위형)을 일격으로 쓸어 버린다.

"하아?!"

"뭘 황당해하시는 거죠? 저를 업신여겨서 도발하려는 것 같지만, 안 통해요!"

응? 리시아 스스로는 자각하지 못하고 있는 건가?

나는 리시아의 스테이터스를 확인했다.

뭐, 뭐야 이건?!

리시아는 레벨 하나만은 우리와 근접한 수준……이라고 알고 있었다.

나는 그저 다소 능력이 향상된 정도일 거라고 생각했지만, 리시아의 현재 종합 스테이터스는 필로를 월등하게 능가하고 있다.

같은 레벨이면서, 잠재능력이나 방패의 보정까지 모조리 받은 필로를 말이다.

이게 각성 상태라면 엄청난 수준이잖아!

"어, 어떻게 된 거야?! 영귀의 사역마들도 세계가 이어진 덕분에 부여효과를 받고 있을 텐데! 그런데도 그걸 돌파했다고……?! 말도 안 되는 소리!"

"말도 안 되는 소리를 하는 게 누군데!"

지금의 리시아는…… 용사에 못지않은 힘을 갖고 있다.

사람에 따라, 대기만성형인 경우가 있다.

리시아는 일정 레벨을 넘으면 돌변하는 타입……이었는지도 모르겠다.

물론, 내가 지금까지 리시아를 키워 온 것도 그에 대한 기대가 있었기 때문이다.

한 번 그 선에 도달하면, 지금까지와는 비교할 수 없는 성장세를 보이리라.

나를 소환한 세계의 레벨 상한선은 100이라고 들었었다.

키즈나를 소환한 이 세계도 비슷한 상한선이 있는 모양이다.

만약에 리시아의 잠재능력을 끌어내는 데 필요한 레벨이 100 이상이라면, 그건 개화할 수 없는 재능이다.

변환무쌍류 할망구가 리시아를 두고 '재능이 있다' 고 한 건 체질적인 의미도 있었는지도 모른다. 글래스도 리시아가 경이적인 능력을 발휘할 때의 상태를 확인하고 그걸 이해한 것 같았고 말이지.

그런데, 리시아의 재능이 모두 개화한 상태에서 그런 부스트가 작동하면 어떻게 될까?

물론 쿄의 공격에 당하면 오히려 더 위협적이겠지만, 지금은 그 공격을 피할 수 있을 만큼의 힘을 갖고 있다.

"아! 짜증나짜증나짜증나짜증나짜증나짜증나!"

쿄가 머리를 헤집으며 소리친다.

녀석이 파도를 일으키는 바람에 키즈나 패거리가 전이해버렸지만, 결과적으로는 이 상태가 우리에게 유리하게 적용한 거라고 봐도 좋을지도 모르겠다.

좋은 상태라고 하기에는 무리가 있겠지만, 좋은 의미에서 오산이 있었던 게 다행이다.

"네놈들은 도대체 언제까지 날 방해하고 들 셈이냐!"

"자기가 말썽을 일으켜 놓고 이딴 소리냐……. 그 질문에 대한 대답이야 뻔하지. 네가 죽을 때까지다."

"맞아요."

라프타리아가 도를 칼집에 집어넣고 힘을 불어넣는다.

레벨에 의한 보정인지 백호의 태도의 힘인지는 모르겠지만, 칼집에 달려 있는, 하이퀵 작동에 필요한 빛이 빠른 속도로 차오른다.

"필로도 싸울 거야!"

완전히 충전을 마친 필로와, 내 어깨에 올라앉은 라프짱이 전의를 끌어올린다.

"다 필요 없어. 좀 놀아 주려고 했더니만, 그것도 이제 한계다. 손실 같은 걸 고려하다가는 못 해 먹는다는 것만은 잘 알았어."

쿄가 짜증을 해소하듯이 손을 축 늘어뜨렸다가 머리를 가다듬는다.

"이쯤 해서, 네놈들이 아무리 파워 업을 했더라도, 제일 중요한 걸 모르고 있다는 걸 가르쳐주지."

"뭐지?"

"이 세계의 권속기와 성무기의 강화 방법은 공유할 수 있다. 네놈도 그 녀석들과 같이 있었으니까 알고 있겠지."

"……그게 어쨌다는 거냐."

무슨 소리를 하려는 건지, 난 이미 눈치채고 있다.

솔직히 말하자면 저도 모르게 싸늘한 식은땀이 흐르는 걸 느끼고 있다.

키즈나 패거리는 저마다가 갖고 있는 성무기와 권속기의 강화 방법을 공유함으로써 능력을 상승시키고 있다.

이것은 틀림없는 전제. 나도 나를 소환한 세계의 사성무기라 불리는, 다른 세 용사들의 강화 방법을 공유함으로써 강해졌다.

하지만 키즈나 패거리는 라프타리아가 도에게 선택받을 때까지 강화 면에서 교착상태에 빠져 있었다.

"솔직히 말야, 나도 비례 공격은 충분히 경계했었어. 물론 대책은 충분하지만. 하지만 네놈들은?"

라르크 패거리 이외에는 방어 비례 공격을 쓰지 않을 거라는 생각에 그에 대한 대비를 소홀히 해 왔다는 건, 나 스스로도 자각하고 있다.

백호 방패에 있는 '받아 넘기기' 라면 비례 공격을 완화시키는 효과가 있을지도 모른다.

그렇기에, 그건 사용해 볼 가치가 있다.

하지만, 원호 무효는 너무 치명적이다. 라르크 패거리도 뭔가 문제점이 있으니까 쓰지 않았던 것이리라.

"그리고 이제부터가 본론이다. 나는 정보전에는 충분히

힘을 기울여 왔어. 그런 네가, 성무기나 권속기 소지자——네놈들과 같이 있던 그놈들의 강화 방법을 모를 것 같아? 거울의 권속기 소지자인 알버트를 정면대결로 해치운 게 누구일 것 같아?"

쿄는 내게 책의 책장을 내보인다.

"뭐, 수렵구의 성무기 쪽 강화 방법을 알게 된 건 최근이었지만. 너 말야, 내 주위에 있던 권속기들도 계산에 넣는 게 좋을걸?"

쿄가 하고자 하는 말이 뭔지 이해가 간다.

한마디로 쿄는, 키즈나 패거리의 강화 방법…… 키즈나, 라르크, 에스노바르트, 라프타리아가 저마다 소지한 무기에 내포되어 있는 강화 방법을 알고 있다는 얘기다.

여기에 쿄 자신이 가진 책, 거기에 알버트가 가진 거울의 권속기 강화 방법까지 더하면 어떻게 되겠는가?

글래스 등의 말에 따르면, 성무기의 강화 방법이 가장 배율이 좋다고 한다.

권속기는 그보다 약간 떨어지지만, 성무기와 여섯 개의 권속기에 내포된 강화 방법을 공유하면 도대체 얼마나 괴물 같은 존재가 될지, 나로서는 추측도 할 수 없다.

다만, 그렇다면 쿄는 왜 이렇게까지 궁지에 몰린 거지?

유력한 가능성은…… 이건 어디까지나 추측이지만, 나는 글래스 패거리의 반응을 떠올려서 결론을 이끌어낸다.

"허풍은 작작 좀 떠시지. 너…… 권속기에게 미움을 사고 있잖아? 그런 상태에서 제대로 힘을 끌어낼 수는 있는 거냐?"

내가 삿대질과 함께 쏘아붙이자, 쿄는 순간적으로 이를 악물었다.

"그렇게 생각한다면 어디 한 번 덤벼보시지!"

정곡을 찔렀나 보군. 책의 권속기는 소지자를 경멸하고 있는 게 분명하다.

무슨 수로 그런 상태에서 권속기를 지배하에 두고 있는 건지는 모르지만, 힘을 제대로 이끌어내고 있다고 보기는 힘들다.

쿄는 '지금까지는 놀아 주고 있었던 거다' 라는 식으로 속여 온 거겠지.

그런 상태에서 더 강해지려면 어떻게 해야 하겠는가?

외부적인 요인으로 도핑을 하는 수밖에 없을 것이다.

다시 말해 영귀의 에너지를 자신에게 부여해서 한층 더 능력 강화를 도모했던 것에 불과한 것이다.

"리시아."

"네! 왜 그러세요?"

아직 살짝 겁에 질려 있는 느낌이지만, 지금의 리시아는 정의감에 불타고 있다.

"할망구한테서 배운 공격을 할 수 있겠어?"

할망구는 방어 비례 공격을 숨도 쉬지 않고 연사할 수 있었다. 지금은 그게 효과적일 것 같다.

"한번 해 볼게요!"

"라프타리아는 어때?"

"스킬로 해 볼게요!"

"필로는~?"

"너는 돌격해. 지금의 너라면 충분히 할 수 있어."

"응! 열심히 할게~!"

필로는 지금도 계속, 우리의 능력을 끌어올리는 노래를 부르고 있다.

필로리알이면서 허밍 페어리이기도 한 상태의 필로는, 우리에게 있어 전투의 보조적인 역할을 담당하고 있다.

비장의 카드는 얼마든지 있다.

영귀의 마음 방패로 바꾸는 건 불가능하고, 초중력장 때문에 움직임도 방해받는 상태.

합계된 레벨 덕분에 가까스로 움직일 수 있게 된 열악한 상황이고, 지금까지 습득한 강화 방법은 모조리 시험해 본데다, 영귀의 힘으로 인한 부스트가 걸린 쿄를 해치워야 하는 것이다. 지금은 앞뒤 가리고 있을 때가 아닌 것이다.

"잔말 말고, 죽어라!"

"에어스트 실드!"

에어스트 실드를 만들어내서 쿄의 능력 비례 공격을 막아낸다.

퍽 하고 에어스트 실드가 깨져나갔지만, 어쨌거나 한 발은 견뎌낼 수 있다는 거군.

"칫! 용케 그런 걸 버텨내는군. 끈질긴 놈!"

"갑니다!"

"네!"

라프타리아가…… 양쪽 칼집에서 단번에 도를 뽑아든다.

하이퀵X2에 의한 고속 공격. 쿄의 책장들이 그 공격을 막기 위해 주위에 흩날리지만, 라프타리아는 책장들 사이를 누비듯이 돌격해서 도를 휘두른다.

"어택 서포트!"

나는 이미 늦었다는 걸 이해한 상황에서도, 헛수고가 되지 않도록 가시를 내던진다.

그 가시를 뒤쫓듯이 리시아가 내달려서, 책장을 비례 공격으로 찢어발기며 돌진한다.

"하이퀵!"

필로도 리시아의 뒤를 따른다.

"어림없어, 어림없다고! 개미새끼들보다도 약해!"

쿄는 손을 앞으로 내뻗어서 종잇장을 대폭 움직인다.

뭘 하려는 거야?!

"네놈들은 이미 내 함정에 걸려든 거나 다름없다고! 라이브러리아!"

주위의 풍경이 흑백으로 바뀌고, 탁 하고 책이 덮이는 것 같은 소리가 울려 퍼진다.

"하하하! 공간 압축 속박 스킬을 받아라!"

쿄가 눈앞에서 소실되었다.

하지만, 뭔가가 이상하다.

조금 전까지는 분명 지하실이었는데, 어느새 하얀 독실로 변화해 있었다.

주위에는 쿄가 내쏜 것으로 보이는 스킬…… 불새며 번개, 회오리, 거대한 암반, 그리고 사각에서 영귀의 하전입자포 같은 공격이 날아온다.

"정신 똑바로들 차려! 못 버티면 죽는다고! 죽을 때까지 버텨 봐! 어디 한번 피해 보시지!"

크…… 공간을 만들어내서 상대를 가둬 버리는 스킬인가.

가둔 후에는 사용자의 마음대로, 붙잡힌 녀석을 농락하다가 죽인다……. 뭐 이렇게 성가신 스킬이 다 있단 말인가.

"유성방패!"

날아오는 스킬을 막아내지만, 유성방패는 곧바로 깨져 나가서 파편이 튄다.

표적은…… 역시 실내 전체인가.

파편이 날아가는 동안, 우리는 공격을 막아내고, 때로는 회피한다.

성가신 공격을 해 대는군.

하지만, 나는 이 정도 공격에도 대처 못 할 만큼 만만한 놈이 아니라 이거야.

방패에서 바이오플랜트 씨앗을 던져서 강제 발아시킨다.

바이오플랜트는 쑥쑥 급성장해서, 공간을 파괴——.

"어림없는 짓거리!"

바이오플랜트를 향해 스킬이 날아와서 파괴해 버렸다.

"무슨 수로 무한미궁에서 빠져나온 건가 했더니, 그걸 쓴 거였군. 이제야 알겠어."

칫. 이러다가는 쿄의 공격에 농락만 당하다가 죽겠는데.

"하앗!"

"토옷~!"

"라프~!"

리시아, 필로, 라프짱이 각각의 공격으로 벽을 후려치지만, 약간의 파손만 발생했을 뿐, 곧바로 복원되었다.

그 외에도 스킬들이 빗발치듯 쉴 새 없이 날아든다.

에어스트 실드, 세컨드 실드, 드리트 실드, 실드 프리즌, 유성방패로 막고는 있지만, 그것도 한계가 있는 법이다.

보아하니 공간은 내구력이 있는 것 같지만, 그것만 돌파하면 탈출할 수 있을 것 같다.

문제는 쿄가 지속적으로 벽을 회복시키면서 우리를 죽이려 하고 있다는 점이다.

아무래도 쿄는 책의 책장을 이용해서 우리에게 스킬을 내쏘고 있는 것 같고, 시각의 범위는 쿄가 있던 벽 전체인 것 같다.

"라프짱! 이 벽에 연막을 뿜어!"

"라프!"

내 의도를 알아채고, 라프짱은 연막을 뿌리……는 게 아니라 연막 안에 환각을 투영시킨다.

"숨어 봤자 헛수고라니까!"

바람이 일어서, 우리의 모습을 가리려던 연막을 걷어낸다.

하지만 라프짱이 친 환각까지는 알아보지 못했던 듯, 엉뚱한 방향을 중심으로 스킬이 난무한다.

"우…… 젠장! 아직 안 끝났어!"

스킬을 막아내는 연기를 하면서, 라프타리아와 리시아에게 손짓으로 신호를 보낸다.

필로는 말하지 못하도록 입을 막게 한다.

방패를 가리키고, 메르로마르크 문자로 '증오'라 적는다.

라프타리아가 눈을 부릅뜨고, 리시아가 저도 모르게 목소리를 토해낼 뻔했다.

내가 가진 공격 수단 중 가장 강하고, 회복 지연 저주 효과까지 가진 다크 커스 버닝S로 공간을 통째로 불사르는 것.

시험하지 않을 이유가 없다.

라프타리아는 위험하다면서 고개를 가로젓지만, 지금까지도 잘 견뎌 오지 않았던가.

문제는 라프타리아를 비롯한 다른 녀석들이지만, 실드 프리즌으로 지켜 주면 어떻게든 될 것이다.

최악의 경우에 대비해서, 라프타리아에게는 방어 스킬을 사용하도록 하는 게 좋겠군.

라프타리아는 내 결의를 보고 체념한 듯, 필로와 리시아, 그리고 라프짱을 데리고 내게서 떨어진다.

뭐, 지금까지도 여러 번 해 왔던 일 아닌가.

평소에 했던 것처럼, 사투를 이겨내면 그만인 것이다.

"……."

몇 번째일까. 이 방패를 사용하는 건.

곤경에 처할 때면 습관처럼 의존하게 된 방패. 이번에도 의지한다.

나는 방패에 손을 대고, 눈을 감고, 호흡을 가다듬고…… 변화시킨다.

용제의 핵 증가에 의한 그로우 업!

라스 실드Ⅳ (각성) +7 50/ 70 SR

능력 미해방……장비 보너스, 스킬 『체인지 실드(공)』 『아이언

메이든』『블러드 새크리파이스』『메기드 버스트』

전용효과 「다크 커스 버닝S」「완력 향상」「격룡(激龍)의 증오」「포효」「권속의 폭주」「마력 공유」「증오의 옷(대)」「마룡의 마력」

———— ————

숙련도 0

크…… 막연하게 불안한 예감이 들긴 했지만, 왜 하필이면 이 상황에서 변화하는 거냐!

형태는 지금까지보다 더 흉흉하게 성장해 있다.

아예 한 손만으로는 들기도 벅찰 만큼 큰 방패다. 타워 실드라고 해야 할까?

마음속에 휘몰아치는 증오도 예전보다 한층 더 강렬해져 있다.

하지만, 동시에 지금까지 이상으로, 내가 아는 동료들에 대한 마음이…… 믿고 싶다는, 지키고 싶다는 마음이 방패의 지배를 넘어서고자 하는 활력으로 변한다.

전용효과 중 마지막 두 개가 이해가 안 간다. 뭔가 숨겨진 힘이 깃들어 있다.

어쩌면 상당히 위험한 걸지도 모르겠다.

메기드 버스트는 쓰고 싶다는 마음도 들지 않을 정도다.

만약에 그걸 쐈다가는 내가 어떻게 될지 짐작도 가지 않는다.

"꾸으으……."

팔다리에 검은 연기를 깃들인 필로가, 필사적으로 견디고 있다.

하지만 증오의 힘은 그보다도 월등하게 강하다.

크…… 큰일이다. 의식이 날아가 버릴 것만 같다.

"라프~!"

라프짱이 필로의 머리 위에 올라타서 바보털을 살짝 깨문다.

그러자 라프짱의 꼬리에 검은 불꽃이 생겨난다.

"저도 도울게요!"

라프타리아는 라프짱과 필로에게 손을 얹고, 의식을 집중시킨다.

조금이라도 내 부담을 덜어 주려 하고 있는 것이다.

그 마음이, 불타 버릴 것만 같은 내 마음에 물을 뿌려 준다.

맑은 물이 피부에 스며드는 것 같은 상쾌함.

응……. 나는 아직 더 견딜 수 있다.

"간다! 실드 프리즌!"

방패 감옥을 출현시켜서 라프타리아와 동료들을 보호하고, 쿄 녀석이 쏜 스킬의 비를 막아냈다.

방패가 예전보다 더 강렬한, 그러면서도 음습한 빛을 내뿜기 시작한다.

"우오오오오오오오오오오오오오오오!"

"뭐, 뭐야?!"

모든 것을 불사르는 저주의 불길은 쿄가 만든 공간을 순식간에 소실시킨다.

푸슛 하는 소리와 함께, 우리는 원래 공간으로 돌아왔다.

다행히 실드 프리즌은 원형을 유지하고 있군.

"설마 내 스킬을 돌파할 줄이야. 제법인데 그래."

"완전히 속아 넘어간 녀석이 입만 살았군."

라프짱의 환각에 속아 넘어가서 우리의 허상만 공격해 댔던 주제에.

"하지만, 내 공격은 이제부터가 시작이다!"

블러드 새크리파이스를 쿄에게 쏴 버릴까?

아니, 쏘는 동시에 내가 쓰러져 버리면 말짱 도루묵이다.

아직이다. 아직 때가 되지 않았다.

쿄가 내쏜 공격에 프리즌이 퍽 하고 파괴되고, 라프타리아와 동료들이 뛰쳐나온다.

그리고 쿄를 향해 저마다의 무기를 휘둘렀다.

"강도(剛刀)・하십자(霞十字)!"

라프타리아는 이도류에 의한 십자 베기로, 쿄가 날리는 책장들을 찢어발긴다.

"핫!"

리시아는 할망구의 주특기인 방어 비례 공격을 흉내 내서 내쏜다.

"토옷~!"

필로는 스파이럴 스트라이크로 공격한다.

"또 그거냐! 네놈들은 지겹지도 않냐! 박식(縛式) · 4장!"

쿄가 책을 펼치자, 책장에서 감옥이 출현해서 라프타리아와 동료들을 가둔다.

연속으로 스킬을 쓸 수 있는 모양이다.

"연식(連式) · 천장 함정!"

감옥 위에서 바늘이 튀어나와서 쏟아진다.

"어림없다! 에어스트 실드! 세컨드 실드! 드리트 실드!"

낙하하는 천장을 막기 위해서 3중 방패를 전개, 라프타리아와 동료들을 보호한다.

"하앗!"

자세를 낮춘 채 베어 올려서 감옥을 파괴하고, 라프타리아는 쿄를 몰아붙인다.

그렇다. 지금의 우리는 더 강하게 몰아붙일 수 있다.

비록 키즈나 패거리가 없다 해도, 쿄를 물리칠 수 있다.

"내가 잠자코 당할 줄 알고! 네놈들 공격 따위는 다 눈에 빤히 보인다고!"

쿄가 쓰고 있는 강력한 부스터 때문에, 스피드 면에서 따라잡을 수 없기에 전혀 맞히지 못한다.

결정적인 속도 부족. 맞히지 못하면 의미가 없다는 말이

뇌리를 스친다.

라프타리아를 비롯한 동료들도 완전히 충전하면 가까스로 따라잡을 수 있지만, 그러다가는 쿄에게 큰 여유를 주고 말아서, 결국 또 그 공간에 갇히고 말 가능성이 있다.

물론, 불살라 버리면 다시 나올 수 있을지도 모르지만, 녀석도 몇 번이나 같은 수에 당하지는 않을 것이다.

가끔씩 후방에서 사성수 복제품들이 덮쳐 오는 것도 성가시기 짝이 없고, 아까 분명히 해치웠던 영귀의 사역마(친위형)이 재생하는 것도 귀찮다.

"받아라! 제8장 · 천벌!"

쿄가 책의 책장을 넘기며 스킬을 내쏜다.

번개가 우리를 향해 날아온다.

유도성을 가진 번개! 마법으로도 재현 가능한 공격처럼 보이지만, 분명 그 이상의 뭔가가 있을 게 틀림없다.

"에어스트 실드!"

"웃차!"

번개가 민첩하게 나의 에어스트 실드를 피해서 날아온다.

젠장, 역시 그런 부류의 공격이었나.

"유성방패!"

회피하는 라프타리아와 동료들을 보호하기 위해 유성방패를 전개해서 번개를 받아낸다.

라스 실드Ⅳ 덕분에 완전히 막아내는 데에는 성공한 모양이다.

빠직빠직하고, 유성방패가 발열한다.

이건…… 무슨 일인가가 벌어지는 건가?

화르륵 하고 유성방패에서 검은 불꽃 덩어리가 주위로 튀어나가고, 그 덩어리들이 쿄가 던진 책장들에 명중해서 연소, 단순한 재로 만들어 버린다.

이런 식으로 쿄의 전력을 갉아먹을 수 있다면 만만세다.

실내에서는 쿄가 사역하는 사성수 복제품과 호문쿨루스의 잔해는 이미 그을려 있고, 쓰레기 2호와 앨버트의 시체는 잿더미로 변해 있다.

"끝까지 짜증 나게 군다 이거지! 하지만, 그것도 이제 끝이다!"

쿄가 책의 책장을 말아서…… 영귀의 머리를 본뜬 뭔가를 만들어낸다.

"시간이 좀 걸리지만 할 수 없지! 고마운 줄 알라고! 나의 이 공격을 받을 수 있다는 것에 대해서 말이다!"

분위기로 보아하니 필살 스킬이다.

견뎌낼 수 있을지 어떨지……. 솔직히, 썩 자신이 없다.

"어림없어요!"

라프타리아와 리시아, 필로가 뛰쳐나가지만, 쿄는 여러 겹으로 결계를 만들어내서 방어에 들어간 상태다.

리시아와 라프타리아의 비례 공격 덕분에 조금씩 깎여 나가고는 있지만, 깎여 나갈 때마다 보충하는 바람에, 방벽 앞에 어찌 손쓸 도리가 없었다.

그뿐만이 아니다. 움직임을 느리게 만드는 중력장도 골칫거리다. 오스트와 같이 있었을 때는 무슨 수로 극복해 냈더라?

……그걸 할 수 있을까?

나라고 해서 이렇게 넋 놓고 서 있을 수는 없다.

할 때는 해야만 하는 것이다.

아무리 혼자라고 해도, 용맥법을 습득하지 못한 상태라 해도, 어떻게든 영창하고 말겠다.

의식을 집중시켜서, 그때 그 감각을 되새긴다.

테리스가 가르쳐준 힘 유도법을 흉내 내서…… 방패를 매개체로 삼고, 자신의 힘, 그리고 주위에 감도는 영귀의 힘 등, 의식이 닿는 곳으로부터 힘을 불러 모은다.

……역시 생각대로 안 되는군.

하지만 미세하게나마 방패에 반응이 있었고, 주위에 있는 영귀의 힘이 모여드는 감각도 있다.

좋아…… 모 아니면 도. 알 레벨레이션 아우라를 사용해서——.

그때, 문득 등골이 오싹해지는, 지금까지 겪어 본 적이 없는 감각이 스쳐 지난다.

아니, 라스 실드를 사용했을 때 느껴지던 목소리라고 해야 할지, 아니면 그것과는 다른 무언가라고 해야 할지, 판단이 서질 않는다.

다만, 그것이 내 안에 있는 음침한 존재라는 것은 확신할 수 있다.

——호오……. 고대의 마법을 사용하려 하고 있는 건가.

——여기서 그대가 패배하면 나도 곤란하다. 도와주도록 하마.

지금까지 느껴본 적이 없을 만큼 내 가슴을 꽉 옥죄어 오는 목소리의 주인에게 나는 도저히 저항할 수 없었고, 오스트와 함께 용맥법을 사용했을 때와 마찬가지로 퍼즐이 나타나서는, 저절로 조립되어 간다.

——이제 다 됐다.

——하나…… 내 힘을 빌린다는 건, 그에 상응하는 대가를 지불해야 한다는 걸 각오해라.

——그대에게는 그런 각오가 있는가?

누군지는 모르겠지만, 각오쯤은 있다.

그 어떤 후환이 생긴다 해도, 나는, 우리는 쿄에게 죗값을 치르게 하기로 마음먹었단 말이다!

나는 망설임 없이 마법 발동을 연상한다.

그러자, 영창을 시작하기도 전에 누구에게 마법을 쓸 건지를 묻는 아이콘이 나타난다.

뭐지? 보통 영창한 후에 나오는 거 아닌가?

아이콘은 세 개. 세 사람밖에 지정하지 못한다는 걸까.

나는 고정으로 지정되어 있다.

내가 사용하고자 하는 것은 알 레벨레이션 아우라다.

이 중에서…… 능력이 향상될 때 가장 의미가 있는 건 누구지?

라프타리아는 확고하다고 치고, 다음은 능력으로 보아 리시아다.

내가 주저 없이 리시아를 지정하려 했을 때, 두근 하는 고동과 함께 테두리가 시야에 들어온다.

……뭔가 불길한 예감이 든다. 이 마법을 사용하는 건 좋지 않다.

나뿐만이 아니라, 모두가 어마어마하게 커다란 대가를 치르게 된다.

——이런, 이런, 겁쟁이에게 승리가 돌아갈 것 같은가?

——수렵구 용사는 위험부담을 감수하고 도전했다만?

크윽…… 그렇다 해도, 라프타리아와 동료들에게까지 대

가를 치르게 할 수는…….

“주인님, 필로는 괜찮아. 영귀 언니 몫까지, 필로가 언니들이랑 주인님을 도와줄 테니까.”

필로……?

라스 실드가 발한 무언가를 알아챈 걸까?

하긴 그렇다 해도 이상할 건 없지. 필로는 라스 예전부터 라스 실드의 영향을 받아 왔으니까.

……맞는 말이다. 여기서 물러섰다가는, 이길 수 있는 싸움도 못 이기게 될 테니.

나는 리시아가 아니라, 필로를 지정한다.

이번에는 아무 일도 일어나지 않는다.

뭔가…… 리시아를 지정하면 안 될 듯한 무언가가, 내 마음에 제동을 걸어 준 건지도 모른다.

간다!

『나, 방패 용사가 영귀의 힘을 빌려 하늘에 명하고, 땅에 명하고, 이치를 끊고, 연결하여, 고름을 토해내게 하노라. 용맥(龍脈)의 힘이여, 내 마력과 용사의 힘과 함께 힘을 이루어, 힘의 근원인 방패의 용사가 명한다. 다시금 삼라만상을 깨우쳐, 저자들에게 모든 것을 줄지어다!』

“알 새크리파이스 아우라!”

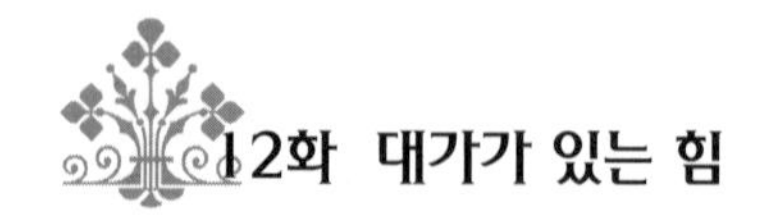

12화 대가가 있는 힘

뭐야?! 새크리파이스?! 아냐, 내가 사용하려고 했던 건 레벨레이션이었어!

그러나, 내 제지를 뿌리치고 방패에서 무시무시한 검은 불꽃이 분출되어, 나와 라프타리아, 그리고 필로를 휘감고 짓든다.

"윽……."

몸이 불타는 것 같은 고통이 느껴진다.

시야를 확인하니 조금씩 HP…… 생명력이 저절로 깎여 나간다.

우리 세 사람의 온몸을 검붉은 입자 같은 것이 휘감고 있고, 그 대가에 상응하는 힘이 뿜어져 나온다.

"이, 이건 대체……! 그렇지만――!"

"아파! 그치만 힘이 솟구치는 것 같아!"

나도 라프타리아도 필로도, 힘이 용솟음치는 걸 느끼고 있었다.

"하앗! 세설(細雪)!"

라프타리아의 도에 얻어맞고, 쿄가 쳐 놓은 결계는 두부

자르듯 손쉽게 쪼개져 버린다.

보충할 틈조차 없이, 그야말로 일격에 끝장난 것이다.

거기에 추가타를 가하듯 필로가 손톱을 휘두르자, 그나마 보충됐던 결계마저도 찢어발겨지고, 리시아가 그 틈으로 뛰어들어 쿄에게 일격을 가했다.

"뭐야?!"

전혀 예상하지 못했던 상황이었는지, 리시아가 내지른 도를 팔로 막아냈지만, 그 손에서 피가 뿜어져 나오고 팔이 부러졌다.

"으아아아아악! 젠장! 감히 나에게 이런 짓을!"

쿄가 책장을 깁스 삼아서 영귀의 힘으로 부상 부위를 억누르려 하지만, 그럴 틈을 줄 생각 따위는 없다.

나도 돌격하는 기세로 결계를 뚫고 나가서, 영귀의 머리 형상을 한 스킬 공격을 분노의 불길로 짓부수어 버린다.

그리고 왼손으로 쿄의 멱살을 붙잡고 오른손으로 스킬을 내쏜다.

"어택 서포트! 라프타리아! 리시아! 필로!"

"네! 으스름달!"

라프타리아는 도를 아래로 비스듬하게 들었다가 베어 올린다. 그 동작에 따라, 어렴풋이 떠오른 달을 연상케 하는 가느다란 광선 같기도, 어둠 같기도 한 무언가가 쿄의 복부를 후벼 판다.

동시에——.

"하아아아아!"

리시아가 에클레르를 흉내 내서 소태도를 번뜩이며 내지른다.

그 찌르기가 쿄의 가슴을 꿰뚫는다.

"책 가진 사람, 영귀 언니를 울렸어! 책 가진 사람을 물리칠 거야!"

필로의 손톱이 쿄의 목을 찢어발긴다.

"어—— 커—— 억?!"

목소리도 내지 못하고 있는 모양이다.

하지만, 아직 끝난 게 아니다!

끈질기게 재생을 시도하는 쿄의 몸에서 쏟아져 나온 영귀의 힘이, 내 방패에 빨려든다.

"한 번 더 간다!"

"네! 강도 · 하십자!"

"하이퀵!"

"아직 더 남았어요! 당신 때문에 수많은 사람들이 죽었어요. 저는 절대 용서 못 해요!"

내가 짓누르고 있는 틈을 타고, 라프타리아와 동료들이 공격을 연발한다.

"라프~!"

라프짱은 공격에 참가할 수 있을 만한 힘이 없다는 게 좀 아쉽군.

그래도 내 팔에 올라타서 쿄의 안면을 철썩철썩 구타한다.

좋아! 영귀의 마음 방패가 사용 가능한 영역까지 힘을 되찾았다. 하지만 아직은 바꿀 생각이 없다.

쿄는 이미 넝마 같은 신세가 돼 있다.

“이 자식…… 감히 이딴 짓을── 두고 보자고.”

“알 게 뭐야! 내 동료…… 오스트의 사명을 짓밟은 네놈에 대한 나의…… 우리의 분노로, 네놈을 없애 버리겠다!”

나는 쿄를 벽에 내팽개칠 기세로 있는 힘껏 투척한다.

“실드 프리즌! 체인지 실드(공)! 아이언 메이든!”

방패 감옥에 가두고, 안쪽에 가시 방패를 출현시키는 동시에, 강철 처녀를 불러내서 꼬치 신세로 만들어 준다.

아이언 메이든은 현재 보유한 SP를 몽땅 소모하지만, 이 공격으로 해치울 수만 있다면야 그저 만만세다.

솔직히, 새크리파이스 아우라 때문에 장기전은 불가능한 상황이니까.

“────?!”

쿄의 절규가 메아리 친다.

이윽고, 강철 처녀가 사라지는 동시에, 꼬치 신세가 된 쿄가 앞쪽으로 고꾸라진다.

큭……. 고통 때문에 눈이 침침해진다.

하지만, 쓰러지면 안 된다. 싸움은 아직 끝나지 않았으니까!

"제, 제기랄……. 아직 안 끝났다."

이 자식, 아직 살아 있잖아.

넝마쪼가리처럼 너덜너덜한 부상을 치료하면서, 쿄는 나를 쏘아보았다.

그러는 동안 에너지가 흘러나와서 나에게로 옮겨 오지만.

라프타리아 등은 대미지 때문에 숨을 몰아쉬고 있다.

"이제 나도 앞뒤 안 가리고 싸울 거다! 내 비장의 패, 금단의 서——."

쿄가 가진 권속기의 표지가 음흉한 것으로 바뀐다.

아마 커스 시리즈에 해당하는 것이리라.

이런. 녀석이 비장의 패를 꺼낸다면, 지금의 우리에게는 더 이상 뒤가 없다.

대가를 치르는 지원 방법과 라스 실드를 쓰고 있는 상태인 것이다.

그렇게 생각했을 때, 오스트의 모습이 뇌리를 스친다.

……그래. 네가 쿄의 숨통을 끊고 싶겠지.

나는 방패를 영귀 마음의 방패로 변화시킨다.

지금까지…… 20%밖에 차 있지 않았던 에너지 블러스트의 눈금이, 모든 걸 꿰뚫어 본 듯이 100%로 바뀐다.

"네놈들을 죽일 최후의 일격이다! 죽어라! 묵시록!"

“에너지 블러스트!”

마력으로 만들어진 받침대가 나를 고정한다. 나는 방패를 앞으로 내밀어서, 모든 것을 없애 버릴 기세로 에너지 블러스트를 내쏘았다.

동시에 쿄가 펼친 책의 책장에서 섬뜩할 만큼 하얀, 그러면서도 각도에 따라서는 검게 보이는 이상한 깃털이 흩날린다.

그 깃털에서 대량의 검은빛이 발사되었다.

다수의 빛이 집약돼서 내가 내쏜 에너지 블러스트를 막아내고, 다시 밀어내려 하고 있는 것 같다.

한편 쿄의 몸에는 깃털이 달라붙어서, 대미지를 회복시켜 나간다.

공방 일체형 스킬인가?!

상대를 공격하는 동시에 자신을 회복시키는 효과를 가진 것이다.

다만, 쿄의 말로 미루어 보아, 녀석도 모종의 위험부담을 짊어지고 있을 거라 봐도 좋으리라.

“하하하하하하! 어떠냐? 제아무리 네놈의 필살 공격이라고 해도 내 앞에서는 무력하단 말이다! 으라차차!”

“크…….”

야금야금 에너지 블러스트가 되밀린다.

힘과 감정, 의지를 최대한 담아 보지만, 그래도 조금씩 쿄의 공격이 몰아붙인다.

에너지 블러스트가 돌파당했을 경우, 내 뒤에 있는 라프타리아와 동료들을 지킬 수 있을까?

그 방패가 쿄의 공격을 완전히 막아낼 수 있을지 장담할 수 없다.

패배, 패전, 자신의 뒤, 라프타리아, 필로, 리시아, 라프짱, 죽음.

그런 말들이 뇌리를 스쳐 지나고, 시간 감각이 뒤틀린다.

1초가 수천, 수만 갈래로 오밀조밀하게 쪼개지는 것 같은 감각.

야금야금 모든 걸 잃게 될 수 있다는, 다시는 되돌릴 수 없을 거라는 감정이 몰아친다.

시간 감각이 뒤틀려 있건만, 심장 고동만은 빠르다.

그 뭐라 형언할 수 없는 고독감을 가로막듯이, 뒤쪽에서 목소리가 울려 퍼진다.

"나오후미 님!"

"주인님!"

"나오후미 씨!"

"라프~!"

모두가 뒤로 밀리려는 나를 지탱하듯이 등을 떠받쳐 주고 있다.

그렇다. 나는 혼자서 싸우는 게 아니다.

나는…… 이런 곳에서 패배할 수는 없는 것이다.

내가 여기에 있는 데에는 의미가 있다.

오스트의 소원, 영귀에게 희생된 사람들의 원한.

그뿐만이 아니다.

미처 구해내지 못한 자, 물리친 적, 함께 싸운 동료.

그 모두를 마음에 품고, 보답해야만 하는 것이다.

그때, 벽에서 날아든 빛이 내 주위에 감돌고, 방패와 겹쳐졌다.

이건…… 거울의 권속기인가?

나를 중심으로 여러 거울이 에너지 블러스트를 응축시켜 나간다.

"거, 거울의 권속기……가?!"

"너, 꽤 여러 곳에서 미움을 사고 다닌 모양이군. 하긴, 그럴 만도 하지."

두근 하고 방패의 고동이 한층 더 강해지고, 방패의 중심…… 보석 부분에서 힘이 쏟아져 나와, 빛을 뿜는다.

63%…… 61%…… 58%…… 62%…… 65%.

조금씩 줄어 가던 에너지 블러스트 눈금의 잔량이 다시 늘어난다.

마치 내 강력한 의지에 반응하기라도 한 것처럼.

이윽고…….

"뭐, 뭐야?"

98%…… 105%…… 110%…… 120%…… 130%.

100%를 넘었는데도 점점 더 증가해 가는 에너지 블러스트의 잔량 표시에 비례해서, 쿄가 내쏘는 스킬을 빛의 파동이 밀어낸다.

"크…… 아직 안 끝났어! 내가 고작 이 정도에 질 줄 알고?!"

쿄는 다시 책에 책갈피를 끼워 넣어서 위력을 증가시키고, 공중에 떠 다니는 깃털이 수를 늘렸지만, 서서히 위력이 증가되어 가는 에너지 블러스트의 출력을 따라잡지 못한다.

"하아아아아아아아아아아아아아아아!"

나를 지탱하는 빛의 받침대로 들어가던 에너지까지 공격으로 전환시킨 끝에, 에너지는 쿄가 내쏘는 스킬을 완전히 밀어낸다.

"이제! 끝이다아아아아아아아아아아아!"

나는 힘차게 발을 딛고 방패를 앞으로 내민다.

라프타리아를 비롯한 동료들도 나를 떠받치듯이 팔을 힘차게 내뻗어 준다.

"나오후미 님! 조금만 더!"

"힘내~!"

"지금 여기가 승부처예요. 오스트 양을 위해서…… 저도 최선을 다할게요!"

리시아가 소태도에 힘을 불어넣어 쿄에게 투척했다.

빛나는 소태도가 에너지 블러스트의 빛에 빨려 들어간다.

에너지 블러스트는 리시아의 소태도에 흠집을 내기는커녕 오히려 더 강화시켜서, 소태도는 한층 더 힘차게 가속한다.

빛의 칼날이 된 소태도는 검은빛을 완전히 관통하고, 쿄에게 박혔다.

영귀 내부에서 싸웠을 때와 거의 같은 상황이었다.

하지만, 이번에는 모든 것들이 다르다.

그때 리시아는 용사들을 구하기 위해서 투척했었지만, 이번에는 쿄를 물리치기 위해 도를 휘둘렀다.

"커헉! 이, 이 자식! 또 이따위로 훼방을 놓는 거냐!"

쿄의 몸이 약간 떠밀리는가 싶은 느낌이 든 바로 그 순간, 에너지 블러스트의 출력이 한층 더 증가해서 쿄가 내쏜 스킬을…… 완전히 밀어낸다!

빛의 탁류가 쿄를 휘감고, 모든 것을 불살라 나간다.

"크아아아아아아아아아아아아아아아아——!"

그 절규가 끝나기도 전에, 쿄가 내쏜 스킬을 탁류가 완전히 지워 버리고, 나와 모두…… 그리고 오스트의 일격이 쿄를 꿰뚫었다.

지하실에 끝없이 이어질 것만 같은 바람구멍이 뚫려 있었다.

그 앞에, 쿄가 걸레짝이나 다름없는 상태로 고꾸라져 나자빠진다.

끈질긴 놈 같으니, 이대로 흔적도 없이 사라져 버리면 좋았을 것을…….

"여기서 또 부활해 버린다면, 대처할 방법이 없어……."

리시아가 성큼성큼 다가가서, 소태도 칼자루로 쿄의 몸을 굴린다.

"윽, 큭……. 네, 네놈들, 꼭, 죽여 버리겠어."

재생하는 기척은…… 없다.

하지만 이렇게 얻어맞았는데도 아직 살아있다니 경이적일 정도군.

하지만 그 목숨도 완전히 바람 앞의 등불 같은 신세인 모양이군. 피를 토하고, 호흡이 점점 약해져 나간다.

얼마 안 가 죽으리라.

"참회의 시간이다. 남기고 싶은 말은 없나?"

"누——가, 죽는——다는 거냐. 어차피…… 이, 에서……."

말을 마치기도 전에, 쿄는 숨을 거두었다.

그에 맞추어 중력장은 사라졌다.

역시 사람이 죽는 모습을 눈앞에서 보는 건 뒷맛이 씁쓸하군.

하지만 죗값을 치르게 해 준 거라는 생각이 죄책감을 희석시켜 준다.

"이제 우리의 승리가 확정된 셈이네요."

“일단은 말이지.”

다만 찜찜한 점은, 영귀를 해치웠는데도 영귀의 에너지가 그다지 돌아오지 않았다는 점이다.

오히려 소비한 에너지가 더 많았던 같은 느낌까지 든다.

나는 쿄가 소지하고 있던 책의 권속기로 눈길을 돌린다.

두둥실 떠오르는 걸 보고, 그대로 날아갈 거라고 생각했지만, 거동이 이상하다.

마치 도망치듯이, 처음에 쿄가 나왔던 쪽으로 날아가려 한다.

“라프! 라프으으으!”

라프짱이 재촉하듯이 권속기를 손짓해서, 갈 곳을 지시한다.

“필로, 필로리알 형태로 변신해서 쿄가 나온 곳 언저리를 밟아서 구멍을 내!”

“알았어~!”

퐁 하고 변신한 필로가 책의 권속기보다 먼저 바닥을 밟아서 구멍을 낸다.

나는 서둘러 그 뒤를 따라가서, 거기에 뭐가 있는지를 파악했다.

거기에는 탱크에 들어있는 쿄의…… 몸이 보존되어 있었던 것이다.

조금 전까지 싸웠던 쿄는 혼을 이식한 호문쿨루스였던 건지, 아니면 이쪽이 호문쿨루스인 건지는 잘 모르겠다.

하지만, 영귀의 에너지를 담을 그릇으로서 연구되었다는 건 분명해 보인다.

"이런, 이런."

나는 방패를 다시 라스 실드로 바꾸고, 검은 연기를 피워 올리며 권속기를 붙잡는다.

"거기 있었군, 쿄. 교환용 육신인지 오리지널인지는 모르겠지만, 보나 마나 혼을 그쪽으로 옮겨가서, 진짜 온 힘을 다해서 다시 배틀을 벌일 생각이겠지만, 우리도 한가한 몸은 아냐."

라프짱의 눈에는 쿄의 혼이 보이는 것 같군.

"라프."

라프짱이 내 어깨에 올라타서 내 머리에 손을 올려놓는다.

응? 뭔가가 겹쳐져 보이잖아.

책의 권속기를 가진 혼…… 유령이 탱크 안에 있는 쿄의 육체로 가려는 듯 천천히 이동하고 있다.

그나저나, 뭐지? 이 유령, 깡마른 30대 남자처럼 보이잖아.

어떻게 봐도 쿄처럼은 보이지 않는다.

……혼이라는 건 원래 보통 그런 건가?

『앙?! 고작 이 정도에 내가 끝날 줄 알았냐? 조금만 기다리라고! 영귀의 힘을 완전히 내포해서 완성한 이 몸에 들어가기만 하면, 네놈들을 모조리 죽여 버릴 테니까! 최강은 나란 말이다!』

아무래도 쿄가 맞는 모양이군.

혼은 마음을 비추는 거울……이라고나 할까.

“리시아!”

“아, 네!”

“저기에, 키즈나에게서 받은 부적을 던져.”

내가 가리킨 것은 쿄의 예비용 육체가 들어있는 탱크다.

이제 막 그곳을 향해 필사적으로 손을 뻗는 쿄의 영혼을 향해 부적을 던지라고…… 명령한다.

“쿄, 츠구미라는 여자가 소중하게 여기던 사람이나, 알버트라는 녀석에게 네놈이 했던 일을 잊은 건 아니겠지?”

내가 권속기를 짓누르자 쿄는 뒤를 돌아보고, 새파랗게 질린다.

자신이 지금부터 당하게 될 일을 알아챈 모양이다.

『자, 잠깐! 약속할게! 목숨을 살려준다면 네놈들은 그냥 봐 주겠다고! 어때? 대화를 해 볼 거지?』

“이미 늦었어. 네 흉내로 끝을 내 주지. ‘바—보, 누가 그런 빤히 보이는 거짓말에 속아 넘어갈 줄 알고?’ ”

“핫!”

리시아가 부적을 발동시킨다.

그녀가 쥐고 있는 것은 사역부(使役符).

마물 사역에 쓰이는 이 부적에 들어있는 것, 내가 원래 소환된 세계에서의 이름은 소울 이터.

이 세계에서의 이름은 혼 포식자.

스피릿의 천적으로, 혼을 주식으로 삼는 괴물.

나는 쓰레기 2호의 거동과 호문쿨루스를 보고, 죽어도 되살아날 수 있도록 예비 육체를 마련해 두는 연금술사가 떠올라서 이 부적을 구해 오게 했다.

쓰레기 2호와 같은 부류인 쿄라면 분명히 만들어 뒀을 거라고 생각했는데, 딱 들어맞았군.

『헛소리 마! 고작 이따위 마물이 나를 이길 수 있을 거라고 생각하는 거냐!』

악령…… 고스트로 변한 쿄가 우리에게 덮쳐든다.

이제 육안으로도 보이는군. 아무래도 이제 마물의 부류로 변해 버린 모양이다.

"라프타리아, 제아무리 권속기라도 육체가 없으면 작동하지 않는 모양인데."

"그런가요? 그럼…… 혼 포식자를 소재로 출현시킨 도와 스킬로 가죠."

라프타리아는 덮쳐드는 쿄를 붙잡고, 파르스름하게 빛나는 도로 베어 버린다.

"영도(靈刀) · 단혼(斷魂)."

새크리파이스 아우라의 효과는 아직 사라지지 않았다.

강화도 안 된 고스트의 공격 따위는 있으나 없으나 매한가지다. 잔챙이나 마찬가지.

"커헉——. 나는, 최강으로—— 환생해서——."

쿄는 채 말을 마치기도 전에 찢어발겨지고, 리시아가 불러낸 혼 포식자가 뛰쳐나가서 쿄에게 몰려든다.

씹어 먹는 소리가 주위에 울려 퍼지고, 혼 포식자들은 흡족한 듯 우리 주위를 떠다닌다.

새로운 몸으로 옮겨가는 걸 전생이라고 하다니, 별 헛소리를 다 듣겠군.

"이제 이 혼 없는 육체를 파괴하기만 하면, 영귀의 힘도 돌아올 거야."

"네! 어서 해치워요!"

"열심히 할게!"

"후에에에에……."

아, 맥이 빠졌는지, 리시아가 평소의 얼빠진 표정으로 돌아왔잖아.

솔직히, 나도 더 이상은 라스 실드Ⅳ를 견뎌낼 자신이 없다.

남은 힘을 되찾도록 방패를 영귀 마음 방패로 변화시키고, 라프타리아와 필로에게 명령한다.

"여기에 있는 것들을 모조리 때려 부숴!"

내 명령에, 모두가 일제히 힘을 주어 파괴활동을 시작했다.

이러면 이 녀석의 연구가 재이용되는 일도 없으리라.

"……오스트, 드디어 약속을 지켰어."

그렇게 말하며, 나는 오스트를 마음속에 그렸다.

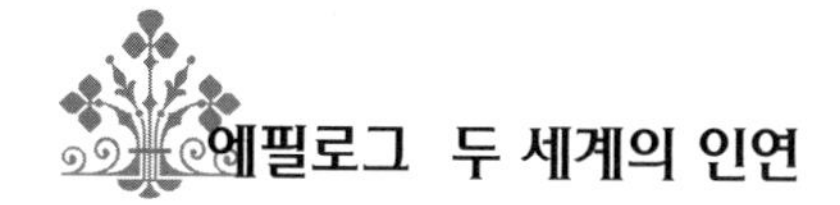

에필로그 두 세계의 인연

쿄를 해치우고 영귀의 힘을 내포한 육체를 파괴하자, 남아 있던 영귀의 힘이 쏟아져 나와서 내 방패 안으로 모여들었다.

영귀의 힘이 방패 안에 모두 들어가는 데에는 약간 시간이 걸렸지만.

그사이에 키즈나 패거리가 파도를 잠재운 듯, 우리의 레벨이 원래대로 돌아왔다.

영귀의 마음 방패의 어렴풋이 빛나는 수정 같던 부분은, 이제는 눈부신 빛을 내뿜고 있다.

——임무 완료. 영귀의 힘을 되찾았습니다.

특례처리를 완수하기 위한 귀환 시간…… 71:55

그런 문자가 시야에 떠올랐다.

아무래도 임무는 완전히 끝난 것 같군.

영귀의 에너지 탈환을 마친 우리는, 이제 사흘 후면 이 세계를 떠나야 하는 모양이다.

아마 시간이 다 되면 강제적으로 원래 세계로 돌아가게 되는 것이겠지.

"자, 냉큼 돌아가자고."

"아, 네……."

"나른해~, 몸이 무거워~."

녹초가 된 우리는, 돌아갈 길을 생각하며 우울함에 빠진다.

"여, 여러분, 어, 어떻게 된 거예요?!"

"저주야. 지금은 우리를 건드리지 않는 게 좋을걸."

약간 중2병 기운이 감도는 대사였지만, 새크리파이스 아우라의 부작용인 듯, 실제로 스테이터스를 확인해 보니 능력이 형편없이 곤두박질쳐 있었다.

다행히 방어력만은 저주의 대상에서 제외되는 것 같았지만, 전체적인 스테이터스가 저하되어 있다.

평소에 비해 3할 정도 떨어져 있다니, 이건 좀 너무한 거 아닌가.

이게 나에게만 적용되는 거라면 블러드 새크리파이스 때와 똑같은 셈이지만, 이번에는 라프타리아와 필로도 대상에 들어가 있다. 이런 상태라면, 싸우는 것도 보통 고역이 아닐 텐데…….

"돌아가는 길에도 마물이 있겠죠……?"

"아…… 그렇겠지."

솔직히, 살아서 돌아갈 자신이 없는데.

시간이 다 될 때까지 여기서 농성하는 방안도 고려해야 하려나?

그렇게 생각하고 있으려니, 쿄가 소지하고 있던 책의 권속기와 거울의 권속기가 우리 주위에 떠다니기 시작했다.

그 움직임은 어쩐지, 우리에게 감사하는 것처럼 느껴졌다.

새로운 주인을 찾아서 날아가거나, 성검처럼 다음 주인이 나타날 때까지 어딘가에 꽂혀 있거나 하지 않을까?

방에서 나가려 하니, 우리를 안내하듯이 앞장서서 날아간다.

이따금, 우리가 이동하려 하는 방의 문을 가로막곤 하는데, 왜 저러는 거지?

이유는 모르겠지만, 쿄가 풀어 놓은 사성수 복제품은 하나도 마주치지 않는다.

지하실에서 지상을 향해, 경계를 늦추지 않은 채 아까 온 길을 되짚어 간다.

"혹시 포털을 쓸 수 없으려나?"

시험 삼아 사용해 보지만, 방해 때문에 사용 불가 상태였다.

함부로 돌아다니는 건 위험할 거란 생각에 천천히 이동하기 시작한 지 2시간쯤 경과했을 때였을까.

거울의 권속기가 방에 장식되어 있던 거울 속으로 들어가서 사라진다.

그 직후——.

"나, 나오후미!"

어째선지 키즈나 패거리가 거울 속에서 튀어나왔다.

거울의 권속기가 키즈나 패거리를 이리로 보내 준 건가?

"갑자기 우리 앞에 거울이 나타나서 우리를 이리로——. 여기는 쿄의 연구실 맞지? 쿄는?!"

"하아……. 우리가 졌더라면 지금쯤 너희는 쿄와 싸우고 있었겠지."

"그야 그렇긴 해. 그나저나 괜찮아? 어째 좀 피곤해 보이는데."

"금단의 힘을 사용한 대가로 지쳐 있는 거야. 말 좀 많이 시키지 마."

"괘, 괜찮은 거야?"

"괜찮지는 않아. 전체적인 능력 저하 때문에 못 살겠다고. 너희가 안 왔다면 여기 틀어박혀서 전이를 기다리게 될 거라는 생각까지 하고 있던 참이었어."

축 늘어져 있으려니 라르크가 내 어깨를 부축한다.

라프타리아 쪽은 테리스와 글래스가 보조해 주고 있는 모양이다.

필로는 키 때문에 키즈나와 에스노바르트가 보조해 주고 있다.

"우리가 없는 상태에서 쿄를 물리치다니, 잘했어, 꼬마."

"나 참, 별 해괴한 수단을 다 동원하는 녀석이라, 해치우는 데 여간 고생이 아니었다고."

그때 요모기가 가만히 묻는다.

"쿄는?"

"그 방에서 죽어 있어. 물론, 혼도 해치웠어. 역시 예비 육신을 숨겨 두고 있었더군."

"그랬었군. 하다못해 내 손으로 끝내 주고 싶었지만…… 쿄를 처치해 줘서 고맙다."

내 주위를 떠다니던 책의 권속기가 크게 원을 그리더니, 벽을 뚫고 날아갔다.

"보아하니 우리가 합류할 때까지 책과 거울의 권속기가 나오후미 일행을 지켜 주고 있었던 모양이네요."

글래스가 고개를 끄덕인다. 뭐, 여기까지 오려면 꽤 시간이 걸리련만, 키즈나 일행을 몽땅 전이시키는 무식한 방법까지 써준 걸 보면 납득하지 않을 수 없다.

"아아, 역시 그런 거였군. 어쩐지 사성수 복제품들이나 이상한 방어 장비와 전혀 마주치지 않는다 싶더라니."

“침입을 가로막던 안개도 지금은 걷혀 있는 것 같아. 그래서 곧바로 달려올 수 있었던 거고.”

이렇게까지 꼼꼼하게……. 이것도 다, 쿄의 속박으로부터 풀어준 것에 대한 보답이었겠지.

서비스가 형편없는 방패와는 완전 딴판이군. 됨됨이가 괜찮은 권속기다.

“그럼 이제 돌아갈까. 임무 달성에 의한 전이라면 잔여시간이 정해져 있을 거 아냐?”

“그래. 대충…… 앞으로 사흘 정도야.”

“그렇단 말이지? 꼬마들이랑 같이 지낼 날도 이제 얼마 안 남았군.”

“맞아.”

“이런 곳에서 얘기하기도 좀 불편하니까, 제 배에 타고 서둘러 돌아가죠.”

에스노바르트가 석장에 달린 방울을 딸랑거리며 말한다.

……뭐야, 너 살아있었냐.

사망하는 캐릭터의 단골 대사인 ‘여기는 내게 맡기고 먼저 가라!’를 외쳤는데 말이지.

뭐, 살아있는 편이 낫긴 하지만.

어찌 됐건, 서둘러 돌아가자는 얘기에는 전면적으로 찬성이다.

솔직히 냉큼 돌아가서 푹 쉬고 싶다.

지금까지 싸움의 연속이었으니까.

이세계에 온 후로 벌써 몇 번째 사투를 벌인 건지 헤아리기도 힘들다.

우리는 곧바로 이동을 개시해서, 안전한 나라로 돌아왔다.

도착과 동시에 거울의 권속기도 어딘가로 날아간다.

새로운 주인을 찾으러 날아간 것일까, 아니면 성검처럼 어딘가에 있는 바위에 꽂혀 있는 것일까?

참고로 쿄가 암약하던 국가와의 전쟁 쪽 얘기를 하자면, 요모기가 그날로 귀국해서, 지금껏 쿄가 벌여 온 비인도적 행위에 대해 모조리 폭로했다.

그 증거로서 츠구미 일당이 소집되고, 게다가 책의 권속기가 국가의 수도에 모습을 드러내서, 우리와의 싸움이며 쿄 자신의 발언을 녹음한 것들을 재생하는 신기를 선보였다고 한다.

게다가 쿄 자신의 사망 때문에 기술력은 크게 퇴보하게 되었다.

뭐, 결전병기로서 운용하려 했던 사성수 복제품이 쿄의 사망과 동시에 폭주했다는 모양이니까. 그에 대한 뒤처리에 골몰하고 있다는 모양이다.

쿄의 애인들은 끝까지 쿄를 믿으려 했다는 모양이지만,

교의 신자였던 요모기의 말이며 수많은 증거들 앞에서 꿀 먹은 벙어리 신세가 됐다나 뭐라나.

이쪽에 대한 정보는 아직 혼선이 많지만, 어쨌든 그 나라는 대의명분을 잃게 되었고, 그 지배하에 있던 국가들이 기다렸다는 듯 반란을 일으키는 바람에, 상당히 위태로운 처지에 놓여 있다고 한다.

각각 책, 거울, 도의 권속기를 소유하고 있던 3국이 세력 균형을 위해 라르크의 나라와 마지못해 동맹을 맺게 되리라는 것은, 키즈나의 성격을 보면, 굳이 현장에 없더라도 충분히 상상할 수 있다.

그런 잡다한 일보다는, 우리의 저주에 관한 얘기가 중요하겠지.

라르크의 지시에 따라 파견되어 온 치료사에게 진찰받은 결과…….

"중증의 저주군요."

블러드 새크리파이스를 사용했을 때도 비슷한 소리를 들었었던 기억이 난다.

원래 세계로 돌아간 후에, 그때 했던 것처럼 요양이라도 하면 금방──.

"저주를 풀 수 있는 방법은, 시간 경과 이외에는 아무것도 없을 겁니다. 적게 잡아 한 달, 하지만 아마 적어도 석 달은 걸리겠지요."

"엉? 이봐, 잠깐. 저주에 잘 듣는 온천이나 성수 같은 걸 쓰면 빨리 낫는 거 아냐?"

내 질문에, 치료사는 고개를 가로젓는다.

"그런 부류의 저주와는 차원이 다릅니다. 만약에 완치하기 전에 다시 같은 저주에 걸린다면, 생명을 보장할 수 없을 겁니다."

뭐라고?!

나 원 참, 쿄를 해치운 대가로 그런 성가신 선물을 떠안게 될 줄이야.

라프타리아와 필로도 기운이 없고 움직임이 둔하다.

만약에 새크리파이스 아우라를 리시아에게 걸었더라면 큰일 날 뻔했다.

죽었을 수도 있는 거 아냐? 순간적인 판단이긴 했지만, 내가 생각해도 내 직감은 대단하다.

"우와…… 어쩔 수 없는 상황이긴 했지만, 이거 완전 심각한 상태잖아."

키즈나가 남 얘기 하듯이 지껄인다.

이건 본래는 네놈들이 했어야 하는 일이었다고!

그렇게 생각했지만, 위험부담을 감수하고 덤벼든 거였으니 어쩔 수 없다.

"저주의 무기에 손을 담근다는 건 이런 거였군요……. 우리 세계가 저지른 불미스러운 일을 잘 정리해 주셨어요. 어떻게 감사해도 모자랄 정도예요."

"글래스, 그렇게 생각한다면 두 번 다시 그런 바보를 풀어 놓지 말라고. 우리 세계의 수호수는 앞으로 세 마리가 더 남아 있는데, 제2의 쿄 같은 녀석이 또 나타나서 점거해 버리면 짜증 나서 미쳐 버릴 테니까."

"네. 그런 일이 두 번 다시 일어나지 않도록, 키즈나와 함께 세계를 위해 싸워 나갈게요."

"그래야지. 뭐, 어쨌거나 꼬마가 귀환해서 영귀의 힘을 원래 세계에 되돌려 놓으면 당분간은 괜찮겠지."

"그런 거야?"

내 질문에, 라르크는 거만한 자세로 고개를 끄덕인다.

"그래. 우리 때도 첫 번째 수호수를 처치한 후에는, 다음 수호수가 나타날 때까지 일시적으로 파도가 안 일어났으니까."

"내가 돌아가기 전에 권속기 소지자가 침입한다면 그렇지도 않잖아."

나 원 참, 그런다고 불안이 가실 것 같냐.

"들어 보라고. 파도가 안 온다는 건, 당분간은 이세계 사람이 건너갈 수 없다는 거니까, 걱정거리도 상당히 줄어들 테니까 안심해도 되는 거 아니겠어?"

불안의 씨앗이 없는 건 아니지만……. 뭐, 이제부터는 나를 소환한 세계 녀석들도 경계를 강화하겠지.

영귀를 점거당한 사건은, 메르로마르크의 여왕을 경유해

서 전 세계에 퍼져 나갔을 테니까.

"그럼 영귀…… 어디까지나 추측이지만, 남은 건 봉황, 기린, 응룡(鷹龍)이려나? 그 봉인이 모두 풀릴 때까지, 한동안은 별문제 없겠지."

"그렇지 않겠어? 뭐, 우리도 꼬마네 세계에 대해서 잘 아는 건 아니지만."

하긴 그렇다. 라르크 패거리에게 물어 봤자, 그들로서는 대답할 길이 없다.

"제2의 쿄가 나타나지 않기를 기도하는 수밖에 없겠군."

영귀의 에너지로 파도의 발생을 얼마나 억누를 수 있을지는 알 수 없다.

그래도, 그사이에 준비를 갖춰 두는 편이 낫겠지.

온 세계에서 일어나는 파도에 대처할 수 있을 정도의…… 군대나 동료들을.

라르크의 세계에 와서, 파도에 대처하는 데 유용한 각종 기술을 볼 수 있었다.

이걸 따라 하지 않을 이유가 없다.

우리 쪽 세계의 파도는, 우리가 커버할 수 없는 범위는 피트리아에게 일임하고 있는 상황인데, 조금이라도 우리의 부담을 덜기 위해서라도 세계가 일치단결해 가는 수밖에 없다.

앞으로 해야 할 일을 생각하니 약간 우울해져 오는데.

게다가 파도 때 글래스 같은 녀석과 조우할 가능성도 있으니까.

언제 끝날지 알 수도 없는 싸움이지만, 계속 싸워 나가는 수밖에 없다.

그 모든 싸움이 끝나거든, 나는 냉큼 원래 세계로 돌아갈 거다.

그것만은 절대 양보 못 한다.

썩어빠진 세계에서, 최소한 라프타리아가 평화롭게 살아갈 수 있는 곳이라도 확보해 주고 나서 말이지.

"그건 그렇다 치고, 꼬마! 승전 파티나 열자고!"

라르크가 어린애처럼 들떠서 엄지를 치켜올리며 말했다.

"너란 놈은 정말……."

"뭐, 그것도 괜찮지 않아? 큰 싸움을 이겨냈고, 전쟁도 회피해 냈어. 이렇게 좋은 일들이 한가득인걸."

"라프~!"

라프짱이 즐거워하며 두 발로 일어서서 어필한다.

하긴, 그 말도 맞긴 하다.

"그래, 그래. 어차피 반대해 봤자 축하 파티는 할 테니까 멋대로들 하라고. 나는 쉴 거야."

"좋았어! 나라 백성들도 승전 무드에 들떠 있던 참이었거든. 화끈하게 놀아 보는 거다—!"

그런 소리를 하면서 라르크는 방을 떠나갔다.

살판났군.

이렇게 해서 우리는 남은 시간을 키즈나 패거리와 동행하며, 승리의 술잔에 화끈하게 취했……다고 할 수 있으려나? 나는 술을 마시고 취해 본 적이 없었으니까 말이지.

드디어 돌아갈 시간이 가까워져 왔다.

성의 뜰에서 돌아갈 준비를 하고 있으려니, 키즈나, 글래스, 라르크와 테리스, 에스노바르트며 알트며 로미나 등, 수많은 녀석들이 줄지어 배웅하러 왔다.

키즈나가 손을 들고 다가온다.

"어쩐지 나오후미와 만난 후로 순식간에 시간이 흘러간 것 같아."

"실제로는 한 달 정도였던가?"

"그쯤 되려나……. 짧은 시간이었네."

"그러게 말야."

다른 세계의 성무기 용사. 본래는 무기의 제약 때문에 만날 수 없는 사이다.

그렇게 생각하니, 신기하게도 만남 자체가 기적처럼 느껴진다.

"세계는 다르더라도, 함께 세계를 위해 노력해 나가자. 우리는 나오후미 쪽 세계와 동맹을 맺고 싶어."

"아아, 그래, 그래. 너도 낚시에 너무 빠져 살지 말라고. 동맹 얘기는 어디까지나 구두계약이야. 나는 동맹을 깨고 싫어도 못 깨니까.”

나 자신은 방어밖에 하지 못한다.

글래스 패거리의 논리였던 파도의 수수께끼는, 정의 자체가 흔들려 버렸다.

상대방의 세계를 멸망시키면 자기 세계가 연명할 수 있다는 얘기는 상당히 수상하니까.

“나오후미는 인간에 대한 불신이 더 심해지지 않게 조심해야 해.”

“시끄러!”

“라프타리아 양, 나오후미를 부탁할게. 나와 글래스가 그런 것처럼, 서로 사이좋게 지내고.”

“네, 그럴 생각이에요.”

“필로도, 리시아도 잘 지내.”

“응. 필로는 이 세계에서 여러 노래를 배웠으니까, 돌아가서도 많이 부를게.”

“네. 덕분에 많은 걸 배웠어요.”

키즈나는 우리 하나하나와 악수를 나누고 물러섰다.

다음은 글래스 차례인가.

“처음에는 적대하는 사이, 두 번을 싸우고…… 이번에는 동료로서 함께 행동하다니, 참 신기한 인연이네요.”

“그러게.”

글래스는 더없이 진지한 표정으로 나를 쳐다보고는, 고개를 숙인다.

“행방불명됐던 키즈나를 구출해 주셔서 정말 고맙습니다. 앞으로, 무슨 일이 있어도, 이 은혜에 보답할 수 있도록 최선을 다하겠습니다.”

“뭔가 이유가 생겨서 우리와 싸우게 되는 일이 있더라도, 싸우게 된 이유는 제대로 설명하라고.”

“거기서 그렇게 나오시기예요?”

라프타리아가 내 말에 태클을 날린다.

“뭔가 일이 생겨서 상황이 일변하는 경우도 있어. 그럴 때, 이유도 모르는 채 싸우는 것도 좀 그렇지 않아? 하다못해 싸울 때는 납득한 만한 이유가 있어야지.”

지금까지 나는 ‘도대체 왜 이렇게 된 건가’ 싶은 일들을, 그야말로 밤하늘의 별들만큼 많이 겪었다.

그리고 그 대화에 끼어든 것은 유유자적한 자칭 모험가이자 이 나라의 젊은 주인인 라르크베르크, 그리고 테리스였다.

“어찌 됐건 꼬마들과는 친하게 지내자고. 다시 만나게 될 날을 기대하지.”

“될 수 있으면 안 만나고 싶은데.”

만약에 다시 만나게 된다면, 그건 파도 때일 것 아닌가.

우리는 파도를 잠재워야 하건만, 그 파도를 기대한다는 건 좀 모순되지 않나 싶은데?

"아아……. 나오후미 씨가 만들어내신 보석들이 작별을 아쉬워하고 있어요."

테리스가 온몸에 장비하고 있는, 내가 연습 삼아 만들었던 액세서리들이 엄청나게 반짝거리고 있다.

눈부셔! 눈에 빛 좀 그만 비춰! 징그럽다고!

"라르크, 요령은 요 사흘 동안에 가르쳐줬으니까, 착실하게 연습해서 나보다 더 좋은 걸 만들어 내라고."

수많은 보석으로 요란하게 치장한 테리스를 돌아보고, 라르크는 진지하게 연신 고개를 주억거린다.

"알았어. 안 그러면 꼬마네 세계와의 사이에 파도가 일어났을 때 테리스가 도망쳐 버릴 것 같으니까."

"……그렇게까지 매정한 녀석은 아닌 것 같은데."

나 참, 네 애인은 왜 이렇게 성가시게 구는지 모르겠다니까.

여러모로 도움을 받긴 했지만.

"라프타리아 아가씨도, 필로 아가씨도, 리시아 아가씨도 건강히들 잘 지내라고."

"네. 라르크 씨도 잘 지내세요."

라프타리아가 대표로서 라르크와 악수를 나눈다.

"그러고 보니 예전부터 궁금했는데, 도련님."

"또 나를 그렇게 부르는 거냐, 꼬마."

"너는 라프타리아나 여자들을 '~아가씨' 라고 부르는데,

일일이 이름에다 아가씨까지 붙이는 건 너무 거추장스럽지 않아?"

"하긴, 그렇게 들리기도 하긴 해."

키즈나가 동의한다.

"아아, 그래, 그래. 나는 나보다 어린 녀석을 이름으로 부르는 게 영 내키지가 않는다고! 그런데 우리 패거리들 중에는 여자들이 많잖아. 그냥 단순히 '아가씨' 라고만 부르면 구분이 안 가니까 그렇게 부르는 거라고. 그런 것쯤 아무러면 어때!"

그렇게 넘어갈 문제가 아닌 것 같은데.

뭐, 그냥 좀 특이한 호칭이라고 납득하는 수밖에 없겠지.

"그보다 남을 괴상한 이름으로 부르지나 말라고, 꼬마!"

"피차일반이야."

"그래, 그래. 나오후미도 이상한 호칭으로 부르지 마."

"이제야 이해한 모양이군, 라르크."

그때, 에스노바르트가 내 눈앞으로 나선다.

"키즈나와 글래스, 라르크를 구해주신 것, 진심으로 감사드려요."

이 녀석, 어째 나한테 친근하게 구는 것처럼 보이는 건 기분 탓……은 아니겠지.

미소녀이지만 본성은 대형 토끼. 완전히 피트리아와 겹치는 데다가 묘하게 내게 친근한 태도.

아, 필로가 내게 몸을 착 붙이고, 라프짱이 어깨에 앉는다.

"우~."

"걱정 마세요, 필로 양. 그런 의미가 아니니까요."

미소를 머금는 에스노바르트.

뭐랄까…… 평소에는 더없이 지적인 녀석처럼 보인다.

피트리아와 방향성은 다르지만, 앞으로 능력을 꽃피우게 되려나?

"당신과 함께 싸운 경험을 헛되이 하지 않도록 열심히 노력할게요."

"그래, 잘해 봐."

내가 대꾸하자, 에스노바르트는 리시아 쪽을 쳐다본다.

"리시아 양, 리시아 양의 활약상을 들었어요. 저도 리시아 양처럼 될 수 있도록 노력해 나갈게요."

"후에에에에……."

리시아 녀석이 수줍어하고 있다.

아마 칭찬을 받은 경험이 별로 없어서 그렇겠지.

"미궁 고대도서관에서 찾아낸 사본도 가져가셔도 좋아요. 도움이 되기를 기도할게요."

"네! 열심히 해 볼게요."

뭐, 인텔리인 리시아라면 해독해 낼 수 있을지도 모른다.

"그리고……."

에스노바르트는 배의 권속기에 달려 있던 작은 닻 같은 액세서리를 내 손에 쥐여 준다.

"뭐지?"

"요전에 찾아낸 서적에 적혀 있던 액세서리예요. 가져가도록 하세요. 어쩌면…… 도움이 될지도 모르니까요."

"그래……."

뭐, 주는 물건은 받아 둬야지.

"받을 수 있는 물건은 뭐든지 받아 둔다. 역시 상인이라니까."

"그래. 난 장사에 대해서는 좀 깐깐하다고."

"저기, 상인이 아니라 용사시잖아요, 나오후미 님은."

로미나, 알트와 대화를 나누고 있으려니 라프타리아가 끼어든다.

"일단 받아. 작별 선물이야."

그렇게 말하면서, 로미나와 알트가 내게 여러 가지 짐이 든 보따리를 건넸다.

내용물을 확인해 보니, 이 세계 특유의 발명품인 드롭 기능이 있는 액세서리며, 파도 때의 전이를 재현한 액세서리가 들어있는 것 같았다.

그 외에도 이런저런 물건들이 들어있는 모양이다.

이런 다른 문화의 물건은, 저쪽 세계로 돌아갔을 때 크게 도움이 되는 법이다.

"은근히 이것저것 챙겨 뒀다는 건 알고 있으니까. 그 외에 없을 만한 걸 넣어 봤어."

로미나는 전부 다 간파하고 있었던 건가.

알트 쪽은, 정말 호의를 베푸는 게 맞긴 한 건지, 위화감밖에 안 들지만.

"뭔가 나를 수전노처럼 생각하는 것 같은데, 그건 아니라고."

"거짓말 마."

"네, 거짓말이네요."

키즈나와 글래스가 나란히 지적한다.

하지만 알트는 물러서지 않는다.

"네가 여기저기 들쑤시고 다닌 덕분에 이쪽은 어느 정도 짭짤한 수익을 건졌거든. 그 답례라고 생각해 줘."

"아아, 그런 거였군."

노예상처럼 내 활약 덕분에 수익을 거둔 건가.

알트는 일단 수전노 상인이라는 소리를 듣는 녀석이니까. 장사에 대해서는 제법 안목이 있는 모양이다.

"아, 맞아, 글래스."

나는 일본어로 적힌 레시피집을 글래스에게 건넨다.

"이건 뭐죠?"

"아아, 이 세계에 있는 도구나 여러 물건들을 분석한 결과를 정리해서, 재현할 수 있는 것들을 레시피로 적어 본 거야. 키즈나한테 부탁해서 읽어 달라고 해."

그렇다. 나라고 해서 미지의 땅에서 아무 생각 없이 우왕좌왕하고만 있었던 건 아니다.

문자가 깨져서 효과를 발휘하지 못하는 장비와 그렇지 않은 물건들의 차이를 정리해 본 것이다.

아마, 이 세계에 존재하지 않는 것, 재현할 수 없는 광석 등으로 만들어진 건 문자가 깨지게 되어 있는 것 같다.

반면에 혼유약 같은 도구는 별 탈 없이 사용할 수 있다.

다시 말해, 이 세계의 소재로도 혼유약을 만들 수 있다는 것이다.

앞으로 찾아올 싸움에 있어서 혼유약은 그야말로 온수처럼 꼭 필요하게 될 것이다.

그런 상황에 대비할 수 있도록, 혼유약을 재현할 수 있는 레시피를 만들었다.

"비슷한 효과를 가진 약이야. 한번 만들어 봐."

"호오……. 나오후미도 제법 대단하네."

"한 해 내내 낚시만 하고 있지 말고 연구도 좀 해. 뭐, 그 약을 재현하려면 물고기도 필요하니까, 너도 열심히 하라고."

이 세계에서 혼유약과 유사한 효과를 이끌어내려면, 어떤 진귀한 물고기가 필요하다.

키즈나가 희희낙락 낚아 온 물고기를 분석해 보고 나도

놀랐었으니까.

"응! 나만 믿어!"

"이쪽 세계에 있는, 도망 중인 사성용사가 죽지 않도록 보호하고."

"우…… 알았어. 해 보는 수밖에 없겠지."

양쪽 다 고생이 많겠군. 나와 키즈나는 악수를 나눈다.

"그리고, 알트의 눈빛에 항상 주의를 기울이도록 해."

항상 눈을 번뜩이고 있는 녀석이니까.

이제 남은 건…… 요모기와 츠구미 등, 추종자 녀석들이군.

"쿄가 벌인 짓에 대해 사과할게. 뒤처리는 내가 책임지고 마무리 짓도록 하지."

"그런 소리는 키즈나한테나 해. 나는 그 녀석에게 죗값을 치르게 해 줬어. 다른 녀석들과 함께…… 혼까지도 해치워 버렸지."

"그래……."

츠구미는 아직 원망 섞인 눈초리로 우리를 쳐다보고 있지만, 그래도 예전보다는 누그러진 것 같은 느낌이 든다.

"네놈들이 안 건너왔다면 이런 일은 없었을 거다."

"이제 두 번 다시 만날 일도 없을 거야. 평생 우리를 원망하면서 살면 돼."

나 참, 네놈들은 그런 볼멘소리나 하려고 여기까지 온 거냐.

"하지만, 네놈들 덕분에 도움을 받은 것 또한 사실. 죽은 후에까지 이용당하던 ――――를 해방시켜 줘서…… 고맙다."

갑자기 바람이 몰아쳐서, 이번에도 쓰레기 2호의 이름을 못 듣고 말았다.

이쯤 되면 녀석의 이름을 듣는 건 그냥 단념하는 게 좋을 것 같군.

새삼스럽게 물어봤다가는 츠구미가 화를 낼 것 같고, 보나 마나 또 못 들을 게 뻔하다.

차라리 나중에 라프타리아한테 물어봐야겠다.

"왜 그렇게까지 도의 권속기에 집착했었던 건지, 그 의문이 풀릴 날이 오기는 할는지……."

"그러고 보니, 너희 추종자 패거리들 중에 사라진 스피릿 녀석이 있었지?"

"……."

츠구미가 말없이 고개를 끄덕였다.

쿄의 저택에 있는 지하실 한쪽에서 시체 일부가 발견되었다.

역시 쓰레기 2호의 혼은 쿄에게 뒤처지는 바람에, 영혼 포식자의 먹잇감이 되고 만 모양이다.

그리고, 그 사실을 알고 있는 스피릿 종족의 쓰레기 2호 추종자들은 모조리 몰살당하고 말았다는 것이다.

어마어마한 희생자가 발생한 셈이다. 그리고 그건 거울의 권속기 소지자인 알버트의 경우도 마찬가지다.

“도의 권속기가 국가의 요석이라는 건 사실이지만…… 왜 자신이 선택받을 거라는 확고한 확신을 갖고 있었는지, 우리로서는 도무지 모르겠어…….”

그때 라프타리아가 도의 권속기를 가로로 받쳐 들고 키즈나 패거리에게 내보인다.

“저기…… 이 권속기를 돌려드릴게요.”

하긴 그렇다. 아무리 라프타리아가 선택받았다고는 해도, 이세계의 권속기를 그대로 가져갈 수는 없는 노릇 아니겠는가.

일시적이나마 우리에게 큰 도움을 준 무기였지만.

“그런데 이거…… 떨어질 기색이 전혀 없는데?”

“파도의 소환도 거부했었던 것 같고…….”

글래스와 정인(晶人)인 테리스가 도를 어루만지며 말을 걸어 보았지만, 도의 권속기는 전혀 응답하지 않았다.

키즈나도 만져봤지만 아무 일도 일어나지 않는다.

“무리일 것 같아요. 뭐랄까, 책임감에, 모종의 복잡한 사정까지 얽혀 있는 모양이라, 응답할 기색이 전혀 없어요.”

“명확한 의지는 알아볼 수 없어?”

“어디까지나 대상의 의도를 듣는 정도밖에 안 되니까요.”

호오……. 그렇다면, 이 무기는 이대로 라프타리아가 갖고 돌아가도 된다는 건가?

"어쩌면 쿄의 만행에 대해 책임을 느끼고, 나오후미 쪽 세계를 위해서 싸우려 하고 있는 건지도 몰라. 이쪽 세계가 진짜로 위험해질 때까지."

키즈나가 그렇게 말하자, 도가 순간적으로 빛나는 것처럼 보였다.

"아무래도 키즈나 말이 맞는 것 같네요."

"흐음……."

그렇게 얘기를 나누고 있으려니, 돌아갈 시간이 가까워져 왔다.

조금만 더 있으면 완전히 귀환하게 된다.

"좋아."

나는 사악해 보이는 웃음을 짓고,

"그럼 도의 권속기는 우리가 가져가마! 네놈들은 거기서 울분에 신음하고 있으라고!"

"아, 또 악당 같은 소리를."

"꼬마는 저게 버릇이라니까."

"사실은 착한 사람인데 말이에요."

키즈나 패거리가 기가 막힌다는 듯 나를 분석하고 있다.

라프타리아는 못 말린다는 듯 황당해하고, 필로는 고개를 갸우뚱거리고 있다.

리시아는 쭈뼛쭈뼛, 두리번두리번 주위를 둘러보고 있고, 라프짱은 내 어깨에 올라앉아서 키즈나 패거리를 향해 손을 흔들고 있다.

"자, 그럼 이제 본격적인 작별이군."

이제 남은 시간은 수십 초밖에 되지 않는다.

그 시간이 지나면 우리는 원래 세계로 소환되어 돌아가게 되리라.

"무기의 성질상 다시 만날 일은 없겠지만, 같이 지내면서 조금은 즐거웠어. 그럼 잘 있으라고."

"응. 잘 가. 나오후미, 구해줘서 고마워. 네가 없었더라면 나는 아직도 그 미궁 안에 갇혀 있었을 거야. 세계는 다르지만, 같은 용사로서 함께 싸워 나가자."

우리는 저마다 손을 흔들고, 헤어진다.

"나오후미."

라르크가 커다란 목소리로 소리친다.

모두가 나란히 손을 흔들며, 일제히 소리친다.

"""고마워!"""

그런 목소리가 들리고, 미처 화답하기도 전에 잔여 시간이 다해서, 우리는 원래 세계로 전이하고 말았다.

올 때는 이상한 빛나는 터널을 지났는데, 돌아갈 때는 순식간인가…….

이렇게 해서 우리는, 원래 세계로 돌아왔다.

캐릭터 디자인안
요모기

요모기

캐릭터 디자인안
알트레제

알트레제

방패 용사 성공담 9

2015년 08월 21일 제1판 인쇄
2020년 07월 20일 제4쇄 발행

지음 아네코 유사기 | **일러스트** 미나미 세이라

옮김 박용국

발행 영상출판미디어(주)
등록번호 제 2002-000003호
주소 21311 인천광역시 부평구 평천로 132 (청천동)
전화 032-505-2973(代) | FAX 032-505-2982

ISBN 979-11-319-3465-4
ISBN 979-11-319-0033-8 (세트)

구매 시 파손된 도서는 구매처에서 교환하실 수 있습니다.
기타 불편사항, 문의사항이 있으신 독자님께서는 노블엔진 홈페이지
[http://novelengine.com] 에서 Q&A 게시판을 이용해 주시기 바랍니다.

귀재 카를로 젠이 선사하는 충격적 가상전기, 개막!

유녀전기(幼女戰記)
-Deus lo vult-
1

세계를 상대로 싸우는 제국의 전쟁 영웅은 열 살 소녀!?
일본 웹소설 연재 사이트 Arcadia를 뜨겁게 달군 화제작!

전쟁의 영웅, 그녀는…… 나이 어린 소녀의 탈을 뒤집어쓴 괴물. 전장의 최전선에 있는 어린 소녀. 금발, 벽안, 그리고 투영하리만치 새하얀 피부를 지닌 소녀가 하늘을 날며 사정없이 적을 격추한다. 소녀답게 혀 짧은 말로 군을 지휘하는 그녀의 이름은 타냐 데그레챠프. 하지만 그 안에 든 것은 신의 폭주 탓에 여자로 다시 태어난 엘리트 샐러리맨. 일의 효율과 자신의 출세를 무엇보다 중시하는 데그레챠프는 제국군 마도사 중에서도 가장 위험한 존재가 되어가고, 시대는 바야흐로 '세계대전'에 돌입하는데――.

카를로 젠 지음 / 시노츠키 시노부 일러스트 / 한신남 옮김

영상출판
미디어(주)

일본에서 4천만 조회수를 상회한 인기작, 단행본으로 전격 등장!

이 세계가 게임이란 사실은 나만이 알고 있다 1~4

"흘러들어온 곳은 버그로 가득한 게임 세계!!"

제작자의 악의로 가득 찬 버그에 맞서 싸우는 신개념 이세계 생존기!

방 안에 틀어박혀 오프라인 VR 게임만 즐기던 솔로 게이머 사가라 소마는 부주의 한 소원에 의해 자신이 평소 즐기던 게임, '뉴 커뮤니케이트 온라인'의 세계에 레벨 1 상태로 전이되고 만다. 문제가 있다면, 그 세계의 기반이 된 게임이 터무니없는 망게임이라는 것. 신선한 이세계 라이프고 뭐고 당장 목숨이 위험하게 된 소마는 자신이 파고든 게임의 버그를 역이용해 상상도 할 수 없는 방식으로 위기들을헤쳐 나가며 현실로 돌아가려 한다. 지금까지의 작품들과는 다른, 게임세계의 부조리를 파헤치는 유쾌한 이야기. 한국에서도 빠르게 증쇄되며 인기몰이 중!

우스바 지음 / 이치젠 일러스트 / 김완 옮김

영상출판
미디어(주)

「소설가가 되자」에서 화제 만발! 이색적인 환생 MMORPG 노벨 등장!

흡혈희(프린세스)는 장밋빛 꿈을 꾼다 1~4

「소설가가 되자」의 초인기작 『리비티움 황국의 돼지풀 공주』의 100년 전 시대를 무대로, 지금 한 미소녀가 눈을 떴다!

흐릿해지는 의식, 도래하는 영면(永眠)—— 하지만 정신을 차리고 보니, 그곳은 생전에 플레이했던 게임 세계!

자신의 플레이어 캐릭터인 미소녀 흡혈희로 다시 태어난 '나'는, 걸핏하면 인류 섬멸을 꾀하려 드는 최강의 마물들 사이에서 마음을 졸이면서 거대 마족 제국의 주인으로서 행세하게 되는데?!

「소설가가 되자」 주최 〈제1회 엘리시온 노벨 콘테스트 대상〉 수상의 경력이 빛나는 이색 대작이 마침내 정식 출간!

사사키 이치로 지음/마리모 일러스트/엄태진 옮김

영상출판
미디어(주)